WEIMING
ZHI
SHUI

路艳
著

·桂林·

图书在版编目（CIP）数据

未名之水 / 路艳著.—桂林：广西师范大学出版社，2020.12

ISBN 978-7-5598-3423-2

Ⅰ.①未… Ⅱ.①路… Ⅲ.①纪实文学—中国—当代 Ⅳ.①I25

中国版本图书馆CIP数据核字（2020）第236285号

策划编辑 黄 毓 张昀珠

责任编辑 张昀珠 黄丽江

助理编辑 陈美蓉 杨昕然

封面设计 吾然设计工作室

内文设计 黄小纯

广西师范大学出版社出版发行

（广西桂林市五里店路9号 邮政编码：541004
网址：http://www.bbtpress.com）

出版人：黄轩庄

服务电话：0771-2092860

全国新华书店经销

广西民族印刷包装集团有限公司印制

（广西南宁市高新区高新三路1号 邮政编码：530007）

开本：880 mm × 1 240 mm 1/32

印张：12.25 字数：200千字

2020年12月第1版 2020年12月第1次印刷

定价：49.80元

写在前面的话

我在黄土高原上的一个小村子长大。和身边的小伙伴一样，从三年级开始，我每天的固定工作之一就是放羊。没有家庭作业的农村孩子，有大把的时间可以把这件事情做到极致，更何况我立志要为疲于生计的父母分忧，变成他们口中“好劳动力”的样子。

每天放学后，我匆匆扒完几口饭，便牵着羊儿出门了。羊儿吃草的时候，我抓住这难得的空闲时间，趴在草地上看书，故事的奇妙和瑰丽，为我打开了一扇新的天窗。傍晚，天宽地阔，心境澄明，周遭一切慢慢变得成熟而黯淡，年幼的我已经隐约有种“念天地之悠悠”的奇妙感觉。

六年级时，家人决定卖掉羊儿。多次抗议无果后，我只好与它挥泪告别，转身投入日益繁重的课业中。那种随心惬意的时光一去不复返，农村生活的真相在我面前一点点展开。乡亲们祖祖辈辈都在这干旱贫瘠的土地上耕耘，用汗水和泪水勉强换取生存的资本，仅仅是活着都已经耗尽心力，所以在他们朴素的经验主义信仰中，“好好念书”才是农村孩子最大的使命。多年来，那种别无他途的焦虑和不安一直催促着我向前、向前，从农村到城市，从山间小路到未名湖畔，无暇回顾，亦不能停歇。

工作以后，我因偶然的机会深入广西的大石山区，再次见到了触目惊心的贫穷，脑海中关于农村的记忆被突然唤醒，哲学家罗素那句“对人类苦难不可遏制的同情”再次冲击了我的心灵。那时的我，忽然成了农村里“最熟悉的陌生人”，一方面是对农民的性格特征和生活方式了如指掌，另一方面又完全不清楚一个村子到底该怎样运行，这个看似平静的地方到底埋藏着多少不为人知的故事？这难道就是我记忆中的农村生活吗？

“从基层上看去，中国社会是乡土性的。”费孝通在《乡土中国》中如是说。数十年后，即使中国的城镇化已进入战略转型期，基层社会也依然保留着部分乡土本色，“三农”问题或多或少能在每个村里找到一些影子。而此时，人类历史上规模最大、持续时间最长、惠及人口最多的减贫工程正在广袤的中国大地上全面推进，改写着无数基层群众的命运。

习近平总书记曾在《我是黄土地的儿子》一文中写道：“我的成长、进步应该说起始于陕北的七年。最大的收获有两点：一是让我懂得了什么叫实际，什么叫实事求是，什么叫群众。这是让我获益终生的东西。……二是培养了我的自信心。”对此，我亦深有同感。一直以来，母校号召我们将个人“小我”融入国家发展“大我”之中，到祖国最需要的地方去锻炼能力、实现成长。在村里那些笑泪齐飞的时光，由此习得的日拱一卒的信念，终于让我摆脱了曾在繁华都市中不断追寻生命意义时的迷茫和渺小，并感觉到当个人价值融入基层群众的实际生活时，以涓滴之力的平凡，同样可以孕育无以伦比的成就感和幸福感，呼应“眼底未名水，胸中黄河月”的使命召唤。

那值得赞美的不竭的生命，让我在复杂的环境中上下求索，遍尝真实的世间百味，最终完成自己本该完成的使命，成为本该成为的人。

如果时光能倒流到2015年报名第一书记的时刻，我一定会再说一次：

“我愿意！”

目录

心灵的呼唤

◎离开北京这个大本营到最艰苦的基层去，帮助那些需要帮助的人，改变那些我能够改变的东西，做一个有担当的平凡人。

2015年10月9日，是我人生中具有里程碑意义的一天。那么多刻骨铭心的记忆，都从那一天开始。

那是一个阴天的早晨，载着我们新一届第一书记的中巴车从广西区党委大院出发，向凌云县缓缓驶去，我的驻村扶贫之旅正式开启了。这次单位选派赴凌云的第一书记和驻村工作队员总共五人。路上，我们兴致勃勃地憧憬着驻村的生活，欢天喜地地讨论了好一阵。半个多小时后，车子渐渐驶出了南宁，大家开始打趣："这下可真的离开'娘家'了！"我们就像懵懂的姑娘坐上了花轿，心里的滋味五味杂陈，大院里循规蹈矩的机关生活飞快地远去，我们即将面对的是两年多崭新的、无法预期的基层生活。我激动极了，内心虽然忐忑，但更多的是对新生活的翘首以盼，是对投入脱贫战场的跃跃欲试。这种心情和我四年前离开北大燕园的时候如出一辙。

2011年7月，我从北京大学阿拉伯语系硕士毕业。毕业前，我已经有了两个很好的留京机会，分别是报社和国企。大家都以为我的工作可以定下来了，纷纷祝贺我能顺利留京。

在北京工作符合所有人的期待，中规中矩，也合情合理，但我不是特别开心，总觉得少了点什么。是什么呢？母校这些年一直在号召毕业生“到祖国最需要的地方去”，每当我看到校友们在田间地头工作的宣传报道时，内心就会燃起一股小火苗，总会想起多年前我在甘肃老家的经历。

我有个同学在甘肃某贫困县的山区小学当老师。2010年暑假的一天，我坐了两个小时的大巴车去看她，想把校友捐赠的五千元钱亲手交给她所在学校的五个孩子。我从小在农村长大，对于贫困还是有一定的心理预期，但是当我亲眼看到那些孩子的家庭条件时，还是震惊得说不出话来。他们无一例外都住在西北常见的土窑洞里，窑洞年久失修，窑顶得用长长的木椽顶着才不至于塌下来。就在我们说话时，还有土渣从窑顶窸窸窣窣地掉下来，吓得我一刻也不敢在里面多待。

其中一个读三年级的孩子让我印象特别深刻。他家的经济条件最差，父母在他很小的时候就遭遇车祸双双身亡，只留下他和爷爷奶奶相依为命。由于长期营养不良，他看起来只有五六岁孩子那么高，十分害羞腼腆。他的奶奶佝偻着腰，跟我絮絮叨叨地说家里的情况。当我把一千元钱交给她后，她毫无征兆地号啕大哭起来，哭得上气不接下气。我懵了，不知道为什么会这样，同学悄悄地对我说：“她可能是哭自己命苦吧。”

烈日炎炎，山坡上到处是农民在蹲着割麦子。金黄色的麦浪十分美丽，但是一想到这上百亩广种薄收的麦子都需要他们用镰刀一株株地割下来，那光彩似乎一下子就暗淡了下来。他们的生活就像这熟透了的麦子一样，希望是看得见的，但这希望来得太艰难，以至于他们经常在漫长的时光中焦虑得寝食难安。

一天下来，我跟着同学爬了十几里的山路，终于把五千元钱送到了五个孩子手中。我们被毒辣的太阳晒得汗流浃背，累得骨头都要散了架。最后，当她把我介绍给班里的孩子时，孩子们笑成一团，使劲儿鼓掌。他们亮晶晶的眸子中闪烁着喜悦的光芒，就像是从未经历生活中的苦难一样。

那一天带来的影响如此之深，以至于每当我想起那个合照的情景，都会不由得流下泪来。我一直在想，弱小的我到底能够做些什么，去改变哪怕一点点这些让人心酸的事情？

毕业就业，是人生的一道分水岭，我可以做出选择了。所以，我一直十分关注地方政府的招聘信息，期待能找到一个让我心动的选择。离开北京这个大本营到最艰苦的基层去，帮助那些需要帮助的人，改变那些我能够改变的东西，做一个有担当的平凡人，这不就是在母校传唱甚广的《燕园情》中“问少年心事，眼底未名水，胸中黄河月”所推崇的家国情怀，不就是践行“仰望星空，脚踏实地”的现实版本吗？我真的想试试看。

当时，恰逢广西启动了一项大手笔的人才招聘工作——面向北京大学和清华大学招录定向选调生。这不仅在广西是前所未有的创举，在全国更是走在了前列。广西为招录工作做了充分准备，选调生宣讲会结束之后，负责招录工作的同志便把电话号码留给了我们，方便我们随时咨询。每到考试、体检、签约等重要节点的时候，他们还会专门发送短信提醒。为了方便考生，他们选了学校的就业指导中心作为笔试和面试的考点，签约前的体检也选择在北大校医院进行。这种真诚的态度、亲切又务实的工作作风，让我们这些未出校门的学子如沐春风。当时还有别的省份也来北大招录定向选调生，广西本来并没有太多优势，甚至开玩笑说是抱着“搭车”的心态过来招录。但出乎所有人意料的是，广西这些细致入微的服务确确实实打动了正处于迷茫期、十分感性的学生。比如我，原本只是在宣讲会上第一次对这个神秘的少数民族自治区有所了解，但随着时间的推移，我逐渐被广西的诚意所打动，心中的天平也在不断倾斜。

最终，在亲人和朋友的不解甚至失望中，我签约了广西，而且在签约意向中只勾选了“乡镇”。这一选择让负责招聘的工作人员大为惊奇。妈妈听到我想签约广西，在电话那头沉默了许久，说：“你要是真想去乡镇工作，回咱们甘肃也行啊，广西那么远。”姐姐则有点恨铁不成钢，说：“你为什么一定要放弃北京那么好的工作机会去广西呢？学的阿拉伯语也用不上，你要当乡镇干部的话念北大干什么呢！”她们的担心让我有点不知所措，也不免觉得自己有点过于理想主义了。不过转念一想，我受国家和社会培养这么多年，如果能有机会投身于基层的事业中，为他人谋福利，那不是一件非常有意义的事情吗？

人生的选择，总是冷暖自知，匹夫尚不可夺其志，况君子乎？无论如何，我都无怨无悔。

签约后，我们的岗位分配方案迟迟没有出来，谁也不知道自己会在哪里工作。但我的内心很平静，几乎是抱着“置之死地而后生”的心态在等待命运的召唤。没想到，一个多月后的一天晚上，我忽然接到来自广西的电话，通知我被分配在广西区党委组织部。这和我的初衷大相径庭，让我惊讶万分。思考良久，我决定先接受这个安排，在这么好的区直部门历练几年，以后再去基层发展，也不失为一个好的选择。就这样，懵懂无知的我凭着一点点运气和勇气，成为当年广西区党委组织部选留的六个选调生之一，也是唯一的女生。

2011年是广西定向选调生招录的第一年，也创造了让人难忘的纪录：作为一个西部欠发达地区，广西一举签约了四十七名北大学生和四十六名清华学生！这一“战绩”在全国各省党委组织部传为佳话，甚至在后来很多年都引领着全国定向选调生的潮流之先。

来到广西之后，我在工作上逐渐得心应手，很快从一个机关的菜鸟变成了熟练工，生活上也顺理成章地与一起选调到广西的北大博士师兄王懿相知相爱，组建了自己的小家庭。在广西的日子越久，我就越喜欢这个质朴又热情的地方，生活于比，真的是一种幸运。

2015年7月，部里发通知号召大家报名接任第一书记，任期从2015年10月开始，直到2018年4月结束，为期两年零七个月。原本这一届第一书记应该是2016年4月到村里的，但因为马上要在贫困村开展精准识别工作，便提早半年下去。看到通知的一刹那，我的心激动得怦怦直跳，不由得又想起当年去甘肃山区资助贫困学生的那一天。是的，这一次我可以重拾曾经的梦想，到基层去！我要趁着自己还年轻，还没有孩子，体力和意志力还没有滑到谷底，到外面未知的世界去走一走，看一看。

当我跟王懿提出自己的想法后，他因为曾经在融水苗族自治县的大方村驻村工作过两年，所以特别理解和支持我的选择，还鼓励我“要去锻炼锻炼”。第二天，我就到人事处报了名。

这个选择让人事处大吃一惊，因为我是部里第一个报名做第一书记的女同志。他们一再跟我确认是否和家人商量好了，我回答说，家属全力支持。

部里在凌云县有四个联系村：浩坤、羊囊、平村和上蒙，分布在三个乡镇。最终他们遴选了五位同志到村里做第一书记和驻村工作队员，我是上蒙村的第一书记。这个消息让身边的同事朋友大为惊讶，以至于那段时间我在办公大楼里碰到的每一个熟人都会问我：为什么想去村里工作呢？在我解释了很多次之后，大家终于了解了我的想法，便衷心地祝福我。我求仁得仁，心中欣喜万分。临行之际，同事朋友的殷切祝愿，对南宁的依依惜别，自不必说。

赴任的日子越来越近，部里开了送别会，部领导像送孩子远征一样嘱咐我们“有事找部里”，让我们心里暖烘烘的。全广西第一书记视频动员会也召开了，听说全区有五千名第一书记，其中女第一书记仅占十分之一左右。当我在主会场看着那一张张陌生的面孔，听着主席台上的鼓励和号召，排山倒海般的喜悦和自豪感，与惶恐、担忧以及忐忑紧紧纠缠，把我裹挟在里面动弹不得。恍惚间，我有一种知识青年“上山下乡”的感觉。我这颗来自未名湖的小水滴，就要汇入脱贫攻坚这股历史洪流中去了。从国家到地方，从集体到个人，我们都要为打赢这场没有硝烟的战争而奋斗。

随着中巴车离南宁越来越远，我才彻底确定：新的生活，真的已经开始了。

初识凌云

◎打扮时髦的城里人和衣着俭朴的乡下人在人流中交织，时不时还有一些穿着蓝褂子、戴着头饰的少数民族妇女走来走去。

经过将近五个小时的车程，我们终于晃到了凌云县界。

广西有一百一十一个县（市、区），2014年末有三十三个国定贫困县和二十一个区定贫困县，贫困县数量占到了全区县（市、区）总数的近一半。百色有十二个县（市、区），国定贫困县就占了十个，无论是数量还是比例都位居全区十四个设区市之首。之前我在网上搜集资料时看到一个冷知识，“百色”的名字由壮语“博涩寨”音译演变而来，意思是山川地形复杂的地方。虽然这个说法无从考证，但百色除了市辖区的条件好一点之外，其他县份大都处在崇山峻岭之中，条件艰苦。凌云也是如此。

凌云在广西算是很袖珍的县，全县才二十二万人左右，县城常住人口不过三四万；土地面积也很小，仅有两千平方公里。作为一个集“老、少、边、山、穷”于一身的贫困县，凌云县困处于滇黔桂交界处，是接近“省尾”的地方，经济发展也处于中下游，全县一百一十个村和社区，其中有五十七个贫困村，脱贫攻坚的压力很大。幸运的是，作为“后进生”的凌云获得了广西区党委组织部、老干部局、广西财政厅，以及国开行、交通投资集团等单位的定点帮扶，有希望成为一支后来居上的“潜力股”。

南宁到百色市区已经开通高速公路，但百色市区到凌云只有窄窄的二级路。这条二级路几乎全部是盘山路，十分狭窄而蜿蜒，路的一侧就是悬崖深涧。对向来车飞快地和我们擦肩而过，我们在车里看得心惊肉跳，不由得发出一阵阵惊呼。

为了赶时间，车子开得比较快，在二级路上绕来绕去时，我的胃开始翻江倒海，几个同事也明显有点晕车，再也没人言语。过了许久，忽然听到有人说：“到了，到了！”迷糊间我以为到了凌云县城，但往窗外一看，原来只是一个小镇子，道路两边有很多乡土气息浓郁的小店铺，还有摆着鸡鸭鹅笼和各色蔬菜瓜果的路边摊点，这是非常有中国特色的乡村集市。“到下甲乡了，还有十几分钟就到县城了！”同行的伙伴笑着说。大家兴奋起来，又开始期待。

很快，地势变得平缓，路的右边是一条平缓低调的河流，河两岸是整齐的石栅栏，沿河的柳树风头正盛。路两边，典型喀斯特地貌的高山拔地而起，把湛蓝的天空分割成窄窄的长条，我们的车就行进在这条缝隙中。

车子抵达凌云县迎晖山庄时已是中午一点钟，部里在凌云挂职的甘常委和县委组织部黄部长等一行人迎接了我们。迎晖山庄依山而建，院内郁郁葱葱，虽然年代比较久远，但已经是县里最好的接待场所。大家在匆忙中简单吃了午餐，便在宾馆暂时安顿下来。

很久没有这样奔波，疲惫不堪的我一口气睡了两个钟头。醒来之后不由得有点懵，缓了好久才反应过来，原来自己已经在凌云了。下午没有特别的任务，我便趁着这半天的空闲到县城里走一走。

凌云是中国的“长寿之乡”，生态极好。“凌云白毫茶”在广西享有盛名，刚到广西不久我即已耳闻凌云的“茶乡”之名。来凌云做第一书记前，我提前上网做了点功课，现在真正到了这里，我要开始细细打量这个小县城。

迎晖山庄外就是凌云的主干道迎晖路，山庄也因此得名。迎晖路不是很宽，两旁是中国小县城常见的街道场景，没有大城市的各种高端洋品牌，但多了很多接地气的米粉店、奶茶店、日化店、烧烤店等，生活气息十分浓郁。打扮时髦的城里人和衣着俭朴的乡下人在人流中交织，时不时还有一些穿着蓝褂子、戴着头饰的少数民族妇女走来走去，看起来像是瑶族妇女。城市的同质化是大趋势，钢筋水泥加持的都市文化不断吞噬那些小众的、民族的、个性的东西，反而是在县一级甚至是乡镇才能看到更多中国原生态的样子。

这时，我看见一个瑶族妇女用花花绿绿的布兜背着一个很小的孩子。那布兜很小，孩子的半截身子露在外面，似乎一不留神就要从布兜掉出来。我赶紧冲上去提醒她，她扭头看了一眼，笑着说：“没关系，他睡着了，在背带里可以的，我们这里都这样背小孩。”说完她便继续走路，只留下迷惑的我在痴痴想着这样背孩子是不是安全。

迎晖路旁就是绕城而过的澄碧河。时值广西的初秋，河水湍急雄劲，那喷薄而来的生命力让我的精神为之一振。沿着澄碧河一路走，远远就看到了凌云的标志性景观——大茶壶。大茶壶有十余米高，色泽赭红，气势雄伟，茶壶底座上刻着五个硕大的字：天下第一壶。一个圆圆的大茶杯放置在茶壶旁边稍矮处。估计那天是个特殊的日子，大茶壶里刚好有清水喷涌而出，顺势注入大茶杯中，似乎让人感受到了茶的氤氲热气。时有行人停留在大茶壶旁合影留念，以求不虚此行。

大茶壶斜对面便是著名的凌云茶叶市场。几十家茶铺沿街林立，绵延数百米，招牌风格各异，或是极致简约风，或是最炫民族风，或是怀旧古朴风，无不显露着各家主人的实力与审美。一脚迈进小店，不见茶客先闻茶香，柔和淡雅的香气立刻钻进鼻孔。不同品级的茶叶，包装好后放在红木质地的货架上等待来客挑选。

我拿起一包看似普通的茶叶问价，竟然要两百多元。我惊讶极了：“这么贵？该不会你看我是外地人故意叫价吧？”卖茶的大姐脸蛋红彤彤的，夸张地叫道：“姑娘，你怎么能这么说？我这店开了十几年了，都是做回头客生意的。这可是我们最好的茶叶，两百多还是在凌云的价格呢，外地客商收过去稍微加工一下，可就不是这个价了。我们凌云的茶叶要看茶汤、品茶香，不要光看包装。”一席话暴露了我是个彻底的外行。我红着脸走出了茶行。

走了一个多小时，我几乎已经参观了大半个凌云城。以前我到县里出差的机会不少，但要么是在办公室工作，要么是到村委楼看档案，每一次都匆匆忙忙，很少带着轻松愉悦的心情在县城里转悠，品味当地的风土人情。这次来到凌云，我像个游人般细细欣赏着。河边的石栏杆、拱桥、风雨桥、孔庙，隐约透露着一点古色古香的风味，但街边小店人群的喧嚣和震耳欲聋的音乐又把我拉回现实。一想到未来两年多我将在这片土地上扎根，心里便不由对她有了一种先入为主的柔情。

上蒙村，我来了

◎农户的独栋楼房依山而建，错落有致，户与户之间挨得非常近，有时候会看到几十栋房子形成一个小聚居点。绝大多数房子都有两层以上，外墙贴了瓷砖，远远看去十分气派。

来到凌云的第二天，我们就在县政府大楼召开了凌云县扶贫工作座谈会。会议由广西区党委组织部于部长主持。部里一直很重视凌云的扶贫工作，于部长上任不久便已数次到凌云调研。在我们抵达凌云的当天下午，他也赶过来了。

座谈会开得一如既往地稳当。先是凌云县委房书记汇报凌云扶贫工作进展，再是各乡镇书记汇报乡镇扶贫情况，最后是我作为新一届第一书记代表做表态发言。看得出来，县里对这个座谈会高度重视，所有的发言人都做了精心准备。我未来的顶头上司、泗城镇党委书记易书记表现得很老到，不疾不徐地汇报完毕。他看起来比我想象中的年轻些，说话也温和，不像是一个强势霸道的人，这让初来乍到的我大大松了一口气。

听他的介绍，我所在的泗城镇是凌云县的城关镇，也是全县第一大镇。泗城镇有十八个村和五个社区，人口近五万人，几乎占了全县人口的四分之一。同时，因为是城关镇，泗城镇辖区内有条件很好的村和社区，也有非常艰苦的石山区村子，各村之间的资源禀赋差异悬殊。总的来说，这个镇优势大，责任大，压力也大。

我作为这一届第一书记代表在会上做表态发言。虽说以前也见过不少大场面，但这毕竟是我“事业转型期”的第一次发言，留下好印象至关重要，所以不由得有点患得患失。好在准备比较充分，除了刚开始有点紧张之外，总体的发言还算是流畅，我也松了一口气。

于部长在座谈会的最后做总结发言。他在讲话时强调了好几次“干事创业一定要有‘霸蛮精神’”“要有时不我待的紧迫感”等。他的语速很快，风格也朴实，让我印象深刻。在后来的工作中，我经常会想到他在这次座谈会上那些平淡而有力量的寄语。

很快，泗城镇里的第一书记们也碰头了，大家都很兴奋。未来两年多一起同甘共苦的“战友”初次见面，大家在热情之中都还带着点矜持，互相打量着对方。泗城镇有来自广西区党委组织部、老干部局、财政厅几家区直单位的第一书记，也有来自市县两级的第一书记。部里的陆书记和我在同一个镇，他任职的平林村距离县城大概十几公里，也是个山村。镇里的班子成员们也都来了，他们因为经常下村，皮肤大都被晒得黝黑，说话做事自信开朗，和机关干部的风格迥异。

我所在的上蒙村还有自己的“包村领导”和“包村干部”。这是我第一次听到这种说法，觉得很新鲜。原来，为了加强乡镇对村一级的管理和联系，每个村配备了一位镇领导班子成员担任“包村领导”，主要负责这个村日常事务的整体统筹和上下协调。还有一个类似于行政秘书的同志，负责协助村干开展日常工作，被称为“包村干部”。我不知道这两个职位是不是广西特色，但从当前的情况来看，这种安排不失为一种很接地气的做法。

联系上蒙村的是镇里的宣传委员毛大哥，他中等身材，圆圆的脸上一直挂着真诚憨厚的笑容。座谈会结束后，毛宣委热情地和我打招呼，聊了点上蒙村的事情。他皱着眉说：“凌云有40%的山区是土山，其余都是大石山。怎么讲呢，上蒙的条件其实不错，离县城不算远，又是土山区，按理来说早就不该是贫困村了。可现在还是发展不起来，上蒙人不太团结，工作挺难做。书记你以后就知道了。”

看我有点担心的样子，他又笑起来，说：“不着急的，工作要一步一步做，慢慢来。”听他说得这么实在，我也放松下来，和他商量下一步的计划。他忽然想起了什么似的，说：“对了，上蒙的几个村干下午要来镇里开会，刚好见个面，怎么样？”我连忙称是。

下午，当我走进镇政府会议室时，毛宣委已经到了。他的对面坐着几个黑瘦的农民和一个胖胖的年轻人。他们就是村干吧？我的心怦怦直跳。按理说我以后是他们的“头儿”，该他们紧张才对呀，但我在机关待久了，又初来乍到，对自己的基层工作开展并无半点信心，反而有点“丑媳妇见公婆”的窘迫感，坐立不安。他们几个可淡定得很，脸上几乎看不出什么表情。

据毛宣委介绍，理着平头的中年人是韦支书，看起来很斯文，说话也轻声细语。另一个脸色黝黑的农民看起来更苍老些，感觉老实巴交，说话很拘谨，他是村委会的赵主任。另一个年轻的瘦子是村委会副主任兼团委书记，姓吕，他一直左看右看，但在支书、主任说话的时候就目不转睛地盯着他们，轮到自己说话时咧嘴一笑，憨直之气扑面而来。最边上的小伙子年纪和我相仿，身材圆咕隆咚，穿着牛仔服，留着最流行的莫西干头。他是镇林业站的工作人员小马，兼任上蒙的包村干部。

聊了一会儿，我没那么紧张了，但心里微微有点失望。怎么和我想象中成熟稳重、胸有成竹、挥洒自如的村“两委”班子成员不太一样?

第二天一大早，我便请毛宣委带我到上蒙村看看。

上蒙村在县城的南部，离城区有七八公里的车程。刚出城的一段路是高低不平的石子路，大大小小的土坑颠得车子蹦蹦跳跳。我问毛宣委:“这路一直这样吗?”他边开车边说:“是啊，好多年了。下雨天太泥的话，就铺点石子填一下，一有重型车进去就不行了。”好在这种颠簸的石子路只有几百米，之后就全部是平整的水泥路了。

通往上蒙的村级公路很平缓，大弯也不多，但看着并不是很宽。我忍不住嘀咕:“这样的路能会车吗?”我三个月前刚拿到驾驶证，对开车还有一点畏惧，这样的路我可不敢开进来。毛宣委哈哈大笑:“这路有四米五宽呐，可不算窄！这在农村是很好的路了，随便会车。”他的车开得飞快，遇到弯道也不怎么减速，一副游刃有余的样子，可我坐在车上，吓得腿都软了。

路右侧的坎下是绵延的农田，农田过去又是一座座草木丰茂的高山。一路过去，我发现田地都处在两座高山之间的狭长地带，可见凌云耕地的珍贵。时值金秋，田里依然绿得娇嫩欲滴，这和北方秋天的景色大不相同，别有一番美感。

毛宣委一边开车一边跟我介绍当地的情况。过了十几分钟，看到路边一棵枝叶铺天盖地的大榕树时，他说："到上蒙了！"

上蒙村的风景似乎和一路过来看到的村子无异，远处的山上全部被绿树覆盖，毛宣委介绍那些绿树就是上蒙村的特产——油茶树。农户的独栋楼房依山而建，错落有致，户与户之间挨得非常近，有时候会看到几十栋房子形成一个小聚居点。绝大多数房子都有两层以上，外墙贴了瓷砖，远远看去十分气派。

我疑惑地问："房子这么好，看起来不像贫困村啊。"毛宣委笑道："这几个屯算是条件比较好的。凌云人很重视门面，不管多穷都要把房子盖好，至少在外墙贴上瓷砖，农民更是有这个观念。进了房子里面就不一定了。"看来不管是南方北方，有钱先建房的观念都一样嘛。"不过呀，你别看房子修得这么漂亮，里面没几个青壮年在家。这年头，能出去打工的都出去了，在家的就剩'386199'部队，哪个村都一样。"他又说。

我们过了一座小石桥后，很快就到了上蒙村部。村部就在村道旁，交通十分便利。村部前面地势平坦，是肥沃又珍贵的水田，后面靠着一个小山丘，风景很优美。我们在村部的旧办公楼开会。这座两层的旧办公楼破败不堪，门窗都已锈迹斑斑。旧楼的旁边正在盖新楼，朝向大路，有两三个工人在干活。院子里到处都是水泥、砖块和钢筋，一直堆到了会议室门口。现场少了点热火朝天，多了点狼狈不堪。

支书和主任引导我们进了会议室。我一看，厚厚的灰尘已经掩盖了桌椅本来的颜色。毛宣委责备地说："你们呀，知道书记过来也不收拾下？"韦支书悻悻地说："这个办公楼好久没用了，今天书记是临时过来，我们还没准备。现在收拾吧。"我连忙说："不要紧不要紧，现在随便擦擦也来得及。"

现场来了三个村干，分别是负责治安的韦专干、负责计生的卢专干和负责扶贫的付专干。除了付专干是个瘦瘦高高的年轻人之外，其他两人的气质和支书、主任很像，看起来沧桑、老实又本分，见到我有点畏首畏尾，生怕说错一句话。除了依然空缺的妇女主任职位，到现在为止，我把上蒙村"两委"班子成员都认全了。大致聊了一下，我发现村干的平均年龄在四十多岁，平均学历为初中，学历最高的是高中毕业的韦支书，最低的小学还没上完。总之，一眼看去，似乎没有几个村干是开拓创新型的人才。

我们在村部附近的屯走了走。路上碰到几个农民，韦支书跟他们介绍我是新来的"第一书记"，大家都疑惑地问："哦，第一书记？"然后一副明显没听明白的表情打量我一番，象征性地打个招呼便走开了。

因为只是来"踩点"，我们很快就结束了第一次上蒙之旅。回程路上，我的心情有点沮丧，感觉这一切不如我以前想象的那么好。毛宣委笑道："感觉好的话就不是贫困村了，书记。"我转念一想，也对，正是因为基础薄弱，所以才有提升空间。如果村里一切欣欣向荣，我这个第一书记也就没什么存在的必要了。这么一想，我的信心又足了一点。

第一次开群众大会

◎村民们能在『百忙之中拨冗莅临会议』，并不完全是我这个第一书记的面子大，而是那点误工补贴起了大作用。

我刚在凌云安顿下来，县扶贫办就把精准识别工作提上了日程。一时间，县里紧锣密鼓地启动了各种动员会和培训会，身边所有的文件、材料以及新闻里都在说精准识别。我们这些新来的第一书记和驻村工作队员懵懵懂懂地投入了紧张的学习之中。

我第一次去参加培训会时，领到了指导精准识别的“蓝宝书”——《精准识别工作手册》。手册近一厘米厚，里面有对精准识别工作的全流程解读，包括入户评估、小组评议、自然村评议、公示、确定名单等步骤，还附上了需要填写的表格。

入户评估是精准识别工作的基础，评估表总共包括十四项内容，几乎涵盖了一个普通农户常见的家庭情况指标，比如住房、家电、农机、机动车、饮水、用电、道路、健康状况、子女受教育状况、劳动力、务工、土地、养殖、种植等。每个指标又规定了不同细则，适用不同的分数。如果家庭有重病、残疾、就学等特殊困难，还有专门的减分项。表格以累计分值评估农户的总体经济情况，看起来非常严谨。

培训了几天之后，我才真正了解精准识别的确切含义。精准识别是精准扶贫的第一步，也是最基础的环节，相当于统一定义贫困标准的“度量衡”。各贫困县按照统一标准和规范流程，筛选出真正的贫困户，为以后的精准扶贫工作提供最科学的依据。

台上，县扶贫办的同志在仔细讲解精准识别工作的流程。工作人员夹带方言味道的普通话回荡在空旷的礼堂里，使那些不太常见的专业名词变得更加难以琢磨，把我急得不行。旁边一位热心的大姐看我在做笔记，用看破玄机的语气悄悄对我说：“姑娘，现在开会还不用记什么，乡镇还会再传达一次的。”我将信将疑地答应了一声，又趁她不注意记了几个要点。

第二天，我果然接到通知到镇里参加同样主题的培训会。镇里分管扶贫工作的梁副镇长深入浅出地把县里培训的内容又讲了一遍。我这才明白，原来就是一套表格，只是不同的流程使用不同的数据罢了。想到在礼堂时那位大姐说的话，我忍不住笑起来，她真是开会开出经验来了。

通过培训，我第一次知道了“后援单位”的概念。曾经我天真地以为，做了第一书记，这个村的事情主要得我带着村干一起干，当时还挺发愁：自己完全不懂啊，两眼一抹黑，怎么办？现在才发现，第一书记的驻村工作远不是我想象的那么简单。行政体系是一个结构严密、分工明确的大型组织，它有既定的工作模式和流程规矩。有很多工作需要在基层落地，所以越往基层，政府承担的一线工作任务就会越复杂，尤其是到了乡镇一级更是如此。村里的工作也需要多个部门来协作、督查、考核等，哪里会让一个村子“孤军奋战”？这不，县里分配了县妇幼保健院来帮助上蒙村脱贫摘帽，它就是上蒙村的“后援单位”。毛宣委带我和县妇幼保健院的陆副院长碰了头，领了精准识别动员会的横幅和宣传册，约定周四下午到村里开动员会。

这是我第一次在村里开大会，心里慌得很，惴惴地问这种会要谁来参加合适。毛宣委安慰我说这是小得不能再小的会，村干和组干参会，再让每个屯来几个代表就行了。我也是第一次知道，所谓组干就是村民小组长。他说：“我已经让支书通知村里的人来开动员会了，书记你不用操心。”反正我对村里还不熟，便一切听从他的安排。我还邀请了部里派到上蒙协助开展精准识别工作的刘处长，一道与我进村里开动员会。

到了开会那天，天热得出奇。上午时我问毛宣委要不要准备下午的会议议程。我在机关工作时组织过很多次会议，非常驾轻就熟，可这是在村里，不知道开会的规矩和我们在机关的是不是一样。他迟疑了一下，说，准不准备都可以。本着认真做好每一件小事的原则，我绞尽脑汁地想了想自己、刘处长、毛宣委、陆副院长和韦支书的讲话顺序，列了会议议程，写了讲话提纲，还考虑了什么时候分发宣传册等细节。忽然，我想起这么重要的会议应该做会议记录，于是特别通知包村干部小马带好纸笔。虽然现在“秋老虎”还很凶猛，让人动不动就汗流浃背，但为了表示对第一次参加村民会议的重视，我咬着牙，勇敢地决定穿上正式的西装参会，自我感觉十分大方得体、严肃却不失活泼。

我们一行人两点多就到了会议室。距离我上次来村里不过几天，会议室的桌椅上又落了厚厚的一层灰。村干没来几个，群众更加没见着。我让会议室外的水泥搅拌机停一会儿，免得声音太大打扰我们，工人们如遇大赦，立刻停下来到旁边树下乘凉去了。包村干部小马说他忘记带会议记录纸了，便丢了几张稿纸在桌上，他坚称随便什么纸都可以用，没那么多讲究。我一边和村干挂动员会条幅，一边让大家催群众赶紧过来，心里还盘算着自己的发言，忙得不亦乐乎。

初来乍到的我，既怕自己发言时漏了工作重点，又担心群众来得不够多影响会议效果，焦虑得不得了。更郁闷的是，旧会议室里没装空调也就罢了，竟然连个电风扇都没有，全靠开窗吹进来的那一点若有似无的穿堂风做做样子。穿着厚西装的我满头满身都是汗，但脱又脱不得，这让我极其尴尬。

半个小时过去了，会议室里稀稀拉拉只来了十几个人，大多是老人和妇女，甚至还有年轻女人带着孩子来开会，人数也完全没有达到预期。整个会议室里聊天的，哄孩子的，抢玩具的，一眼望去完全没个正形儿。说好的村民小组长和村民代表呢？这都是妇女、儿童、老人，不就是“386199部队”来开会嘛。

看我急得抓耳挠腮的样子，毛宣委和陆副院长都笑了，安慰我说农村开会就是这样，他们都会来的，只是晚一点，不要紧的。和他们的自信淡定相比，我仿佛有点大惊小怪了。

村民们大都是第一次见我，略带好奇地打量了好一会儿。我站在会议室里，左看右看，忐忑不安。这时候，小马叼着烟，潇洒地把精准识别的宣传材料扔在桌子上，大声招呼村民自己领材料，然后在签到簿上签名。我问：“干吗一定要签名呢？来就行了嘛。”小马说：“要照着签名发误工补贴啊，书记！”我又长见识了，原来村民们能“在百忙之中拨冗莅临会议”，并不完全是我这个第一书记的面子大，而是那点误工补贴起了大作用。

会议终于开始了，这时候已经比预计时间晚了一个小时。现场来了三四十个人，坐满了大半个会议室，大家的状态都无比放松。我再回过头看看几个小时前自己精心准备的议程和讲话稿，不由得哑然失笑。

毛宣委开始主持会议。他用本地话做介绍，声音洪亮，随便几句话就让村民笑了起来。县妇幼保健院的陆副院长也是声情并茂地用本地话做动员。就连刘处长也是用桂柳话讲了几句，十分自然，村民们听得哈哈大笑。

轮到我时，我的心扑通扑通跳得厉害，本来一心想着要用接地气的话跟他们宣讲，立志要做到抑扬顿挫、信手拈来、举重若轻……但在真正开口讲话的那一刻，我的脑子是乱的，脸是红的，表情也是紧张的，尤其看到台下的村民盯着自己看时，更是乱了方寸。原来准备现学现卖的壮语“你好”却怎么都不好意思说出口，只好努力用平静的语气和一贯淡定的风格跟他们讲了精准识别的意义，以及下一步需要他们配合的工作。

我终于把精准识别宣传单上的内容大致讲了一遍，虽然有点专业和拗口，但毕竟是讲完了。自己如释重负，而衣服早已被汗浸透了。村民们热烈地鼓起了掌。我有点不好意思，但也有一种“进入新纪元”的自豪感：我是多么接地气的第一书记啊，完全可以组织好一次气氛热烈的村民代表大会嘛！直到几个月之后的某天，一个诚实的农民无意之中告诉我：“书记，其实你第一次开会讲的话，我们都没怎么听懂。”我这才知道，村民们给的掌声里是包含了多大的善意啊。

会议在热烈愉快的气氛中结束了。这时，一个站在门口许久的老大爷突然冲了进来，用不太标准的普通话大声嚷嚷：“你是第一书记吧？今天你们大领导都在，刚好！我要你们帮我解决一个纠纷，看看上蒙的支书是不是欺负人！”他大概六十多岁，精瘦的中等个，头发已经花白，但眼神闪着凌厉的光，一看就是个厉害人物。不等我回答，老大爷已经拉着毛宣委他们几个往外面走了。我小心翼翼地跟在后面，心里很好奇，想看一看究竟是什么纠纷。他们告诉我，这个老人姓黄，以前在村里做了十几年的支书。我更加惊讶了。

黄老支书把我们带到离村部不远的一片坡地，指着一截已经被砍掉的树干，用壮话说了一大通。他的脸涨得通红，像只愤怒的老鹰一样挥舞着手臂，义愤填膺地控诉着什么。如果不是有人劝架，他几乎要和韦支书打起来。韦支书神色尴尬，脸上红一阵白一阵。

我一问小马才知道，黄老支书和韦支书两家的山林地原本以水沟为界，黄老支书在水沟这边栽了一排小树苗，今天忽然发现被韦支书砍掉了好几棵，便火冒三丈，趁着我们这些“上面的人”

来村里开会时想讨个说法。韦支书也很委屈：“这树明明已经种到我这边了嘛。我跟他说了好几次要把这些树移走，可他不愿意，我不砍也不行了呀!”

我“新官”上任开第一次会就摊上了这么个火暴脾气的大爷，这么个火急火燎的纠纷，有些手足无措。双方都吵得脸红脖子粗，黄老支书更是暴跳如雷，指着鼻子在骂人。毛宣委等几个人一个劲儿地灭火，我则站在旁边看着干着急。

忽然，黄老支书走过来拉着我用普通话说：“书记！你一定要让他赔偿我的树苗，哪能这么做事！”我突然之间被推到了众人面前，尴尬极了，感觉不说几句话不合适，可是一时间又不知道说什么好，只好又问了一遍事情的经过。他一股脑儿说完后，又开始对着韦支书破口大骂。眼看一时半会儿搞不定老支书，毛宣委便拉着他走到旁边去劝，我们一行人就在半坡上等着。

快半个小时过去了，火辣辣的太阳晒得我汗流浃背，像从水里捞出来似的。这是我第一次在太阳底下晒这么久，没涂防晒霜，也没戴帽子，懊悔极了，心想，难怪基层干部们没有皮肤特别白的，经常下村总是这么晒着，搁谁都白不了。

这时候，毛宣委拥着黄老支书走过来，两个人都笑眯眯地不说话，很显然，纠纷已经协调处理好了。经过毛宣委的大力斡旋，韦支书同意尽快将他砍掉的树苗给老支书补上，并赔礼道歉，这件事才算过去了。黄老支书显然对韦支书还是不满，离开的时候还指着他骂骂咧咧，留下尴尬不已的我们。

可真是跌宕起伏的一天。

为表重视，我身着西装参加第一次村民会议，进行精准识别动员。

精准识别开始了

◎入户调查填写精准识别表格，是个很有技术含量的工作。它十分精细而复杂，每个项目几乎都牵扯到专业的解释。

我刚到县里没多久，广西区党委组织部就印发通知，要求各地各单位选派精准识别工作队队员驻村三个月，协助第一书记开展工作。

按照规定，每个贫困村的精准识别工作队队员由三部分人员组成：第一书记的后盾单位也就是所在单位选派三人；县后援单位选派三人；所在乡镇选派一人。部里选派到上蒙村的三位精准识别工作队队员都是非常能干的年轻同志。除了曾和我进村开动员会的刘处长，还有大海和小胡。县妇幼保健院派出的工作队员竟然是他们的院长，还有两位分别是医院的医生和司机，巧的是，他们三人都姓罗。罗姓和韦、陆、黄、覃姓等一样，是壮族的大姓，在广西一听到这些姓，十有八九就是壮族。我很好奇，凌云县妇幼保健院到底集中了多少姓罗的同志啊。

我问："院长，您也亲自下村做扶贫吗？"罗院长急忙解释道：

“是啊，路书记，我们是小单位，人本来就不多，能下村的就更少了。我不用像医生那样在一线看病，就来扶贫吧，这也是做贡献嘛。”我又指着那位罗医生问：“那罗医生不用看病吗？”罗院长笑了起来，说：“这不是人手不够嘛！”

镇里让包村干部小马兼任精准识别工作队队员，不再另外派人了。我有点不高兴，问小马，镇里为什么不再专门派一个人来。他也不高兴了，跟我说：“书记，别的村都是这么安排的，包村干部作为镇里的工作队员。镇里能让我过来已经不错了，全镇总共也就一百来个干部，在职在编的只有七八十人。除了包村的镇领导、休产假的、休病假的，剩下的几十个人负责全镇的日常工作，还剩下几个人能专职做精准识别？照这么算的话，估计镇政府大楼可以关门了。”我初来乍到，没想到情况这么艰难，原来“一级抓一级，层层抓落实”的扶贫工作，实际操作起来如此不易。我讪讪地说：“那好吧，有你专门做队员也行了。”他又叫起来：“也不能算专职队员呢，书记！我编制在林业站，全镇几十万亩林地的事情都要我负责，山林着火了我也得去看。站里就我和一个女的，人手很缺。白天干扶贫，晚上巡山，我尽力做好工作，好吧？”他的一番话说得我哑口无言。在县里的这段时间，我深知这也是基层的实际情况，从此不好意思再跟镇里提增加人手的事情。

统一业务培训之后，我和几位工作队员确定了工作分工。精准识别的任务很紧，上面要求我们在这年11月底前完成全村十四个村民小组三百多户一千多人的精准识别，还要在各小组和全村进行评议、公示，工作量相当大，时间又很紧，很考验执行力。我们商量了一下，决定把八个人分成四组，我和部里三位同志各带一人，兵分四路入户填表，每个组每天完成十五户左右。这样的话，大致在两周内可以走访完所有农户。

布置完以后，我想着怎么提高工作效率，便打算给村干们建个微信群。可我问了一圈，只有韦支书用微信。村干们都是一样的话："书记，那是你们城里人玩的，我们老农民不会用。"年纪最大的村干慢吞吞地说："书记，我连个智能手机都没有，再说我也老了，不玩这个了。"边说边摇头。我在开会时把这事说了好几次，可没有一个人被我说服。

这下轮到我惊讶了。本以为这是一件特别简单的事情，但在农村实施起来居然这么难。现代化浪潮从城市波及农村会有一定的滞后，这我早有心理预期，但滞后这么多还是让我始料未及。在城里已经非常普及的微信，在村里竟然是个新鲜玩意儿。我问王懿，他之前在大方村里是怎么应对这种村民不支持的情况的。他说："农村工作其实也简单。如果你认定这是对的，那就不要太在乎村民的反应，一直坚持做就可以了。坚持一个月两个月不行，就坚持一年两年，时间久了他们自然会跟着你一起干的。"听他这么说，我更加坚定了要推行微信办公的想法。

于是，我建了个微信群，命名为"上蒙村委会"，并把韦支书、小马拉进群去。后面几次开会，我每次都跟村干说要用微信，然后当场帮他们注册，一步一步教他们怎么用。慢慢地，他们半信半疑地接受了这个"组织包办的微信"。我有事没事在群里发个红包，吸引他们多上微信，还宣布村里的项目我都会放在微信群里征求意见，想帮自己屯申报项目的村干必须在微信群里按时反馈，如果没及时看到导致项目没申报，那我也没办法了。有的村干虽颇有微词，但也不得不接受我的“霸王条款”。果然，一段时间之后，我这种“胡萝卜加大棒”的做法稍微有了一点效果，村干们逐渐习惯了使用微信。后来的一段时间里，我如法炮制，慢慢建立了村民小组长、自然屯、妇女群体、大学生、种养能人等各个群体的微信群。上蒙村终于缓慢地进入微信时代。

那段时间，为了配合我们顺利进村入户，县妇幼保健院特地找来一辆面包车，每天早上接我们一起吃完早餐再下村。那段日子，吃凌云本地的特色米粉当早餐成了一件特别有仪式感和幸福感的事。吃完早餐，司机小罗会就近买一些肉和蔬菜作为中午的食材。他一般会在中午十一点多的时候在某个村民家留下来做饭，顺利的话到一点钟左右我们就可以开饭。这也让我觉得新鲜。以前在城里可以点外卖吃快餐，现在忽然碰到自己的同事要亲自上阵做饭了，还真有点不习惯，同时也深深感受到基层干部的不容易，“上得厅堂”自不必说，竟然还要“下得厨房”。

每天到了村里以后，我们首先研究当天的精准识别任务。如果几个村民小组在地域上临近，就由同一个评估组负责。我仔细查看了上蒙农户的分布情况，发现这些农户都是逐河而居，全村十二个屯十四个村民小组分为五大片区，每个村民小组的户数多寡不均，多的如百功、那捞等小组有三十几户，少的如中蒙一组才十几户。而且，大多数壮族村民小组里的姓氏都比较统一，宗族势力影响较大。比如，下蒙一组农户都姓陆、二组都姓全、三组都姓廖，十分齐整。百功屯的大多数农户都姓陆，还有几个比较集中的杂姓，三个汉族小组则没有这么统一，很有意思。

我们入户评估的那段时间正是上蒙村民最忙的时候。上蒙是油茶种植大村，每年10月、11月是油茶果成熟的季节，家家户户都在收油茶果。而我们人生地不熟，入户必须得靠村干带路，还要提前通知村民在家等着我们。村民习惯早起上山打茶果，中午在山上将就吃点干粮，一直忙活到傍晚五六点钟才回来。因此，白天入户找他们填表，他们多少有点为难，常常只留一个老人在家应付了事。如果碰到一个村民小组里没几户人在家时，我们就有点沮丧，这大半天算是白跑了。一问村干，他们也是满腹委屈："我真的都打过电话了，也不知道为什么没人。可能他们等不到你们，又去打茶果了。"于是，我们只能在村里等着。有时候等到天黑他们也没回来，便只好联系第二天再过去。

我们每天入户结束时都已是晚上七八点钟，又累又饿，回城后简单吃点快餐了事。吃完饭，刘处长又带着我们一起开碰头会，交流一下各家各户的情况，总结当天工作的得失。此时大家感受到的不再是劳累，而是新鲜和激动。在区直机关工作太久，哪怕我曾经来自农村，现在也几乎不了解最基层的农民是怎样生活的了。这需要一个过程。精准识别刚好提供了一个深度了解农村的好机会。

上蒙村部周围的农户几乎都住小楼，条件好的家庭还是三层小楼，内外精装修，家具也配得丝毫不比城市家庭差。条件比较差的家庭则是住着年月久远的小平房，房里是本色的青砖水泥地。农民们大多靠务工赚取家用，个别手艺人则在县城开了店。幸福的家庭都是相似的，不幸的家庭各有各的不幸。只剩老人和儿童留守在家者有之，因治病倾家荡产者有之，全家六口人仅靠一个劳动力打工养活者有之，而一辈子打光棍的男性村民更是多了去了。我们不禁感慨，从外面看，上蒙村一点都不像贫困村，只有走进去了解之后才知道，他们的生活大多都很艰难。

填写精准识别表格，是个很有技术含量的工作。它十分精细而复杂，每个项目几乎都牵扯到专业的解释。比如，某户所在的村屯通砂石路，但是自己家离屯级道路比较远，却是泥巴路，那么这户的道路情况怎么算？全屋装修达到多大比例的时候算精装修？当家里有人患慢性病需要长期治疗但又不影响生产劳动时，算不算全家基本健康？该户多年来外出务工，但在一个月前回家，并声称以后都会住在村里，他家算不算长期外出务工？这些问题都让刚接触表格的我们举棋不定，所以入户评估刚开始的几天进展得非常慢，每一户大概要花一个小时，一天下来，每组连十户都做不完。每天晚上我们都碰头总结经验，两三天后，步伐总算快了很多。

精准识别以来，我改掉了午休的习惯，也克服了最初的拘谨和紧张，试着让自己“自来熟”一些。每次一走进屋子，我就主动喊：“请问有人在家吗？有人吗？”户主出来后，我笑着自我介绍自己是第一书记。这时候的村民对第一书记依然没什么概念，只是木然地“哦”一声作罢，碰到活跃一点的则会问第一书记是干吗的。

我随身携带着一个小本子，在填完精准评估表后，会和他们聊聊天，问他们家里有什么实际困难需要政府解决，然后记在小本子上。记录的时候印象很深刻，但一天十几户下来，他们的影子就逐渐模糊起来，他们的诉求也在本子上不断重合，比如屯里的路没有修，水池太小所以经常供水不足，身患疾病，孩子上学开销大，等等。只能等到晚上回到家，我再郑重其事地整理一天的记录，为以后的工作打好基础。我的几位同事也是这么做的，这让我十分欣慰。

各村的评估工作都在如火如荼地进行。评估之后还有小组评议、村级评议、乡镇汇总等环节，周期长、任务重，所以我们一天也不敢松懈。到后来，我两周才回一次南宁，周末的时候，也只是抽空休息一天。

我们兵分四路入户调查，填写精准识别评估表。而我还会在填完表后，问他们家里有什么实际困难需要政府解决，然后记在小本子上。

召开评议会

◎中国的农民非常有意思。农村是熟人社会，一个小组里面的群众大都沾亲带故，但即便如此，在做这类评议时还是会有一丝丝真实的想法传递出来。

日子在忙碌中一天天过去了，等到全村农户的入户评估都完成了，我们便开始组织村民小组对评估结果进行评议。

每个村民小组选出五个或七个代表，对每一户农户的评估情况逐项进行评议。每个小组至少有十几户农户，每一户至少有十几项指标，还得听村民代表们发表意见，开一次评议会的任务量并不小。于是，我们两两分组，花几天时间到各小组分头开会。我们本来以为，通过评估表已经把村民的情况了解得够透彻了，没想到，因为参加评议会的人数众多，悠悠众口终是堵不住，真相总是会冷不丁冒出来，还爆出了精准识别评估表之外的很多问题。

我一户户地念着每个指标的得分，到一些容易出现问题的地方就停顿一下，看看评议会的成员有没有意见。中国的农民非常有意思。农村是熟人社会，一个小组里面的群众大都沾亲带故，但即便如此，在做这类评议时还是会有一丝丝真实的想法传递出来。比如，很多农户在我们入户评估的时候自称没有车，没有洗衣机或电视机，山林地只有两三亩，家里也没有其他产业。到了这时候，参加评议会的人会轻声质疑："我怎么记得他家有辆电动车呢？怕是你们去评的时候他藏起来了。""他家的林地不止五六亩吧，光是油茶就十几亩呢！明显没说实话。""他家明明有个店在县城，好意思说自己没铺面。"这种轻微的"星星之火"，很快就可以形成"燎原之势"，其他人也习惯性地附和："就是啊，肯定藏起来了，我经常见他骑的。""哎，连这个也想瞒住。"但如果没有人第一个发声，一些错漏很可能就顺水推舟地被掩盖过去了。村民们不习惯做出头鸟，个别有正义感的农民大都是本身比较自信和性格外向的人。

随着小组评议的完成，我们将最终的分数贴在各小组的路口公示了五天，还留了我的手机号码在上面。果然，很多人给我打来电话。有些村民对自己的分数有疑问，我就拿着表格一项项解释给他们听。最后他们虽然表示对每一项的评估都认可，但还是嘀咕着："小组里谁谁家的房子比我家好多了，他的分数怎么还低些？"我便跟他们解释："我们评分不光是看房子好坏呢，房子这里最高分值只有十八分。他家还有其他一些指标得分比较低，比如有孩子上高中和大学，劳动力没你家充足，还有一个重症患者。"他们才稍微释然些。

我们汇总全村精准识别评估分数时，发现分数确实相对客观。全村最高分是一百五十五分，这户人家的房子是精装修，有轿车，在县城有店铺，家里劳动力比重大，且无高中生或大学生，生活条件确实比较优越。九十分以上的家庭，条件大都算是全村中等偏上的。七十到九十分之间的是比较一般的家庭，要么是手里“余粮”不多，要么是有点家庭负担，但生活基本还过得去。七十分以下的大多是村里条件比较差的农户了。尾龙屯的一户刘姓人家才七分，是当之无愧的全村最低分。我仔细一看，这家住的是危房，单亲，孩子上初中，家人有慢性病，果真是“屋漏偏逢连夜雨”啊。他还有个兄弟住在他家边上，也才三十多分。这两户是刘处长去评估的，他一直在感叹他们实在是太穷了，强烈建议我作为第一书记去现场看看。

于是，我们专门驱车上山去探访情况。

尾龙屯是全村距离村部最远的屯，而刘家兄弟住在尾龙屯的最高处，车一直开到了山顶。走进刘家兄弟的房子，我终于明白为什么他们的分数会如此之低。这应该是我见过的上蒙村最差的房子了。三间老旧的红砖房至少有二十年的历史，中厅逼仄又黑暗，家具和物品上都是灰尘，墙壁上的挂画已经看不清本来面目。左右两边各有两个破破烂烂的木门，厨房在房子后面，其实也只是一间敞口的棚子。一位头发花白的老太太在家里招呼我们，她是两兄弟的老母亲。

我问：“刘老大家是哪里？”她一指左边。“那刘老二家呢？”她一指右边。我有点惊讶了：“他俩都住在这一套房子里吗？他俩不是各有一个孩子吗？”老人说：“是啊，小孩都去上学了，平时就我和老头子在家。”原来，刘家两兄弟都早早离了婚，分别赡养年近七十的父母，但他俩常年在广东打工，他们的父母平日里就带着孙女们住在这破烂不堪的房子里。

村干私下对我说：“书记，这家老大原来是村里的有钱人，早年去广州做皮具，自己还开了厂，上蒙凡是做皮具的基本都是跟着他干的。后来生意失败，欠了百来万的账，从那以后就败了。”我听了震惊不已，刘家竟然有这样的故事。以前常在电视剧中看到那种百折不挠、东山再起的创业精神，但现实生活中，生意失败会给一个农村家庭带来毁灭性的打击，想再爬起来可真太难了。

小组评议会后，我们一遍遍地汇总数据，整理了评估表、评议表、公示表、累计表，准备了各种评议会的照片、会议记录、签名册等，每隔几天就整理一份交给镇扶贫办。镇扶贫办的盘哥本来是高大壮的体型，白白胖胖戴副眼镜，像墩弥勒佛，但自从精准识别开始后，他越来越忙，话越来越少，眼圈也越来越黑，几乎变了个模样。镇扶贫办原本有一间单独的小办公室，但是，全镇二十三个村和社区的扶贫材料已经将屋子填满了，很快就换到了一间面积相当于两三间小办公室的大办公室。可即使这样，各种材料也很快堆满了腾出来的空间。每次去镇扶贫办，我都要透过重重材料的遮挡，才能找到角落里一脸疲惫的盘哥。

经历了几十个这样的日夜，填写了无数表格之后，我们的村级评议会终于召开了，这意味着精准识别逐渐进入尾声。

那天的评议会从早上九点开到晚上八点多，二十多名代表讨论了全村三百多户的评分排名。开完会，所有人都筋疲力尽。不过想想这项工作快要圆满地画上句号了，还是非常欣喜。现在我们掌握了全村三百四十户一千五百八十八人的家庭状况，这对下一步工作的开展是一笔巨大的财富。

我们正要为这阶段性胜利庆祝的时候，忽然又接到了新的任务：要将所有评估表的数据都转成电子版。全村三百多份表格，每份四页，再加上表头表尾的一些基础数据，要在一周内全部录入电子表格，工作量还是相当大的，我们的人力有点捉襟见肘。这时，县妇幼保健院又雪中送炭，专门抽调了两个文职人员来帮忙，包村干部小马也主动请缨分担了一些工作。

这些天，我们一边整理精准识别的各类总结材料，一边抽时间将这些表格录入电脑，忙得天昏地暗。一周时间里，我一直待在宿舍里大门不出、二门不迈，全神贯注地录数据。其他工作队员也是开足马力，熬了几个通宵，光是将三百多份表格核对一遍就花了两天时间。不过，“集中力量办大事”的效果也显现出来了，我们终于赶在最后期限前完成了这项工作，可以安心地过个元旦。刘处长他们三人这时也完成了历史使命，回了南宁。

正在那几天，部里的章部委和全处的同事竟然专程来上蒙看我。这可是年底最忙的时候，他们能全部出动来到凌云，太让我意外了。他们说“大家都想在2015年来看看你”。他们一直在问我，有什么困难要解决的，有需要就告诉处里。我就像一个在外闯荡的孩子见到亲人般，满满的幸福与感动。李处长还带来了一个好消息，说他打听到广西民族大学等学校有培训扶贫的项目，等年后我可以组织一些人去学习一下。

这段时间的辛苦，让好几个驻村工作队员都病倒了。我已经三周没回南宁了，可手头上还有一堆节后就要交的表格没有填写，便只能以大局为重，继续留在凌云填表。

在那个无比寒冷的跨年夜，我一直在伏案工作，心里一点也没有新年来临的喜悦感。多日来的压力和疲惫，让我忽然发了高烧，晕乎乎地睡了过去，灯没有关，连王懿的电话都没有听到。凌晨两点多，我又冷又渴地从梦中醒来，感到头痛欲裂。我当时心想，完了，我难道要一个人昏死在房间里吗？于是爬起来喝了一点热水，吃了几片感冒药。身体的疼痛已经不受意识控制，我又沉沉睡去，直到第二天早上九点多才醒来。

清醒之后，我感觉到了彻骨的寒冷。原来是凌云罕有的雨夹雪天气，窗外白茫茫一片，温度竟然已降至零下了。可是，我还得给那几户贫困户的房屋重新拍照。这可有点麻烦了。我犹豫了好久，最后释然了，不管是不是元旦，都得干活呀！于是，我硬着头皮找县妇幼保健院的同志送我到村里。忙活了一上午，终于把十几家的房屋都拍完照了。在奔忙之中，我竟忘记自己生病这件事了。

那天的印象如此深刻，以至于很久很久以后，我都会想起那两天让我“命悬一线”的日子。

波澜再起

◎我那理想主义的种子啊，刚刚萌芽，就已经被无情的现实所浇灭，我到底要靠什么才能坚持两年半啊？

本来第一书记应该驻村，可是上蒙村委大楼还在修建，没有合适的宿舍。附近找了几家农户，也都不太方便留宿我。好在村子离县城只有十几分钟车程，所以镇里索性租了个小单间给我做机动住房，等村委楼建好了再搬过去。房子的布置很简单，一床一衣架而已。虽然看起来比较简陋，但我深知他们找房不易，已经非常感激，甚至一度想在门口挂一个牌子——“唯吾德馨”。这不就是现实版的“一箪食，一瓢饮，在陋巷”嘛。孤身在异乡，我唯一有点担心的是自己的人身安全。

一天傍晚，有个村民给我打电话，问：“书记，你住在哪儿?”我说住电业公司附近。他笑嘻嘻地说：“书记，我上你宿舍跟你汇报一下扶贫工作，好吗？”我一听他的语气不对，心想，都这么晚了，到我这儿汇报什么工作！于是严词拒绝，心里很不快甚至十分气愤，觉得他怎么能这么没规矩。

后来，又有一个组干打电话说他在我宿舍附近，有组里的精准扶贫材料要交给我。当时正值中午，他约了我到附近的电信营业厅见面。我到了那里一看，他正躺在长椅上犯迷糊，见我来了，大喜过望，坐起身来，开始絮絮叨叨地说村里的事。我这才发现他满嘴酒气，话都讲不清楚，于是强忍住心中的不满，问他要交什么材料。他说："没什么材料，就是想见见书记，汇报点情况。"看着他嬉皮笑脸的样子，我就来气。这时，营业厅的工作人员请我把这个醉汉带出去，说他好像快要吐了。确实是太不成体统！我气得火冒三丈，但又怕他在那里出什么事，于是劝他到亲戚家里待一待。我跑到大街上找了一辆凌云特有的三轮摩的，和工作人员一起扶着他上了摩的，打算把他送到他亲戚家去。他推搡着不想上去，上去之后又半眯着眼睛，含混不清地嬉笑着说："书记，我还想和你聊一会儿，我真的还有事要汇报，真的……"这都是什么破事儿！我扭头就走，气得半天缓不过神来。过了一会儿，我又打了电话确认他安全到达，这才真正放下心来。

郁闷归郁闷，工作还是得做。陆续有一些基础设施项目要开始实施了。县住建局已经通知村里，说要对村部旁边的中蒙屯进行"亮化、美化、硬化"风貌改造，要求第一书记和村"两委"先开会动员。这可是我来到村里以后计划实施的第一个大项目，我得做得漂亮一点。于是，我跟村干商量了一下，定了一天晚上七点半到屯里开项目动员会。

我和毛宣委早早就来到了韦支书家，等群众过来开会。韦支书家就在村部旁边，家里房间又大又宽敞，所以我们经常在他家里开会或接待。有了上一次开群众会的经验，这一次我的心理预期低多了。果然，通知七点半开会，到时间才来了几个人，现场冷冷清清的不像开会。等到八点半时，有近二十个人到了，我实在等不及，宣布会议开始。

下乡以后，我明显感觉咽炎比以前严重很多。会议不论大小，我都要大声“宣讲”，一说就得一两个小时。通常是我在上面说，村民在下面说，他们的声音比我还大，我必须得过一会儿就喊几句“静一静，静一静”，他们才安静下来。就这样，每次开会都成了一个体力活儿，让人筋疲力尽。几个月下来，我也大致了解了他们的说话习惯。特别是通过精准识别的接触后，我和大家混得熟了点，脸皮也厚了许多，这次开会已经有点熟门熟路的感觉了。所以我尽量照猫画虎，用简单的词语和诙谐的语气来给他们普及村貌改造是什么、为什么、好在哪里、怎么做。我站在他们的中央，看着四周稀稀拉拉的听众，越说越兴奋，越说越激动，恨不得告诉他们“跟着我一起干！一定可以脱贫致富！”就像我的偶像丘吉尔和他的著名演讲 *We Shall Fight on Beaches*（《我们将战斗到底》），那真叫一个激扬文字、指点江山。我几乎都要被自己感动了——我们也将与贫困斗争到底，不获全胜，决不收兵！

我演讲正酣，忽然，一个村民站了起来，他摇摇晃晃地走到人群中间，大声说：“路书记，你光说这些空话没用的，你就是在骗我们农民！就我们屯这条路，不知道都来测量了多少回，年年说要搞水泥，年年搞不成，我们群众心都伤完去！现在你都来几个月了，就知道填表，村里还不是没有什么变化！两年后你拍屁股走人了，升官发财了，我们农民还不是一样在这里受苦！谁还管我们？”刚开始，他的语气是戏谑的，到最后越来越激愤。其他村民一直看着他，吃吃地笑，却没一个人出来阻止，连几个村干也是闷在旁边不吱声，只有毛宣委跑过去拉扯了他几次，但他依然不停地说。

我第一次碰到这么不给面子的村民，一时有点尴尬，只好硬着头皮跟他解释：“今年会有很多变化的，村里有很多工程要做，只是没那么快启动。”结果我越解释他吵得越厉害，几乎是专门来挑我的刺的。我看到周围村民的哄笑声越来越大，都在看我的笑话，只能说上一句：“那我也不知道该怎么解释了，你到年底再来看今年的变化吧！”他“哼”了一声，扭头就走，留下我垂头丧气地站在全场中央。大家窃窃私语者有之，哈哈大笑者有之，之前好不容易营造的良好会议氛围，霎时间被破坏殆尽。

我像是打了败仗的将军一样，再也没有了慷慨激昂的心情，草草宣布会议结束。这个小插曲让我在回去的路上沉默许久，也对即将开始的村貌改造工作有点隐隐的担忧，感觉在村里开展工作举步维艰。毛宣委看我士气低落，一直在劝我：“别介意，农民就那样，说话经常不注意的。”但他的劝慰依然改变不了我此时煎熬不已的心情。

回到宿舍已是晚上十点多，我身心俱疲地躺在床上发呆。忽然，手机丁零地响起，是之前那个醉酒的组干给我发来的短信。

我仔细一看，大脑在一瞬间变得空白，全身的血液都几乎凝固了。那些粗俗的句子，我简直无法直视。我的人生中从来没有遇见过这样的人，收到过这样的信息！我气得几乎眩晕过去，泪水夺眶而出。我立刻拨电话过去。

他竟然若无其事地问："书记，怎么了，有事吗?"我恨得牙痒痒，声音都在颤抖，厉声问他："怎么了？你说怎么了？你为什么会发这种骚扰短信给我？你有没有基本的修养，到底知不知道一点分寸？！"他依然满不在乎："书记，你不要生气嘛！我就跟你开开玩笑。"

"玩笑？你是不见棺材不掉泪是吧？你还不知道自己错在哪里？！我是你们的第一书记，你竟敢给你领导发这种短信？连基本的尊重都没有！如果我把这条短信截图发给你家人，发给派出所，你后半辈子都会成为别人的笑柄，你知道吗？你这种人，做事不动脑子的吗？！"

他发现我是认真的，意识到事情有点严重了，这才有点紧张，开始忙不迭地向我道歉，但他的道歉重点却是"我只是开个玩笑"，简直是顽愚到家了！我火冒三丈，训斥了他一通后，气呼呼地挂断了电话。他立刻又打过来，态度谦卑了很多，苦苦哀求我不要告诉别人，说他已经意识到自己的错误，再也不发这种短信了。

我心中的怒火依然在燃烧，眼泪也止不住地流下来。想想每天进村入户的日子，饿着肚子填评估表，通宵达旦地修改扶贫方案，想方设法帮助他们争取项目，耐心细致地向他们讲解政策，用心记录下他们的点滴需求，一腔热血地想着帮他们解决实际困难，还暗自下了很多决心：要做更好的自己，要帮助上蒙村脱贫致富。结果呢？我为了他们来到这个穷乡僻壤都三四个月了，却收获了些什么啊？因为是女干部，被轻视，被怀疑，被羞辱，被嘲笑，今天，竟然有人胆大包天到发骚扰短信给我！我所做的这一切，到底是为了谁？难道是为了这些鲁莽又不可理喻的家伙吗？！我曾经孤注一掷想去的基层就是这副样子吗？不不不，这不是我想看到的基层，我想象中的基层不是这样子的，我想象中的农民也不是这样的。我那理想主义的种子啊，刚刚萌芽，就已经被无情的现实所浇灭，我到底要靠什么坚持两年半啊？

泪水模糊了我的双眼，一种混杂着恶心、愤怒、悲伤的情绪铺天盖地袭来。我不能告诉王懿，我在基层经历了怎样的尴尬；也不能向领导汇报，我现在遇到了多大的困难；更不能告诉上蒙村民，我对村里的工作都没有什么信心了，谈何带领他们脱贫致富？！

在这种恍恍惚惚的状态下，我想着近期遭遇的各种糟心事儿，再也忍不住，趴在床上痛哭起来。

来之不易的『宝马』

◎每次在村里骑车飞驰而去，我觉得自己真是酷毙了，简直是全上蒙村最靓的仔。

相比骚扰短信带来的心情跌宕，我的日常工作更让我头痛。

如果说吃住的问题都是可以克服的小问题，那交通的问题足以算得上是我做第一书记后遇到的最大难关。有句话说得好："阻碍你翻过远方高山的，可能并不是漫长的道路，而是鞋底的一颗沙子。"现在这颗"沙子"，就是我的交通工具。没有车，很多时候我想进村就比较麻烦。我计划着买一辆电动车，却被很多当地的同事告知电动车跑不了那么远的路，还是有辆摩托车好一些。可是去哪里搞辆摩托车呢？真是一筹莫展。

一天，县里一位领导请我们几个第一书记吃饭。酒过三巡，菜过五味，席间已经觥筹交错。凌云当地的农民喜欢喝自酿米酒，也有玉米酿的，叫"土茅台"。农村几乎家家必备这种酒精含量只有十五到二十度的"土茅台"，来了客人一定要让对方喝到尽兴。这种酒喝的时候没感觉，过一会儿却醉得很快，"后劲"

极大。我的酒量不怎么样，平时的应酬只是“意思意思”。这一次，我也十分保守，相互敬酒时只是象征性地抿一点杯中的酒。敬到这位领导面前时，他对我们来支持凌云发展表示感谢，态度十分真诚。我还沉浸在感动的心情中，忽然发现他已经把一大杯酒先干为敬了，然后让我也喝一满杯。我什么时候见过这种架势，一下子被镇住了。僵持了一会儿，我实在是盛情难却，便“大义凛然”地一口气喝下了一满杯，满桌的人开始喝彩。我从没这样喝过酒，几分钟后，脑袋就有点晕了。

过了一会儿，这位领导开始打圈一个个轮着敬酒。可怕的是，他和每个人都可以面不改色地喝下一满杯。到我跟前，他又敬了一满杯，笑着说：“你们区组领导可别看不起基层干部，我这敬的不是酒，是诚意啊。”我软磨硬泡都没办法推掉，急得像热锅上的蚂蚁，心想，今天可算是碰到硬核的了。其他几个第一书记要帮我喝，他也不让。我看就这么僵着也不是个办法，心一横，又喝了一大杯。这让他大加赞赏，不住地表扬我很接地气。殊不知，我都快难受死了。没过多久，他又主动敬我一杯，我只好又喝下了，心里叫苦不迭。饭局终了，他很高兴地问我现在有什么困难，我说什么都好，就缺个下村的摩托车。他点点头，说帮我想办法。

过了一会儿，酒劲上来了，我有些站不稳，胃里开始翻江倒海。我跌跌撞撞走到卫生间里，吐了很久。镜子里的自己，整个人看起来憔悴又可怕，满眼的红血丝，哪里还像个第一书记，怕是有几分女鬼的样子了吧？我不争气地哭了起来，越哭越难过——明明是来干扶贫工作的，怎么要喝这么多酒呢？这不是旱鸭子下水吗？

回家以后，我头痛欲裂，百感交集，感叹基层工作不易，辗转反侧到凌晨两三点钟才睡着，早上六点多便醒来了。一照镜子，眼睛肿得像桃子一样。当初，很多人劝我不要来基层，就是因为基层酒风太盛，女干部去了经常扛不住，但当时的我就不信邪，女干部怎么就不能在基层干事创业了呢？可是，前一晚的经历把我给整怕了，发现自己确实有点心有余而力不足。可是既然已经来了，就得想着怎么去解决实际问题吧？人的时间精力是有限的，身体也是有临界点的，在短短两年多时间里面，如何把“好钢用在刀刃上”，扬长避短，是个值得思考的问题。喝酒猜码这条路也许对很多人来说驾轻就熟，但我自己是走不了的，还是另辟蹊径吧。在我不擅长的领域委屈巴巴地摸爬滚打，通过“悲壮”地付出获得认可，也并不是我期望的状态。一定还有别的方式可以解决这个问题，一定还有，我要再试试看。

下午的时候，县里一个公司有人给我电话，说有辆长期闲置的摩托车可以给我用。我一听，立刻明白是前一晚喝的那三大杯酒起了作用，赶紧哭笑不得地去了。看来喝酒这件事果然是福祸相依啊。

我到公司一看，原来是一辆黑色的自动挡弯梁摩托车，造型很拉风，纯黑色的车身看起来威武雄壮。这种摩托车在县里很常见，但平时都是男的骑得多，女的一般是骑电动车或者更秀气点的摩托车。这让我有点踌躇了，虽然要在村里工作，但我毕竟是二十多岁的女孩子，也是爱美要面子的呀，难道我就骑着这辆粗犷的摩托车到处晃荡吗？我还是有点放不下“偶像”包袱。

看我犹豫，工作人员问：“路书记，那你还要不要？”我立刻回过神来，连忙说：“要要要，当然要！”在那个瞬间我就想明白了，不管黑猫白猫，能抓老鼠就是好猫。聊胜于无嘛！之前我一直得靠蹭别人的车才能走村串户，次数多了自己也有点不好意思，有了这么一辆“宝马”，我至少是个“自由身”，随时开启想走就走的征程。于是，我兴高采烈地接管了摩托车，还在工作人员的指导下试着骑了一会儿。车身虽然很沉重，但打火之后力量非常大，就如风驰电掣一般，远非电动车可比。我骑着摩托车在公司外面的街道飞快地溜了一圈，开心极了。原来骑摩托车并没有我想象的那么难嘛！

有了这么一辆“宝马”，我的征途一定可以一路奔驰。这么一想，前一晚喝成那样，也算不上什么了，就当是人生得意须尽欢吧。于是，我专门发短信感谢了那位领导的大力支持。

从此，我就经常骑着我的“宝马”进村入户了。骑车时我一直小心翼翼把着方向，生怕一不留神开到沟里去，尤其是下雨天。进村的道路一边是大山，另一边是高四五米的田坎，连遮挡的石头或者树木都没有，这可真考验技术。我不止一次地想过，如果哪天我车技不精一头栽了下去，可就成半个烈士了。会车则更让我心惊胆战，最怕碰到笨重庞大的货车相向而来，它把狭窄的道路气势汹汹地占去大半，我慌里慌张地把车停到路肩上，等大货车慢吞吞地开过去之后才舒一口气。有一次，劫后余生的欣喜还没持续几秒，只听“咯噔”一声，我和我的摩托车都栽到小坑里了……

每当我骑着摩托车飞驰在凌云的大街小巷和村里的小路上时，我似乎变得谨小慎微却又无拘无束，诚惶诚恐却又无所不能。感觉自己像在云端飞翔的超人，努力飞往更广阔的天空。刚开始，村干们见到我就笑着说：“书记还会骑摩托车啊？要小心啊！”我大手一挥：“我没问题！”每次在村里骑车飞驰而去，我觉得自己真是酷毙了，简直是全上蒙村最靓的仔。

有一次，我组织村干开会，可当天在下雨。我虽然担心路不好走，但想着别耽误工作，就穿上雨衣骑车去了。果不其然，先是进村的土路太泥泞，接着是水泥路太滑，骑术不精的我摔了两跤，最终像个泥猪一样出现在村部。脸上糊着的泥巴让我哭丧的脸看起来更接地气了。

村干一边冲着滑稽的我哈哈大笑，一边接过我的雨衣和背包，感叹地说：“书记，以后下雨别进村了。为了我们上蒙村，你太辛苦了。”

就是这句平常的安慰，让我最近一直忍着没流出来的眼泪，这会儿全出来了。

贫困户名单确定了

◎贫困户本来应该是村里的弱势群体，现在倒成了一个『光荣』的帽子，很多人都已经有了一点『争当贫困户』的想法。

2016年春节后不久，我们就接到县扶贫办的通知，说已经划定了建档立卡贫困户的分数线——六十九分。目前县扶贫办正在拟定贫困户的初步名单。

消息一出来，第一书记们都很激动，大家没想到县扶贫办效率这么高，刚复工就给了我们这么一个期待已久的消息。不过，我们和其他县的第一书记交流时，发现了一个奇怪的现象：各县的建档立卡贫困户分数线略有差别。我们曾经以为贫困人口主要是通过统一划定精准识别分数来界定的，其实并非如此。国务院扶贫办综合全国各省（自治区、直辖市）的经济发展状况和人口数量等因素，为每个省（自治区、直辖市）都划定了贫困人口的参考人数。各省参照执行，一级级地把贫困人口指标划分到市、县、乡各级，最终由各乡镇根据贫困人口指标划定统一的分数线，在分数线以下的便是贫困人口。所以说，本次的贫困户分数线是各地因地制宜确定的一个相对值而非绝对值，代表了县域范围内的贫困标准，这是为了减少地域差异而做的一点微调。

凌云县各村的实际情况如何，我们第一书记都很清楚。在贫困线尚未确定之前，大家对哪个村的贫困人口数也有很多推测，但基本确定是石山区的村子更穷些。现在分数线一出来，更加印证了之前的想法，大家发现泗城镇后龙村可能会是“扶贫大户”。后龙村在石山区，全村四百八十多户，六十九分以下的农户达到四百户以上，这个贫困程度估计在百色乃至全国都是排得上号的。我们纷纷开始同情起后龙村的第一书记来。这位姓林的第一书记刚从广西财政厅过来，据说也是刚到厅里的博士，上一年做过精准识别工作队队员。他倒是自信满满，豪迈地说一定要啃下这块“硬骨头”，颇有“不破楼兰终不还”的决心。

我仔细盘算了一下，上蒙村在六十九分以下的大概有八十户，占全村的五分之一左右。这个贫困程度在凌云来说并不算高。上蒙在土山区，基础条件相对凌云县其他很多石山区的村子来说，真的是老天爷赏饭吃了。另外，我们村的精准识别工作队队员在打分时普遍比较严格，所以总体分数比同类村偏高一些。以前我们自觉是秉公办事、坚持了原则，但现在忽然发现其他村的分数都没我们这么高，这也就意味着他们的贫困户会比较多，可以有更多人享受到帮扶政策。这时候，我稍微有那么一点点后悔了。

拿到贫困户名单后，村里按照程序再次召开了村级评议会，剔除那些可以被一票否决的农户。“一票否决”的条件很多，比如全家房屋精装修、三年以上家中无人、家庭成员中有公职人员、在县城有商铺、有汽车，等等。因为之前已经评议过很多次，大家对每家每户的情况了然于胸，这时候的评议主要是看情况有无变化而已。待大家都无异议时，我们将八十户贫困户名单和分数公示在各小组路口。

那几天，我和村干的电话几乎要被打爆了。以前那些不怎么关心精准识别的村民，一看到自己的名字不在贫困户名单内，立刻警觉起来。虽然政策红利还没有出现，但经年累月的生活智慧告诉他们：这件事绝不会这么简单。贫困户本来应该是村里的弱势群体，现在倒成了一个“光荣”的帽子，很多人都已经有了一点“争当贫困户”的想法。

在路上遇到我时，村民们都不由自主地问：“书记，我家也很困难的呀，怎么不是贫困户呢？”甚至有些农户急切地问：“书记，我不是贫困户，现在还来得及申请吗？”或者是：“去年评分时只有老人在家，讲的不太合实际情况，我申请重新填一次！”这样的情况不胜枚举，这让我不禁有点担忧，以后如果帮扶政策比较多，贫困户和非贫困户的矛盾可能就出来了。

这时候，我一般会告诉他们，分数线就像及格线一样，并不是说六十九分的贫困户比七十分的非贫困户一定穷很多，只是因为县里划定了这个线，而且影响分数的不仅仅是房子，还包括很多其他因素。我把精准识别表格再拿出来细细讲一遍。大多数时候，能当面这么问的村民其实对于当贫困户并没有什么执念。大家长期生活在这片土地上，邻里之间都知根知底，有着自己的价值标准和评价体系，对于身边人的贫富程度以及自家在全村的经济状况排名是心知肚明的。所以，当面问我的人十有八九只是把这当作一个寒暄和交流的话题，他们也不会实打实地去争抢贫困户的名额。但也有一些非贫困户坚持认为自己的确应该成为贫困户，哪怕他也承认分数没问题。金老头就是其中一个。

他打电话给我时，隔着电话都能听得出毫无掩饰的愤怒和不满。他一边努力用夹壮严重的普通话跟我描述他家的情况，一边气冲冲地抱怨村干“不公平，就向着自己亲戚”，语气莽撞又蛮横。刚开始我还挺耐心地听他说，但他越骂越离谱，我也有些不高兴了，说：“金大叔，您别骂村干，分数都是我们工作队员评的，村干部没插手。”

金老头家三口人，就他和两个儿子，两个儿子都已经二三十岁，还没成家。房子是老房子，老大还有慢性病。他觉得这样的家庭条件已经差得没有希望了，为什么还不是贫困户？等他骂完了，我原来的气也消了，说起来他们也是可怜人。于是，我答应去他家看看。

卢专干带着我到了金老头家。他家的房子确实比较老，只有一层砖混结构的房屋，他们在一侧用红砖简单盖了个小厨房，里面黑洞洞的。金老头一见是我，脸色立刻转阴，慢吞吞地拿出一个小板凳往地上一甩，再不说话，颇有点负气。卢专干用壮话跟他不知道说了什么，他的神态才稍微有所好转。我有点尴尬，问他的家庭情况，他没好气地说：“你不都知道了吗？”他对我有气，好像也没法深入聊下去。

我又向他要来户口本和病历本。他大儿子得了肝病，得长期吃药保养，不过平时的工作生活不算太受影响。除此之外，他和小儿子身体基本健康，也能打打零工。我拿着评估表一项项对照下去，分数确实没错，七十分，刚好超出分数线。我只好跟他又解释了一遍，他冷淡又充满敌意地看着我，一言不发。我把能说的都说了，直到我已不知道再怎么劝的时候，他“哼”了一声说：“我看我家是够穷的，就看你们有没有良心了。”然后做出一副送客的姿态，我只好离开了。

住在老寨的老廖家也是让人发愁。那景屯村民原本都住在山上，几年前在队长少杰的带领下，一起搬到了山下的一块平地，唯独老廖家不愿意搬。到现在为止，他家依然住在半山腰的一栋砖木结构的老房子里。从外表看去，房子早已摇摇欲坠，步入“风烛残年”，房子外面四五米长的绳子上晾着各种男装、女装、婴儿装，一看就是一个大家庭。老廖本人很拘谨，按我们老家那边的话说，是个“老实疙瘩”。一大家子有八口人，除了老廖两口和他的老父亲，还有三个儿子、一个儿媳、一个孙子。原本，四世同堂共享天伦之乐是一件十分美好的事情，但看到那个阴冷、潮湿、凌乱的屋子后，我真是感受不到一点欢乐的气氛。

老廖的儿媳十分年轻，说着标准的普通话，不像是没受过教育的女孩子。我仔细一问才知道，原来她从县里的中职学校毕业后就嫁到了这里。我看了一眼屋里简陋的环境，又看着她笑眯眯地抱着不到一岁的孩子，哄着他睡觉，不禁心生感慨：她可真是因为爱情啊。

老廖家的住房条件确实挺差，但劳动力比较多，家里又没有学生，也没有重病患者，所以总体评分不算很低。虽然我一直说房子状况只是其中之一，但是看到他家的情况，不由得有点犹豫要不要改一下分数。赵主任也有点不平，他觉得房子那么差，也没别的收入，应该算是贫困户了。我们核对了一遍表格，各种分数确实改无可改，让人叹气。长期以来，我们一直被教育要坚持原则、坚守本心，但是真正面对一些情与理的矛盾时，真是为难极了。

和我一起走访的组干继续叨叨地说，有些农户家里有好几十亩油茶树，但就是不愿意修房子，因为房子破烂才被评上贫困户。我追问他指的是哪家。他说覃某某家就这样啊。赵主任嘿嘿笑了一声，说："他家的情况大家都懂，可是林权证上没有写这么多，他自己不承认，我们也拿他没办法。"这是精准识别中很普遍的一个问题，因为土地没有确权，多年前的土地证上的亩数早已不能作为参考，所以一家到底有多少亩土地，大多时候只能靠村民自己的良心了。若是钻了制度的空子，我们也无可奈何。不过还好，像覃家这样的情况只是极个别，不然真对那些老实巴交的农户们不太公平。

最终，有两家候选的贫困户，因为被举报家里有车或者有公职人员被一票否决，我们把剩下的七十八户三百四十人的贫困户名单确定下来，准备报给镇里。至于金老头家，大家商议一番之后，并不是很同意把他家的分数减一点作为贫困户，说："两个儿子又没有大病，家里也没有其他负担，几个人都是劳动力，这样的人做了贫困户，不是开了个坏头吗？”我听他们这么说，想想也有道理，便没再坚持。这时卢专干笑着说：“咱们村的贫困户里面，一个村干都没有呢。”我说：“那说明咱们村干家里条件都不错嘛。”几个村干连忙反驳：“书记，我们也想当贫困户啊，可是分数达不到，没办法。我家里也是很困难的。”一时间，贫困户竟然成了其他村民羡慕的对象。

确定贫困户名单的事终于告一段落，我也抽空回了趟南宁。还没到达南宁，我就接到贫困户老苗的电话。他说：“路书记，我给你寄了两桶茶油，中午你记得到北大站去拿。”我大吃一惊，连忙回绝。他说：“凌云这边的班车已经开了，书记你别推辞，就一点自己家的特产而已，不值钱的！”我拿着电话推辞了有二十分钟，可是他软硬不吃、不依不饶，后来几乎是有点哽咽地跟我说话了：“书记，你这是看不上贫困户的东西，你是看不起我啊！”他这还上纲上线了，我被他说得一个头有两个大，哭笑不得。最后他放下狠话说：“书记，反正我是托运过去了，你看着办吧。”

老苗家在刚公布的贫困户名单上，家里养着一些鸡鸭。精准识别的时候我和他比较熟悉，也帮他填表申请过一点产业补贴。这些本来也是我的分内之事，但估计他觉得是因为我的关系才得到产业补贴，一直念叨着要请我到他家吃土鸡土鸭。这次他家又被评为贫困户，他更觉得是我从中“使了劲”，感激得不得了，心心念念要表示一下。可是，这茶油现在是紧俏的农产品，一斤三十元左右，并不便宜。他就这么不声不响地寄过来，让别人知道了还以为我真在精准识别的过程中有什么“暗箱操作”，那就麻烦了。于是，我打定主意：不能收。

中午，烈日当头，我骑着电动车跑了八公里才来到北大站。结果被告知班车晚点了，下午才能到达。于是我让王懿下午又跑了一趟北大站。谁知，他拿回来的两桶茶油竟有一百斤之多，还是专门叫出租车运回来的！

这么贵重的礼物，让我俩不禁目瞪口呆。这也太实在了吧？我们对着这两桶茶油发了愁。收下吧，于情于理都不合适；不收吧，按照老苗那个死缠烂打的性格，绝不会善罢甘休。我们商量了一会儿，最后决定：油是绝对不能要的，得给他送回去。

于是我打电话给老苗，口干舌燥地解释了很久，好不容易才让他同意把油收回去。第二天，我就把这一百斤茶油托运到大巴车上送回凌云。送完茶油，我大大舒了一口气，以为事情就这样圆满处理了。结果只过了一天，老苗又给我打电话了。

他说：“书记，我想了想，还是要给你寄点茶油感谢你。上次我不知道你住哪里，让你们跑远了，真对不起。这次我寄的不多，你不是说北大站离你太远吗？我今天寄的是埌东站。”我一听他这话，差点昏过去。

无奈之下，我和王懿又被形势裹挟着跑到埌东站收货。工作人员扔出来一个大大的托运件，用蛇皮袋包得严严实实。打开一看，果然，是少了，这回是五十斤！我们看着金灿灿的一桶茶油，笑得眼泪都出来了。见过送礼的，没见过这么执着地送礼的，还送了两次。

我当场又给老苗打电话，半严肃半开玩笑地批评了他，说："你说你这一遍遍送东西给我，图什么呀？我真没帮你多少忙啊，怎么能收呢？油呢，我还是给你寄回去，我家也不做饭，改天到你家里吃个土鸡吧！"于是，我不由分说把茶油托运到了开往凌云的班车上。老苗没想到我这么"油盐不进"，十分生气，草草敷衍几句便挂了电话。

一番折腾下来，我也被老苗朴实的心意和笨拙的做法感动了。看着这么可爱的村民，再想想自己之前所受的各种委屈，我好像又没有那么难过了。万事开头难，也许我遇到的困境，是每一个初到基层的第一书记都遇到的共性问题吧。生活中不如意者八九，既然不能改变现状，那就改变自己的心态，常想一二吧。

培训也扶贫

◎ 作为第一书记，在其位则谋其政，我得有能力有底气带领他们一起脱贫致富才行，这是第一书记的角色赋予我的责任，也是村民们目前最大的需求。

年前，干教处的同事们来村里看我时，苏处长曾经提到过广西民族大学可以支持村里搞培训，让我年后试着联系一下。之前和民大的工作交往颇多，不过这次是第一次主动联系扶贫项目，还没完全习惯跑项目的我不免有点心虚。于是，我非常谨慎地、诚惶诚恐地咨询了一下广西民大继续教育学院的龙院长，请求他给我们一点支持。他热情地说让我尽快组织一个班来参加培训，他们全力支持。

开了村“两委”会之后，我根据大家的意见确定了现代农业发展的培训主题，拟了一份培训方案给龙院长。我们希望在3月底就办班，学员大概三十人，预算七八万元。写方案的时候，我其实有点犹豫。第一次申请这种金额比较大的赞助，到底写多少合适呢？权衡之后我选择比较保守的方式，人员和天数都少一点，这样就不会让学院太为难。我还突发奇想，起草了一个培训帮扶的框架协议，让上蒙村成为广西民大继续教育学院的实践基地，保持长期联系。我之前从没做过这种宏观设计，也不知道会收到怎样的反馈，心中不免患得患失。不料，龙院长很快打电话来了。他连连说道："路书记，没想到你们的方案写得这么认真，连课程安排都写了，还有框架协议，真不错！这样吧，三十人有点少了，我给你五十个名额，刚好坐一车，反正人多人少都得开一个班嘛。你们赶紧组织，我们就按照你提的日期开始筹备。"他的热情和慷慨让我感动万分。于是，我们开始紧锣密鼓地选学员了。

这时候，我又想到，这么好的机会，也许部里帮扶的其他几个贫困村也需要呢，我可以从五十个名额里分给他们一些，帮助他们培训农民。但是，话到嘴边，我又犹豫了，一丝难以察觉的情绪浮上心头。古人有云："穷则独善其身，达则兼济天下。"上蒙村刚刚起步，目前还没有得天独厚的资源，也没到"兼济天下"的时候。可转念一想，我们这届第一书记作为一个团队，应该互相帮助、共克时艰，这不仅是大局意识，更是战友情谊。当我和村"两委"提出这个想法时，几个村干感觉非常意外，但碍于我的面子，只是你看看我、我看看你，一声不吭。最后，还是赵主任打破沉默，试探着说："书记，这是你要到的赞助，你看怎么分都行，我们村少去一点也可以。"其他人也附和了几句。我安慰他们："同志们，我们和部里帮扶的几个村子一定要有福同享、有难同当，大家得互相帮助才行，心胸宽广一点吧。"他们笑着点点头，算是认可。

我让羊囊、浩坤、平林每个村选七八个学员参加培训班，几个第一书记都很开心，毕竟村民能去南宁培训的机会并不多。我又给了后援单位和镇里四个名额，由毛宣委带队去培训。这么一个培训班，把平时打交道的单位都照顾到了，我十分满意这个安排。在基层的日子长了，我发现有时是得去干点多方共赢的事，平时不处理好方方面面的关系就能做好工作吗？根据我这半年来的经历，真的不大现实。之前在学术圈名噪一时的《中县干部》讲得好，县城政治盘根错节，人情往来很重要。而且县城作为现代与乡土交汇的结合区域，比大城市保留着更多熟人社会的特征和差序格局的潜规则。所以，以前经常听说在基层要做好工作，首先得学会做人，如今我是逐渐体会到个中滋味了。

培训班很快就要启程了。全班总共五十二名学员，上蒙村的二十多人除了村干和组干，还有几个党员代表。出发前，我和村干组干开了个简单的会。好事当前，大家果然意气风发，氛围比平时开会不知温馨了多少倍，我也有了点“挥斥方遒”的底气。所谓“手中有粮，心中不慌”，果然如此。

等大家都坐齐后，我声情并茂地讲述了一番广西民大对我们贫困地区的深情厚谊，我说：“大家想想，人家广西民大为什么花十几万支持我们办培训班呢？还不是希望我们认真学知识，带动村里更多的人脱贫致富吗？所以我们要端正态度，认真学习，争取学点东西回来，把村里的事业搞上去。”在座的村民听得很认真，频频点头。我继续说：“我们做一件事情，就要把它做好，做到极致。这次广西民大这么有心，接收我们这么多人去学习，吃好的、住好的，不收我们一分钱学费，还要和我们签框架合作协议，我们是不是也要花点心思感谢一下他们?”大家纷纷点头。

尾龙的白组长平时就很开朗，这时候第一个嚷起来：“那肯定嘛，书记！咱们得意思意思，不然让人家觉得我们上蒙人不懂感恩。”其他人纷纷认同。我便开始和他们合计到底拿点什么东西上南宁。

有人提议，上蒙的特色是山茶油，要准备一些。凌云当地人喜欢把土鸡蛋用稻草扎起来，五个一捆，戏称是“鸡蛋扎成捆来卖”，特别有特色，这次也准备一小箱土鸡蛋。现在是初春，凌云本地的小芋头特别好吃，粉粉糯糯；本地还产一种白心紫边的红薯，糖分特别高。这两样也要带上。当地的玉米酒，香味浓烈，几乎每户都会自己酿，也来一些！还有山上的野生灵芝，有个组干喊起来:“我家还留有一点呢，送给广西民大吧!”

很快，大家七嘴八舌地推荐了很多土特产，并且自告奋勇地说要做好准备。除了茶油花了点钱采购之外，其他的特产都是村民们自愿赞助的。我拿着电脑，把要带过去的几种土特产的数量和筹备负责人都记录下来，叮嘱他们一定要提前准备好。我做教育培训工作多年，对组织培训班非常熟悉，所以调兵遣将指挥若定，在这些大叔级的村民面前第一次有了成竹在胸的感觉。说来也奇怪，当我变得自信满满的时候，我感觉他们似乎更加听从和尊重我，而自己也更有信心了。这是一个良性循环。

开会的时候，我一直跟他们强调:“不管是做什么，一定要先积极地干起来，成功才是成功之母。社会和政府只会帮助积极的人。就像我们这次去民大培训，当然这些东西也可以不带，但是如果带了的话，礼轻情意重，人家的感觉也是不一样的。不管是从感情上来说，还是从礼尚往来的角度讲，做了总比不做好。”村民们纷纷表示认可。

这时，赵主任忽然提了一句：“书记，我们要不要送个锦旗？”我一拍脑门，对，锦旗！我连连夸他想得周到。我们商量了下，确定了“创新惠农模式，开展培训扶贫”几个字，落款写上四个村的名字。同时，我建议顺便做一张条幅，培训的时候拿来合影。这个小会可以说开得相当成功，会议氛围也非常好，和前些天在中蒙屯的村貌改造动员会相比，真是有天壤之别。

最后散场时，我忽然记起一件事，说：“大家记住，要穿你们最干净最漂亮的衣服去南宁啊！”他们哄堂大笑，说：“放心吧，书记，肯定的！可不能给咱们上蒙村丢人！”我到村里快半年了，第一次有了这种“一呼百应”的感觉，心里美滋滋的。

之前我虽然很努力也很真诚，但是村民们似乎并不是太领情，村干和组干们对我也不算特别热情。他们是否尊重和信任我，与我是否努力、是否真诚有关系，但似乎不是直接的因果关系。作为第一书记，在其位则谋其政，我得有能力有底气带领他们一起脱贫致富才行，这是第一书记的角色赋予我的责任，也是村民们目前最大的需求。在这一刹那，一句话电光石火般在我的脑海中浮现：你强大，才能让别人信任和追随！

到了出发的这天，广西民大专门租了一辆大巴车来凌云接我们。车身外面挂着一条超级大的横幅——“广西民族大学、广西职业技术学院协同支持上蒙村、平林村、羊囊村、浩坤村扶贫攻坚”，还派了专门的摄影人员全程跟随，十分用心。村民们果然穿得焕然一新，规规矩矩地站在大巴车边上排队上车。我到的时候，他们早已经把捆得整整齐齐的土特产装进了车里面，一点儿都没让我操心。

经过近五个小时的奔波，我们终于抵达了南宁。龙院长安排村民们住在校内条件最好的酒店，金碧辉煌的大堂已经让大家看傻了眼。山疙瘩里的村民们，什么时候被这么用心地对待过？他们不由自主地文明礼让，说话做事都变得小心翼翼起来。

到了上课的时候，村民们更加诚惶诚恐。我们这个最基层的培训班开班，龙院长竟然邀请了广西民大的副校长来做开班讲话。村民们哪里见过这种阵势，一个个都像小学生一样紧张得不得了，坐得端端正正，课堂间隙都没有人高声喧哗。我在参训之前还担心他们的课堂纪律，现在看来完全是多虑了。后面几天的师资都是自治区级的优秀专家学者。大家去广西农科院、八桂田园、美丽南方参观时有专人负责接待和讲解，学员们还获赠了好几包蔬菜种子。广西民大给每个学员的饭卡都充了百来块钱，足够让大家在学校食堂吃得非常丰盛。校园环境很优美，学员吃完饭到处走一走，心情也愉悦起来。

这是我到上蒙以来第一次和村民一起出行，一路聊下来，发现这个班几乎囊括了上蒙村的“精英群体”，其中有不少是有想法的种养能人，他们对村里的发展也提了不少好建议。班上只有两个女学员，分别是来自定角屯的玉姐和中蒙屯的养殖户平姐，两个人都是80后。玉姐的孩子都上中学了，但她看起来依然非常年轻，身材精瘦，只有八九十斤的样子，十分聪敏。平姐则是圆圆的脸，爽朗活泼，一看就是个朴实勤劳的农村妇女。我们在广西农科院的展览馆参观时，她俩尤其认真。玉姐时不时地悄悄问我："书记，这个玉米真不错，我们村能不能要点种子自己种?""书记，你看这个节瓜是新品种，产量比我们平时种的高多了，我要记一下这个品种。"她家是种菜大户，所以对这些信息格外留心，还总是想着要把好品种引到村里，和妇女一起种植。几天下来，我发现她说话做事都很有分寸，不由对她刮目相看。难怪之前村干部推荐过玉姐做妇女主任，这么看来，确实是个好苗子。等回去之后，我就把她尽快补充进村"两委"班子。

但这几天对我来说并不轻松。刚到南宁时，镇扶贫办就给我打电话，催着要2016年全村脱贫方案，还要把全村七十八户贫困户的信息一一核对，制作一个贫困户脱贫计划表。我白天参加培训，晚上回到酒店加班做方案和表格，每天上课都困得打盹。两天来，镇扶贫办打了无数个电话催要材料。我决定突击一个晚上，把台账全都做完。看到我的工作量这么大，小马很仗义地要求分担部分工作。当天晚上，我熬到了三点多，他则通宵没睡，清晨六点左右才做完材料。

到了第三天，镇扶贫办又打电话叫我回去准备精准扶贫的会议。我只好把剩下的培训工作交给毛宣委。他拍着胸脯说没问题，让我放心离开。临走的时候，我不住地对龙院长的热情招待表示感谢，说真没想到他们会这么重视这个村一级的培训班。他哈哈大笑，说："路书记，跟你说实话，我们这里每年接待的培训班太多了，但这个班是最特别的一个。有的农民朋友可能一辈子就只有一次机会来南宁，只有一次机会来我们广西民大，这对他们来说是终生难忘的。所以更要对他们好一点、尊重一点，他们永远都会记得的。我经常和基层群众打交道，知道他们的心情，尊重是最重要的。"

他的这一番话说得我既感动又佩服，也让我茅舍顿开。从培训伊始，村民们推荐学员、准备礼物、自我管理，一路服从安排、谨小慎微，体现出了高度的自觉性和很强的组织能力。培训班老师还多次夸奖"这是我带过纪律最好的班"，这个结果让我始料未及。

这次培训，不但打开了村民们的视野，让他们看到了外面的世界，也给我上了极为宝贵的一课，让我明白了尊重群众的创造力是多么不可或缺。曾经的我对村民有同情，有怜悯，有愤怒，但我似乎是居高临下地"帮扶"他们，而非引导他们，也没有做到平等地对待他们，更没有这么深刻地意识到，尊重对他们是如此的重要。上蒙村要脱贫要发展，终归靠的是他们自己，而我只是个领路人。

"尊重"这两个字，从此深深刻入了我的心里。

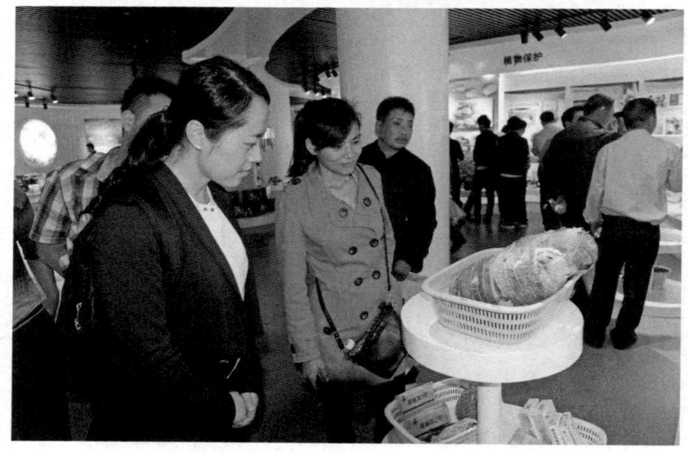

上蒙村民到南宁参加广西民族大学组织的培训班，参观广西农科院、八桂田园、美丽南方等地方。

上蒙成了预脱贫村

◎当自己身处脱贫攻坚一线时，这种局势和氛围让我真真切切地感受到了扶贫工作的分量。

从培训班匆匆回来后，我就一头扎进了精准扶贫的海洋中。县扶贫办要根据各村的贫困发生率筛选出一些村作为2016年的预脱贫村。当我了解了其他村的贫困发生率时，心想：上蒙21.4%的贫困发生率，肯定要被选为预脱贫村了。

镇里召集第一书记开会的时候，其他第一书记笑着说："路书记，西秀和上蒙怕是今年要当先锋队咯！"西秀村是广西区党委老干部局联系的贫困村，就在城郊，贫困发生率比上蒙更低一些。其实我并不想这么快就成为第一批"小白鼠"，毕竟到目前为止，我对上蒙脱贫这事心里一点底都没有。但上蒙村还是毫无悬念、当仁不让地被选为2016年预脱贫村。

之后，县扶贫办便根据各村的贫困人口数量、经济发展水平等，飞快地调整了包村的县、镇领导以及后援单位。县四家班子每位成员都要挂点联系一个乡镇和一个贫困村，一般来说，由县委书记挂点城区所在镇，也就是泗城镇。刚好上蒙村又是泗城镇的预脱贫村，所以顺理成章地成了县委房书记和镇党委易书记的联系点。别的第一书记一听说上蒙是县委书记挂点，都羡慕地说："那你以后什么都不用愁了。"我也是既高兴又有压力，县委书记挂点联系，各种资源肯定会优先考虑上蒙，但同时工作要求也会高得多。不知我这个基层"小白"能不能达到房书记的预期呢？我喜忧参半。

3月，另一个新变化也让我颇感意外。广西区党委组织部刚印发一个通知，挑选一部分在基层做第一书记的定向选调生兼任乡镇党委副书记，于是，我开始兼任泗城镇的党委副书记了。原本我只是个小"村官"，现在忽然成了"镇领导"，而且成了班子中排名仅次于镇党委书记、镇长、人大主席的"四把手"，这在乡镇来说相当于"一飞冲天"了。我自己感受并不明显，但却收到了当地许多同志的祝福，这让我大为诧异。仔细一想，基层干部基数大而科级职位少，乡镇党委副书记对于基层干部来说，已经是很大的"官"了，可能有的人终其一生都没有机会做到这个位置。这么一想，我的心里不免有些心酸。

上蒙村这年脱贫任务繁重，光靠县妇幼保健院有点难以承担，于是县扶贫办把上蒙的后援单位换成了实力较强、人数较多的县林业局。林业局的何局长头发已经有点花白，慈眉善目。调整了联系单位以后，他专程来到村里，跟我们说有什么困难就找他。我说："局长，您给上蒙村配个能干的工作队员吧！"他连忙说："这还用书记提醒啊？上蒙村今年脱贫，我们自然要配最能干的人帮忙，这也是我们后援单位的责任啊。”二话不说就安排了局办公室主任专职负责上蒙的扶贫工作。经过这一轮洗牌，上蒙驻村工作队伍变得兵强马壮，开始有了点欣欣向荣的样子。

调整完包村领导和后援单位后，县扶贫办又开始统筹县里的在编干部联系贫困户。这个决定让县里几乎所有体制内人员都成了扶贫干部，一时间“全县上下齐扶贫”，很有些“先富带后富”的中国特色。房书记和易书记作为联系上蒙的县、镇两级领导各联系五户贫困户，普通干部至少联系两户贫困户。广西区党委组织部的同志也在几个联系村里进行“一帮一联”，每人联系一户贫困户。按照规定，帮扶干部每个月至少要去贫困户家里探望一次。等林业局分派好了帮扶名单，这些帮扶干部便要陆续到他们的扶贫对象家里走访了。

我跟何局长说：“何局，上蒙会竭尽全力把工作做好的，尽量不给你们添太多麻烦，您别担心。”他苦笑一声，说：“路书记啊，我哪里是担心你们村，上蒙条件比较好，又有你在这儿，脱贫自然没问题。我们局还联系了玉洪的一个村，那里都是瑶族群众，自然条件也差，我真不知道要怎么帮他们脱贫。”玉洪是距离县城最远的一个乡镇，从县城到乡政府的车程要一个多小时，再从乡政府到村里又得半个多小时。我很诧异，一个单位还得包两个村吗？何局长点点头：“林业局是大局，所以多分一个村，这也是应该的。”这意味着林业局很多帮扶干部的贫困户分布在两个村，每个月他们要花更多的时间去看望贫困户，确实不容易。

从那以后，我经常看到一些干部模样的人开车到村里，有时他们还摇下车窗跟我打招呼，可我一个都不认识。村干们笑说那是林业局的帮扶干部，来村里看他“对象”的。

精准扶贫催生了很多具有时代特征的新名词，比如“得分”(指精准识别得分)、“对象”(指精准帮扶对象)、“手册”(专指《精准扶贫帮扶手册》)。《精准扶贫帮扶手册》是广西扶贫办统一印发的帮扶登记册，A4纸大小，十几页，里面有贫困家庭的成员情况、土地情况、致贫原因、每个月的经济收入和日常支出等，每个月都要按照类别一一登记。帮扶手册有红、蓝两本，红本由贫困户留存，蓝本由帮扶干部留存，需要按月份填写家庭收入和支出情况。县扶贫办要求整本手册的涂改痕迹不超过三处。“上有政策，下有对策”，帮扶干部要么都用铅笔写，等迎检的时候再用黑色水笔誊写一遍；要么用一种“热可擦”的笔先填好，预备着年底检查的时候再修改。

我在机关工作了几年，也算是经历过一些比较大的活动，但当自己身处脱贫攻坚一线时，这种局势和氛围才让我真真切切地感受到了扶贫工作的分量。再加上考核这根指挥棒，贫困县政府无一不把精准扶贫看作当前中心工作。

很快，广西公布了贫困村脱贫摘帽“十一有一低于”标准和贫困户脱贫摘帽“八有一超”标准。这两个标准是根据国家“两不愁，三保障”的脱贫要求，结合广西实际情况进行细化之后形成的个性化标准，几乎涵盖了村里各项公共设施和贫困户生活的方方面面。我对照着“十一有一低于”的标准看了一遍，对上蒙村来说，其中的大部分标准不难完成，目前主要是进屯道路硬化这一条还没达到。脱贫标准写得很清楚，所有二十户以上的屯都要通三米五宽的水泥路，而上蒙村十二个屯里面只有四个屯有水泥路，其他都是泥巴路或是历史久远的砂石路，一到下雨天，道路就变形，路面的黄土变成了沟壑纵横的泥坎，群众开摩托车经过这种泥巴路时，车轮经常被黄泥糊满。我兴奋地想着，一旦这些指标成为硬杠杠，上蒙的这几条道路就有修整的希望了。

我整理了一下上蒙的各项脱贫项目报了上去，镇里说只要符合要求的基本都能落实。我跟村干们一说，他们高兴得不知怎么表达感谢才好，一再感叹政府太好了。我想起前段时间在群众会上受到村民的那一番质疑，暗暗盼望这些项目早点落地。

新村委大楼也竣工了。镇里配了一些崭新的办公桌椅，村干们也主动买了一些办公用品放进去，很快，办公楼就收拾整齐了。上蒙村距离县城较近，估计以后村里迎接调研、督查、检查的次数不会太少。看着整齐气派的办公楼，村干们一个个喜上眉梢，说以后群众来办事更方便了，“自己在里面值班也有心情!”

进入5月，我的人生又迎来一个戏剧般的变化：王懿调来凌云工作了，担任县委常委、宣传部部长、副县长。之前广西区党委组织部选派一批博士选调生到县一级任职，他就申请来凌云。王懿来到凌云带给我的最大好处是我得以“夫荣妻贵”，从狭小的单间搬到了他的大宿舍。接着，我也把摩托车还给了镇里，每天开自家的汽车下村。说来也是有趣，短短半年多时间，我从一个“村官”到兼任镇党委副书记，现在又“飞上枝头”成了“县委常委夫人”，我好几回跟他感慨，电视剧都不敢这么演吧？

这半年我可是隐隐约约地体会到了那个笑话“坐，请坐，请上座；茶，上茶，上好茶”的个中滋味。这时候，挂点上蒙村的房书记调到了市里工作，原来的荣县长接任县委书记一职。新上任的荣书记性格开朗，以前见了我们一直很客气，现在她成了我的挂点领导，又是县委住宿楼的邻居，更是抬头不见低头见了。

让我有些遗憾的是，原来挂职上蒙村的毛宣委调到了县直部门，上蒙从此没有镇领导包村了。镇里的说法是“既然路书记现在也兼任镇党委副书记，那也算是包村领导啰”。对于这个安排我倒没有意见，毕竟自己不应该占用太多资源，只是可惜毛宣委调走后，少了一个好帮手。

从南宁培训回来后，我很快把玉姐纳入村“两委”班子，填补了空缺已久的妇女主任岗位。她很珍惜这个机会，每天勤勤恳恳地干活，让我大大松了一口气。村民们也渐渐让我有了“士别三日，当刮目相看”的感觉。原来见我爱答不理的人，现在开始客客气气、恭恭敬敬地叫“书记”，还感谢我给的培训机会，说那次培训多么多么好，他们真是开眼界了。原来不修边幅的村干们，回来后开始注意起外在形象，每次开会的时候他们都穿得干净清爽，卢专干已经很久没有趿拉着拖鞋来村部值班了，赵主任也没再顶着乱蓬蓬的头发。我表扬赵主任，说：“你去了一趟南宁，简直变了个人嘛。”他不好意思地说：“出去看看人家南宁的村干，我们自己也得注意下。”我心里暗想，还是得把他们多带出去走走啊。

不知是这些积极反馈让我的心态好转，还是强大的心理暗示起了作用，我逐渐摆脱了曾经郁郁寡欢的状态，开始用积极乐观的心态来看待当前的工作。悲观主义者容易看清事物的本质，而乐观主义者容易活得幸福。我在村里当了半年时间的悲观主义者，似乎已经开始触底反弹，回归乐观主义的天性。我不再苛求完美，而是着眼于已经拥有的一切：上蒙的脱贫目标明确了，挂点领导和帮扶干部都确定了，夫妻团聚了，剩下的只需自己开足马力，把村里的事情办好就行了。我惊奇地发现，我越是有这种实事求是的积极心态，就越是能看到大家赞许和肯定的眼神。“所谓宦海沉浮，大概就是这种心境吧。”我大彻大悟地对自己说。

虽然这个“海”小得可怜。

中青班来『三同』

◎这么多县领导级别的领导到家里来住，真的是自家的福气，别的小问题村民是不会太计较的。再说了，政府对我们上蒙这么关照，我们自己再不努力，也说不过去啊！

4月，有件大好事送上门来。

广西区委党校要在5月中旬的时候带中青班学员来凌云“三同”——同吃、同住、同劳动。这意味着什么？一群正处级领导干部在村子里住八天，这能给上蒙带来多大的信息、资源和活力啊！听说广西区委党校的老师这几天要带队到凌云县实地考察后选择驻地，我意识到，这个项目怎么着都得拿下来。

于是，我赶紧召集村干和村部附近几个屯的组干开了个会，郑重地告诉大家，咱们可得抓住这次机会，让中青班的领导们认识上蒙，也让村民知道村“两委”的组织能力。他们提出一条踩点路线，推荐了一些家庭条件尚可的农户，还说要提前安排保洁员打扫沿线卫生。我有点担心村民们不能配合，他们拍着胸脯说：“书记，你放心，今年以来群众看到村里有这么多项目，知道跟着村‘两委’干肯定没坏处，对我们的态度都和以前不一样了。这点小事，没问题的！”但我还是将信将疑。

很快，广西区委党校的老师们来了。他们在上蒙走了一圈，发现不管走到哪家都会受到热情款待。村民把家里打扫得干干净净，还给老师们端上已经准备好的煮鸡蛋、芋头和水果，老师们都很惊喜，纷纷感叹“上蒙人民真是太热情了”。果然，他们当天走访三个村后，立刻拍板选择了上蒙。

初战告捷，村干们十分兴奋，很快自发开始了前期准备工作。他们先是初步遴选了接待学员的农户名单，韦支书建议说：“房子就选我们村部附近的中蒙、定角、那景和尾凤的吧，我家也可以住几个。”村部附近的几个村干也都报名了。之前广西区委党校没说过是否要给村民住宿费，我也没好意思问。但是一说到费用问题，村干们纷纷表示“钱不是问题，大家接这个项目也不是为了挣钱”。说实话，这种项目除了组织者辛苦点，村里的实际投入并没有多少，最适合凝聚人心了。每个参会的人都两眼放光，争先恐后地表示，只要书记不嫌弃，自己随时做好接待准备。

经过几天的摸底排查，报名的户数竟然有四十多户，比需要的数量多了近一倍。甚至有村民专门给我打电话说，希望接待中青班学员。我们之前的口径是告诉村民暂时没有经济补偿，但即便如此，他们也依然这么积极主动，大大出乎我的意料。联想到之前村民对村里公共事务爱搭不理的态度，我不由得很好奇，问村干，为什么最近村民的态度变化这么大？玉姐笑起来，说：“这么多县领导级别的领导到家里来住，真的是自家的福气，别的小问题村民是不会太计较的。再说了，政府对我们上蒙这么关照，我们自己再不努力，也说不过去啊!”一个组干说:“书记，上次我们去广西民大培训的时候，你不是也说了嘛，做事还是要积极一点，才有更多的机会。不付出哪有回报嘛！”其他人也点头称是。听他们这么一说，我很高兴。半年多了，有的变化确实在慢慢发生着。

经过一户户实地走访，我们挑选了二十二户作为接待农户，还有三户备用。这些农户大都分布在村道两边和村委楼附近，交通便利，住房条件也还行。广西区委党校的老师特别叮嘱我们挑一些长期有人在家的农户，这样就不需要在外务工的人专门回来了。村部附近的廖阿姨家刚做完装修，热水器都还没买，一听我们对选择她家有点犹豫，忙不迭地说:“书记，我明天就让我儿子去买热水器，反正我们也要用的。我家可以住两个！”看她这么热情，我们便同意了。

“五一”过后，我和广西区委党校的老师确定了学员在上蒙八天的行程，进行学员分组、分房间，接收从南宁托运过来的学员的床铺和被褥，准备工作在有条不紊地进行着。我又召集负责接待的农户开了一次会，讲了一些注意事项。学员到来的前一天，我和村干们实地走了一遍，叮嘱了一些细节，这才放下心来。

学员们很快就来到了。欢迎仪式之后，负责接待的农户就把学员们接回了家。我也住进了廖阿姨家，和我同住的是来自柳州的韦姐。

学员在上蒙的八天时间安排得很紧凑，每天座谈、调研、走访贫困户，忙得不亦乐乎。他们还特别要求安排两次集体劳动。我们考察了一圈，决定请他们帮助清理河边和路边的垃圾杂草。早上，学员们穿着统一的橘色 T 恤，头上扣着大草帽，扛着锄头和镰刀往河边去，弯腰砍草、捡垃圾，直到午饭时间才回家。一百多米沿河道路被整理得清清爽爽，路过的村民都为他们的认真负责吃了一惊。之前大家还以为这种集体劳动都是走个过场，没想到学员们如此用心，真是让人刮目相看。和我同住的韦姐是个热心人，她一直在微信群里帮廖阿姨吆喝卖菜，几天时间就卖出了四五百斤的玉米、豆角、黄瓜，省却了廖阿姨每天上街叫卖的辛苦。

学员们住在村民家，本来是来“同吃、同住、同劳动”的，可是老区人民太热情，都把他们当成了尊贵无比的客人。好几户原本在外做散工的，为了“三同”接待专门赶回来与学员们聚聚。我之前再三强调：“你们别折腾，别耽误了做工。”他们都说：“没问题没问题，这就是来了亲戚嘛，我们回来几天也愿意的！”生怕怠慢了客人们。

这次“三同”活动对接协调的事情很多，我感觉自己“双拳难敌四手”，被应接不暇的工作任务冲昏了头。热情高涨的学员们一到吃饭时间就邀请我到农户家里一起用餐，畅谈上蒙村的发展，忽然之间我成了最受欢迎的客人。往往我正和甲学员一起吃饭，学员乙、丙、丁家都打电话过来问：“路书记在哪里呢？想邀请你过来和我们一起吃个饭，我们商量下这几家村民还有上蒙村的发展呀！”我只好抽空过去。有一次我被邀请了两次还没有过去，住在另一家的学员们便半开玩笑地说："你可是所有村民的路书记啊！不能光在这一家吃饭呀！"让我又开心又为难。

有一天，我们定了下午开座谈会，上午通知村干把桌子搬到三楼，我则陪着学员去县里现场教学。中午回来后，我发现桌子还在原地。村干委屈巴巴地回复我："上午我们带学员走访贫困户，没时间摆。"我有点生气，说："也不是所有人都去了啊，总有人能留下来帮忙搬桌子的吧？"看他们不吱声，我不禁又想，村里大大小小的事都得我自己一一落实才行吗？最后，我只好约上他们在午饭后一起布置会场。

在廖阿姨家吃过午饭后，我准备去村部搬桌子。韦姐奇怪地问："这些活还得你带着他们干吗，难道不是吩咐一下就可以了吗？"我笑了起来，说："现在这个阶段，确实还得我带着他们干。"她说："难怪看你最近一直在外面跑，我们几个学员还说来着，上蒙的第一书记也太忙了。"

当天晚上，我和韦姐夜谈时聊到一个话题：第一书记确实要在精准扶贫中团结群众、带动群众，但是切入点在哪里呢？韦姐是文化投资公司的领导，她说，农村也应该要有文化软实力，它能起到凝聚人心的作用，从而改变整个村子的精神面貌。那晚我们一直聊到凌晨三点多，越谈越投机。和她的这次夜谈也让我多日苦思冥想的问题逐渐清晰起来：好的队伍要建起来，需要有凝聚力，光靠我一个人单枪匹马做工作是行不通的；文艺活动这种投入小、效果好的方法也要用起来。

时间过得飞快，学员们就要离开村子了。最后一天的晚上，他们要在幼儿园操场上组织一次游园会。这个院子以前是村里的小学，但小学在前几年撤并学校的时候被撤掉了，家庭条件好点的孩子都去县城上学了，剩下为数不多的孩子去了隔壁的村小，这位不算宽敞的院子和两栋破旧的小楼就闲置了下来。邻村一位姓张的女老师租了这里的教室办幼儿园，现在有三十多个孩子在园。

前几天韦支书就用红纸写了游园会的海报，贴在各屯入口处，还在海报上罗列了游园会的奖品类别，特地说明“先到先得，送完为止”，吸引大家早点过来。县文体局把专业的舞台音响借给我们播放暖场音乐，韦姐和中青班的学员设计了十个小游戏，基本保证了每个年龄段的人都能参与其中。大家摩拳擦掌，就等村民们来了。

七点半的时候，来的群众越来越多。这下场面可热闹了，篮球场大小的场地很快被人流淹没，到最后甚至有点拥挤。村民们看到奖品丰厚，游戏又有趣，玩得越来越起劲，最后连幼儿园的小朋友和七八十岁的老太太也上阵了。整个操场完全成了欢乐的海洋。

游园会万事顺利，我悬着的一颗心终于放了下来。

自觉功德圆满的我坐在操场边的旗杆台上，抱着一颗慈母心看村民和学员玩游戏。坐在我身边的有不少是幼儿园的孩子，他们大多四五岁，昏暗的灯光下，皮肤都闪着盈盈的光泽。他们哈哈大笑的时候，仿佛空气里都是甜蜜的味道。有几个老太太走过来，拉着我的手，不停地说：“谢谢你，书记！”其他的壮话我却是听不懂了，只看到她们热切的眼神。来到上蒙村这么久，我第一次看到村民高兴成这样，连平时一直喜欢摆酷的包村干部小马也乐开了花，哈哈大笑着给跳绳游戏摇绳子。

在那晚，沉浸在一片欢声笑语中的我，简直要幸福得眩晕了。我第一次感觉到了震撼。看似平静、散乱、暮气沉沉的小山村，竟然在这个晚上爆发出如此巨大的能量！村民们脸上的笑容都如太阳一般灿烂，他们热情、积极、努力，和我平时看到的无精打采完全不一样。我开始由衷地体会到“为官一任，造福一方”的那种成就感和助人为乐的美妙。

狂欢一晚之后，中青班学员在第二天一大早就走了。这种热情到达巅峰之后的忽然冷却，让大家都有点措手不及。送别仪式上，很多学员和村民相拥而泣。几个学员代表在发言时说着说着也开始哽咽，眷恋和不舍溢于言表。干部群众的血肉相连之情，在短短八天的“三同”活动中体现得淋漓尽致。

这次“三同”活动，推倒了我心中的那堵“墙”，让我心里一直绷着的那根弦放松下来。随着时间的推移，我竟然觉得这种野狗般自由而粗放的生活也很有意思。作为一个村子的“掌舵者”，我可以对全村的工作进行无穷尽的设想，并且可以努力付诸实践，这于我而言，新鲜又激动人心。

中青班学员在上蒙村“三同”时的合影

中青班学员在上蒙村劳动

“三同”结束后上蒙村向中青班学员赠送锦旗，感谢他们对村里的帮扶

中青班学员来到上蒙村与村民们同吃、同住、同劳动。

村支书流泪了

◎他们虽然是村干，但首先是没有稳定收入来源的农民，只有靠自己努力拼搏才能生存下去。

我们确定了广西区党委组织部“一帮一联”的名单之后没多久，部里的同事们就来到县里，要去看看他们的“对象”。一接到通知，我就告诉韦支书，让他张罗着打扫村部，通知有关村干和贫困户，做好接待准备。

第二天早上八点半，我陪大家从县城出发去上蒙。我打电话给韦支书时，他说他还在县城卖菜。我一听就炸了，现在都火烧眉毛了，他怎么还在街上卖菜呢？他也不辩解，只说尽快回去。我一问赵主任，才知道其他村干都不知道今天广西区委组织部的同志要来看贫困户，村部连个值班的人都没有。我气得简直要吐血了，赶紧打电话安排人到村部去。

我一路如坐针毡，很快就到了村部。但村部还是没人打扫，门也没开。这时，韦支书骑着摩托车回来了。他有点窘，匆匆下车后打电话催村干和贫困户过来。我带着部里一行十多人到四周参观了一圈，回来又等了一会儿，其他村干和组干才陆续过来，带我的同事们去贫困户家里。那些迟迟等不到人带路的同事试探着问我："路书记，要不你大概告诉我在哪儿，我们自己走过去吧?"我已经臊得没脸皮了，赶紧说没事没事，带路的马上来了。同事们涵养很好，我却气得不轻。等所有人都离开之后，已经快十点钟了。

我忍不住批评了韦支书一顿："支书，你以后要靠谱一点呀，昨天说好的八点半在村部等，结果你还在街上。村部没人开门，院里卫生没打扫，贫困户也没人在家，这让领导们感觉多不好！还以为我们上蒙不重视呢！"韦支书可能心情也不太好，听我这么批评他，立刻用他一贯隐忍委屈的语气开始反驳：

"我四点多就爬起来摘菜，八点多了菜还没卖完，我也没办法！我已经在尽力往家赶了，那你总不能让我不挣钱吧。光靠村干这点工资，我怎么养活家里！我两个女儿上学，钱从哪里来?！""我老婆最近一直生病躺在床上，饭都没法做，我天天忙村里的事，完全没法照顾她。""我的能力也就这么大了，我已经尽力了，之前通知了贫困户过来村部等领导，他们没等就走了，我有什么办法呢?"

他把之前一直憋着的一股气都撒了出来，委屈、气愤和不甘让他的脸涨得通红，最后眼睛也红了，几乎流下泪来。看到他这副样子，我的气也消了大半。仔细听了下，他也不容易，便开始安慰他。他对我的安慰并不领情，只是犟着头不说话，看得出来还是有不平之气。这时刚好有人进办公室找我，他就借故先离开了。

之后，我自己反思了好一会儿。不知这件事是我说得太重，还是韦支书确实做得太差劲？就事论事地说，我批评他是对的，我安排好的事情完全得不到落实，执行力几乎为零，接待上级领导怎可如此随意呢？如果有重要检查，指不定捅出什么大娄子来。而韦支书的愤怒，与其说是对这次事件的不满，不如说是长期以来心中郁闷的大爆发。

韦支书是村干中难得的高中文化程度人才，文字功底好，人也聪明，种植养殖技术在全村都是名列前茅，但他平时工作热情不高，让我百思不得其解。这次听他一抱怨，我反而明白了，他可能觉得这份工作的性价比没有那么高，不值得他全力以赴。之前，村里好几个人在我跟前旁敲侧击地抱怨韦支书，我告诉他们要以大局为重，我心里有分寸。但说实话，村支书是这种风格，村“两委”班子在全村群众中的威信可想而知。

我这时候才深刻地感受到什么叫“火车跑得快，全靠车头带”，村支书的人选真是太重要了。以前，我们经常将文化层次高低作为选拔推荐的依据，但在村里待了半年多之后，我感觉当前情况下，村支书人选最重要的考察依据不应该是文化素质，而是要把责任心和协调能力排在第一位。目前，村里的工作大多是上传下达和沟通联系，村支书并不一定非得是专才，但必须是会“弹钢琴”、会管理的多面手。善于发动群众，能赢得更为广泛的支持与信任，这才是村支书最重要的能力素质。现在的韦支书离我理想中有能力、有想法、有担当、有威信的村支书还差得有点远。

其实，对照我在凌云接触到的这些村支书来说，能达到这个“四有”标准的人估计不到十分之一，而且这些村支书大多有自营产业或工厂，要么是种养大户，不愁项目不缺钱，所以能够“仓廪实而知礼节”，他们担任村干很大程度上是超脱于金钱之外的，是对个人荣誉感和成就感的追求。但可怜巴巴的韦支书显然不属于这个类型，上蒙村的其他村干们就更加谈不上了。

记得2015年冬天的一天，村干都来镇里开会，我叫他们开完会后到一个快餐店等我，我晚点过去找他们一起吃饭。等我办完事赶过去的时候，远远就瞥见一堆人站在快餐店外面的大树底下，一个个缩着脑袋拢着手，被冻得哆哆嗦嗦，其中一人的背影像极了韦支书。我心中暗忖：该不会是他们吧？转念一想，应该不会吧，他们怎么可能在外面等却不进店呢。等我走近一看，惊呆了：真的是他们！我惊讶地问：“你们为什么不进去呢？外面多冷啊。”他们怯怯地看了我一眼，委屈地说：“书记，你说在快餐店等，也没让我们进去等啊！”

每次我想起这件事，上蒙村干的憨直就让我忍俊不禁，同时也不由得感叹，他们是村里一千多名群众的管理团队，村“两委”干部啊，这个架势怎么可能带领村民们脱贫致富呢？以前精准识别时，只需要他们带带路、收收材料，勉强还过得去，现在需要他们发挥主观能动性时，才发现离我的预期差得有点远。

一天早上，我走访农户时路过一处造型洋气的三层小洋楼，阳台上忽然探出扶贫专干小付的脑袋，他热情地喊了一声：“嗨，书记！”便从楼上一路小跑下来，邀请我到他家坐一坐。我进了屋子里，发现里面十分干净。小付是装修工人，有不错的手艺，家境在村里算是殷实。他的妻子贤惠又精干，很快地做好了四菜一汤，招呼我吃饭。趁着我和他妻子寒暄的功夫，小付还偷偷骑车出去，专门买了几大瓶饮料回来。

小付有三个孩子，最小的在幼儿园，大的在读初中，为此，他的母亲在县城专门租了房带孩子。以前他去外地做装修很赚钱，做了村干之后得经常待在村里，很少接外面的活。和小付聊到他家里情况的时候，他妻子在旁边插了一句："书记，我之前都不太想让他做这个扶贫专干，没法出去挣钱呀。现在既然做了，那也没办法，只有好好干了。"虽然她说得很温柔，但我听了，脸上红一阵白一阵的。

从小付家吃完饭走出来，我想着村"两委"班子的一切，心里开始问自己：是不是我之前对村干的要求有些苛刻了，"以区党委组织部干部的标准要求村里的干部"？

我作为一个拿着国家工资的机关干部，怀揣着自己的梦想在这里做事，激情满满是应该的。但对他们来说，他们虽然是村干，但首先是没有稳定收入来源的农民，只有靠自己努力拼搏才能生存下去。所以，在当前微薄的收入体系之下，村干有责任心固然值得赞扬和肯定，但是有点情绪和意见也是可以理解的。这时候，我有没有像之前广西民大的龙院长那样，给予他们足够的尊重和理解呢？

以上蒙村为例。2015年，韦支书每个月的薪酬待遇是一千二百元左右，年度考核获得优秀时有八千元奖金，全年收入合计两万余元。其他村干的月收入则大多在一千元左右，最低的是妇女主任，每月六百元。2016年调整工资后，韦支书每个月可以拿到一千八百元，其他村干的最低工资也提高到了一千元以上。但一个在外务工的普通农民平均月收入一般都不会低于三千元。一个村如果有七名村干，每年的总工资和奖金合计二十万元左右，而在村里修建一条一公里长、三米五宽、十八厘米厚的屯级水泥路的报价是三十万元左右。农村人力成本之低廉可见一斑。

平时我们叫他们“村干”，其实就是“村‘两委’干部”的简称。“两委”是指村党支部委员会和村民委员会，这两个委员会的人员大多重合，只是在开展选举和党建活动时稍有区别。上蒙村的村“两委”干部包括村支书、村委会主任、村委会副主任、计生专干、治安专干、团委书记和妇女主任七人，其中党员要至少五人。凌云县为了推进精准扶贫工作，还专门为贫困村选配了扶贫专干，上蒙村的扶贫专干是小付。小付虽然在名义上不属于“两委”班子成员，但村里的日常工作他也照常参与，承担的工作量并不小。就这样，国家的各项政令通过“乡镇干部—村干部—村民小组长—普通村民”的渠道，落实到了“最后一公里”。

曾经，我认为乡镇是最基层的政府机关，来到村里后发现，村里的村干也承担着和基层乡镇干部类似的行政工作任务。虽然乡镇干部也参与村里的工作，但因辖区范围太广，他们不可能事必躬亲、面面俱到，村里的事情还是得依靠村干。所以说，村干的能力素质几乎就是一个村子发展的“晴雨表”。现在村干的待遇偏低、工作量偏大，尤其在村里没有其他集体经济收入作为激励的情况下，要想吸引到优秀人才，难度不小。

这段时间经历的事情，慢慢地改变了我曾经对村干“挑挑拣拣”的态度。我告诉自己，我的心态应该从一个居高临下的批判者转变为同舟共济的前行者，适当放弃工作中的高标准和完美主义，以实事求是的态度理解他们的艰辛，然后再想办法带领这个不完美的团队创造优秀的业绩。在条件不具备的时候圆满完成任务，这才是我作为第一书记的本事啊。

村“两委”班子“辞旧迎新”

◎ 玉姐和少杰的加入，让我逐渐尝到了提升团队战斗力的甜头，并且决定以后要在这方面继续加强力量。

尼采说，如果一个人知道自己为什么而活，就可以忍受任何一种生活。当我摒弃了对村里工作的完美主义，决定做一个足够理性、专注于履职尽责的第一书记时，我惊奇地发现，遇到的一切不愉快似乎都没那么不愉快了。干事创业中遇到的问题，见招拆招即可，没有必要伤春悲秋，这种理性和淡定，反而让我在艰苦的环境中逐渐成熟起来。

我对村里的情况熟悉了不少，无形之中也长了不少见识。如果说精准识别的过程让我对上蒙村的基础数据了然于胸的话，那么，现在这些数据逐渐在我的脑海中变得生动和立体起来。山川河流，田园草木，无一不鲜活，父老乡亲们也逐渐展现出了他们憨厚朴实的一面，这一切都让我内心的信心和爱意不断复苏。直到这时，我终于有精力也有信心来好好整顿一下村“两委”班子了。我仔细研究了整个团队的构成之后，发现不但要裁撤“冗员”，把不干活的人换下去，更要补充新鲜血液，把团队的凝聚力和战斗力提上来。

自从玉姐进入村“两委”班子后，村部办公室永远干干净净、清清爽爽。我对其他村干说：“以后的值班室卫生要以今天的为标杆，就得这么干净。”玉姐生怕自己成为大家关注的中心，连忙说：“过奖啦，书记，我随便收一收的。”

一天晚上，玉姐发短信问我一个Word的排版问题，我奇怪她不会用电脑，怎么想到问这个，她说：“我在家也没事，来办公室学习一下用电脑，以后工作也方便些。”村干们没有一个会用电脑，我为此感叹了好几次，没想到她暗暗下了决心自己学习。很快，她就赢得了大家的认可。

吕副主任和扶贫专干小付则走向了另一种状况。他们两人本来是奔着“锻炼锻炼”的想法进入村“两委”的，结果没想到碰到了精准扶贫和我这个爱折腾的第一书记，也是有点骑虎难下。我整天求爷爷告奶奶地请求他们按时参会、好好工作，动不动还吵上几句，也是有些郁闷。这样的次数多了，哪怕我知道他们工资低、不容易，但也确实气不打一处来。但让我直接劝退他们我也做不到，一来自己脸皮薄，二来在内心也盼望着他们会有所改观。就这样拖拖拉拉地过了几个月，反倒是他俩先后跟我说，自己没法兼顾工作和家庭，并提交了正式的辞职信。

这个请求，竟然让我有种长舒一口气的感觉。这对他们、对村里，都是一个好的结果。看来又要物色新的村干人选了。

经过了年初的培训班、中青班“三同”等活动的历练，村里的很多能人逐渐涌现出来，那景屯的组干少杰就是其中一个。十年前，他动员组里的二十多户村民从高山上搬下来，带领他们在地势低平的蒙河边上找到了一块风水宝地，建了两排连体别墅式的房子。经此一事，少杰在那景屯树立了相当高的威信，被选为村民小组长。之前“三同”活动时，他自告奋勇地组织那景屯村民提供了近三分之一的房子，还把后续安放床铺、打扫卫生等杂事安排得妥妥帖帖。平时村里的很多重要接待，我也安排在他家。只要有他在，那景屯的一切都能顺利推动。他的侄子小乐也是个机灵的帮手，跑前跑后，能干得很。有了这么久的合作基础，我在考虑扶贫专干人选时就想到了他。村干们对他也很认可，于是我们就申请镇里任命他做扶贫专干。

少杰做了扶贫专干以后，立刻把繁重的扶贫工作扛了起来，几乎每天都风风火火地往镇里跑，参加会议、领表格、交材料，忙得不亦乐乎。每次领回来一堆材料时，他总是一副忧心忡忡的样子，习惯性地皱着眉严肃地说：“各位村干，这次材料挺多的，需要大家帮忙填一下，过两天给我。”此后，他便一直提醒大家工作进度。等我想起来的时候，他自己已经拿着材料交给镇扶贫办了。有了他之后，我再没为一些常规的扶贫事务操过心。玉姐和少杰的加入，让我逐渐尝到了提升团队战斗力的甜头，并且决定以后要在这方面继续加强力量。

后来卢专干提出，自从吕副主任辞职后，他除了负责自己所在的百功、那桑屯之外，还得承担那捞、六胡两个屯的日常工作，压力实在有点大，建议在那捞、六胡找个人来做团委书记。

我问他有没有人选推荐，他说私下打听过，大家都推荐六胡屯的小覃。他不但想到了村干分区管理，还把候选人都提了出来，我很高兴。不过，小覃还不到二十岁，因为过于年轻，所以大家和他并没有怎么打过交道。我想着刚好趁着到屯里开群众会的时候提一下这个事情。

那晚，我和几个村干去了那捞和六胡开会，一来让他们推选一名组干，二来也听听他们对自身发展的一些想法。大家叽叽喳喳讨论了一会儿，最后推选出来两个人，一个是小覃，另一个是那捞屯的小白。

这个结果和我们当初的“组织意图”不太一致啊，但这也不难理解，毕竟那捞屯对小白更了解些。大家面面相觑，不知道怎么答复还在等待结果的村民们。我哭笑不得，有些骑虎难下了。商量了一会儿，我们只好告诉大家，我们把这个结果带回去让村“两委”研究一下。

我那晚是第一次见到小覃，他是1996年出生的，面相比年龄还要年轻，一米七多的个头，非常韩范儿，一举一动都不像村子里的农民。虽然我们一直说要“干部年轻化”，但是这么年轻时髦的干部，使用起来确实要有点勇气，我的心里也犯了嘀咕。大家商量了一下，觉得既然以前征求过小覃的意见，那就还是选他吧，反正他俩的条件都差不多。我抱着将信将疑的态度答应了，心想给这个年轻人一个机会，实在不行再说吧。

村干们又建议我把他们分片区负责的制度确定下来，凡是这几个屯的事务都由某个村干包干完成，还确定了每个月要在月初和月中各开一次村“两委”会议，让各项工作都有个交代。我们还制定了轮流值班制度，这也是上蒙村的创举之一。七个村干每人每月值班四到五天，只在每天上午九点至十二点到村部坐班，其他时间村民想办事可以直接打电话。这样既兼顾了工作纪律和效率，也顾及了村干要照顾家庭的实际情况。实行之后，村干和村民的反馈都蛮好的。我还从网上找了很多公文模板发给他们学习，以便今后给村民办事的时候效率更高、效果更好。一段时间下来，村干们的状态和以前很不一样，谁也没再抱怨过。

这让我想起毛泽东同志的那句名言：“路线确定之后，干部就是决定因素。”以前在单位写材料时经常会用到这句话，只是没想到在现实中这个“绝知此事要躬行”的过程，竟然持续了半年之久。但无论如何，只有村“两委”迈开了这一小步，上蒙村的发展才能迈开一大步。

“新官上任三把火”，半年来我的这些诚惶诚恐的尝试，虽然有很多稚嫩、鲁莽、失于考虑的地方，但逐渐有了一些“千里之行，始于足下”的感觉，上蒙村也因此有了一些不一样的氛围。

扶贫的根本在教育

◎没有教育的支撑，农民就不具备睁眼看世界的能力。再过一些年，精准扶贫的红利期过去了，他们靠什么不再返贫呢？

上蒙村幼儿园虽然还在，但儿童并不多，留在村幼儿园的大多是留守儿童。之前我们参加广西民大的培训时，龙院长了解到这个情况后，便说他在“六一”儿童节前要来村里看看小朋友们，还要捐款给孩子们买新校服。

2016年5月30日，龙院长实现了他的承诺，带着好几个单位的同志来村里看望小朋友。易书记是广西民大的校友，也来到村里迎接他们。

我们陪着龙院长一行人到了幼儿园之后，立刻就被眼前的情景震撼到了：几十个小朋友穿着整齐的新校服站在门口，两只小胳膊使劲地挥舞着花球，用稚嫩的童声大喊：“欢迎欢迎！热烈欢迎！”那些柔软又热烈的小人儿，一下子就把我们的心都占满了。

幼儿园的院子和屋子都很破旧，承租幼儿园的张老师把教学楼外面简单粉刷了一下，还画了一些画，让这个破败的院子看上去温馨了一些。她的主持有点局促，到了指挥孩子们跳舞的环节才变得自信起来。一个旧音响播放着《相亲相爱一家人》，震耳欲聋的音乐声混杂着各种杂音，几乎听不到歌词是什么。张老师带着站成方队的孩子们开始跳舞，队伍里面年纪最小的孩子才三岁多，两只细胳膊晃来晃去，脑袋左看看右看看，还有点搞不清楚状况，惹得我们哈哈大笑。舞蹈并不整齐，甚至可以说是很杂乱，但是孩子们跳得十分投入和认真，全程没有一个人笑场。跳到最后，他们还深深地给我们鞠了个躬。大家开始使劲鼓掌。

当龙院长他们把带来的书包、玩具、牛奶等礼物送给孩子们的时候，孩子们七嘴八舌地说着“谢谢！谢谢伯伯！”看起来十分开心。龙院长和他的朋友们一直在说：“真的难得，这些孩子们精神状态特别好，眼睛里有光芒。”

张老师介绍说，幼儿园总共有三十二个孩子，其中二十二个是留守儿童，父母都在外打工。孩子中，最大的六岁多，最小的只有三岁多。“就是最矮的那个小孩，乱跳舞的那个。她从出生到现在也没怎么和父母一起待过，都是跟着爷爷奶奶，可怜得很。”说到这个小姑娘，张老师不由得有些感叹：“不过她非常爱画画，每次画画都停不下来。”说着说着，她又忍不住笑起来。她找出孩子们的一些日常照片给我看，有个小姑娘正趴在桌子上认真地画画，看起来不过三四岁的模样，“我怕她画得太累了让她停一会儿，她还不愿意”，张老师笑道。照片里还有几个小朋友正在看书。张老师是个善良的人，说起这些孩子时，眼里一直透着笑意。

幼儿园的孩子们将会在山村里慢慢长大。经济条件的拮据，父母关爱的缺失，学前教育资源的不足，都会让他们在人生的起跑线上落后许多。随着时间的推移，相较于城里孩子的这种客观差距可能会不断拉大。今后，一些孩子可以考上一所普通的大学，足够幸运的可能会上一所更好的学校，但大多数家庭条件不够好或头脑不够聪明的孩子，或许在初中毕业后就辍学打工，重复父辈的命运。贫困的代际传递，就这样不断地传下去。每次想到这个，我心中不禁黯然。

一天，县林业局的一位帮扶干部辗转找到我，说了他的一件难事。他说："书记，您和村里人熟，您帮我劝劝我'对象'的女儿吧！"我仔细一问才知道，他的帮扶对象是山上一个汉族屯的黎某，他女儿原来在泗城中学读初中，前段时间不知道受了什么刺激，坚决不去读书了，现在还在家里待着。

他是这个月走访贫困户的时候才了解到的情况，觉得这事不好，让黎某劝他女儿重返校园。黎某唉声叹气："我也知道不读书不行的呀！可是我女儿她就是不愿意去了，我能拿她有什么办法？你们帮我劝劝啊！"这个干部也专门找小姑娘谈过一次，她说自己就是不想读书了。他觉得实在不能让她就这样辍学了，便找我想办法。

这确实是件棘手的事情。这个黎某我认识，作为一个单亲爸爸，不仅穷，还挺懒，平时有点钱就去喝酒。孩子跟着这样的父亲一起生活，也没有母亲管教，天长日久难免出问题。于是，我约上林业局的那个干部一起，趁着黎某女儿在家的时候去家访一次。

黎某家，果然是一如既往的乱糟糟。他知道我们是来劝他女儿上学的，比平时热情很多。过了一会儿，他女儿从房间出来，一言不发地坐在沙发上看着我们。十几岁的小姑娘长得挺可爱，留着清水挂面般的长发，一身嘻哈风，看起来新潮时尚，和这个破败的屋子格格不入。

我和她打了招呼，又问了她一些基本情况。她估计已经被问了多次，爱搭不理地回答我们。黎某有点着急了："你跟书记说啊，为什么不想上学了？"难得见他这么急哄哄的，看来确实很为女儿辍学这件事着急。她面无表情地说："我成绩不好啊，读不进去，再读也是浪费时间，不如早点出来赚钱。"黎某苦笑："我哪里需要你赚钱哦，你好好读书就行了！"他女儿白了他一眼，说："你小时候怎么不好好读，小学都没毕业，还说我！"黎某被气得够呛："我就是因为没读书，一辈子在农村受穷，你现在看到我这样子还不学点教训？真是气死人！"说完转过身去不再言语。

我俩一看这个架势，面面相觑。我问了问女孩的成绩，还有她的兴趣爱好。她说："成绩嘛，不算倒数，但也是下游。我从小学到现在一直这样子，初三的课更难，我一想起来就头疼，根本不想去啦。"冰冻三尺，非一日之寒，看她这样子，确实已经失去了对学习的兴趣。于是我们转换了思路，问道："那你准备不上学之后干什么呢？"她说："随便，到时候再慢慢找吧，总能找得到的。反正书我是不读了。"我们笑了："你现在才十四岁，现在这个年纪去打工，还是童工呢，没有地方敢收你。与其这样，还不如考虑一下再读一年，把初中毕业证拿到，到时候想打工的话也有个文凭，会比现在出去工资好很多呢。”黎某也赶紧帮腔：“是啊，再读一年吧，至少初中毕业嘛。”女孩子可能已经听厌了这种劝说，不耐烦地说自己知道了，会再想想。

我们又和她阐明利弊，跟她说至少读完初中之后再做决定。她最后只是说：“我再想想吧!”一次家访，并不能完全改变她的心意，于是我试探着加了她的微信，说有什么困难可以找我。

从黎家出来以后，我的心情很沉重。突然觉得平时那些因学致贫的家庭虽然值得同情，但也是值得羡慕的，因为这些父母的内心充满了希望和动力。而反观类似黎家这种情况，孩子早早辍学打工，甚至一些孩子早婚早育，也许他们父母的内心只有一声叹息吧。

虽然在村里不到一年时间，但我常常感受得到农村家庭在教育子女时的无力感。这些望子成龙的农村家长，多是当初迫于生计外出务工的低学历者，多年后当他们认识到知识的重要性时，早已于事无补。他们已经吃了没文化的亏，现在都非常重视对孩子的教育，但是想要出现“寒门出贵子”的奇迹，恐怕也是越来越难了。毕竟，从小就留守在村子里的孩子，长大以后要怎么和在发达地区享受诸多教育资源的孩子们竞争呢?

有一次，我把一个工厂招工通知转发到了村里的贫困户微信群。可是，贫困户们要么不认得招工公告上的字，要么看了以后不解其意，甚至连“简历”二字是什么意思都不明白，有人还阴阳怪气地说：“书记你转这种通知，我们农民能看得懂吗？你们政府为什么不能帮我们报好名？”我刚开始觉得特别纳闷：进群的贫困户大都是中青年，为什么这么简单的招工通知都看不明白，何况我还特地说明了一遍？一件简单的事情，到了农村操作起来怎么就这么难？仔细一想，这也确实怪不得他们，归根结底还是和自身的文化水平有关系。后来，我帮他们收集了基本信息报给工厂，这件事才算过去。这个过程让我很感慨，要帮助他们真的不容易，有心无力的时候太多了。

有时我和易书记讨论：“要想真正改变这些贫困户，到底得靠什么？我怎么觉得自己使不上劲呢？”他说：“我们基层干部都知道，要想真正地‘拔穷根’，长远来说必须得靠教育，教育是一切的根本，不然农民很容易返贫。”不管是留守儿童、学生，还是普通农民，“扶贫先扶智，扶贫先扶志”确实是最根本的途径。没有教育的支撑，农民就不具备睁眼看世界的能力。再过一些年，精准扶贫的红利期过去了，现在这些早早辍学打工的孩子们也到了而立之年，上有老下有小，“城市进不去，农村不愿回”，他们靠什么不再返贫呢？这是个值得关注的问题。

广西民大继续教育学院龙院长到上蒙村慰问时，幼儿园的小朋友们以稚嫩的舞蹈表示欢迎。

扮靓上蒙『会客厅』

◎它可不仅仅是一栋房子，而是上蒙村工作迈入新台阶的见证啊。

县委荣书记一直说，村里的公共服务中心是一个村的“会客厅”。

凌云县在2016年铆足了劲把全县预脱贫村的“会客厅”给建起来，包括村委办公楼、篮球场、戏台，还配备了儿童活动器材等设施。上蒙村的村委楼在我来村里前就开始建设，现在已经投入使用。村委楼共三层，一、二层各有三个房间，三层全部是会议室。它的设计风格很简单，整栋楼方方正正、规规矩矩，门窗用的都是常见的红褐色。以前，老办公楼就像是被扔在墙角的乌龟壳，村干们在里面办公和值班，总是不够自在，现在有了这栋敞亮气派的新楼，大家的腰杆子都挺直了很多。它可不仅仅是一栋房子，而是上蒙村工作迈入新台阶的见证啊。自从村委楼建成之后，他们都很关心要怎么布置这个村里的“会客厅”。

镇里给村委楼配套了暗红色办公桌椅和文件柜，县扶贫办给每个村都送了一台扶贫专用电脑，县检察院还把仓库里的一些旧空调和旧桌椅送给村里，村委楼渐渐有了点样子。县里规定每个村都要有农家书屋，县文体局赠送了两排书架，县农业局赠送了很多与农业技术相关的书。这时，广西民大继续教育学院的十六箱赠书也到了，这些书籍中很大一部分是根据我专门列的书单筹备的。我把一些绘本送给了幼儿园，其他的书都放在农家书屋。

我坚持要把农家书屋放在一楼，让村民过来看书方便一些。村干们嘻嘻地笑，念叨着说放在一楼占了好位置。我想了又想，还是舍不得我精心挑选的好书放在二楼束之高阁，就说："既然村民们没有阅读习惯，那我们就试着培养一下嘛。以后这个书屋还可以干点别的，书架也占不满。"他们看我这么坚持，便都同意了。我自己有点不好意思，这个决策过程"民主"不够、"集中"太过，颇"一言堂"呢。

荣书记到村里走访贫困户时顺便看了看村部建设，当场就确定了篮球场和戏台的选址。跟着来的一群领导比比画画，决定要把村委楼后面的这片山林征下来作为篮球场和戏台用地，指示镇里尽快征地。这时候，县住建局在中蒙屯的风貌改造项目也准备启动了。风貌改造的效果图美轮美奂，中蒙屯的所有屯内道路准备全部硬化，路上用小石头点缀些花纹。全屯重新规划建设排污水渠，粉刷房屋外墙，屋子正面增加一点壮族纹饰，房前屋后种植果树。村部附近的大路边设计了两个漂亮的六角亭。总的来说，青山脚下，灰砖白墙的房屋倚山而建，错落有致，俨然是一个新时期的世外桃源。正当我沉浸在这个美丽家园的时候，工作人员说:“路书记，到时候要请你协助拆掉路边那几座违建房哦。”什么？我被泼了一盆冷水，醒悟过来后有点难以置信：“怎么，风貌改造还要拆房子吗？”“肯定啊，书记！那几座违建房在村道旁边，影响整体效果啦！”县住建局的同志很坚决，对我的无知有点不以为然。征地拆迁，风雨欲来。我之前听说过征地拆迁的艰难，终于轮到自己冲锋陷阵了，心里激动又不安。

过了两天，泗城镇的木镇长和负责征地拆迁的左副镇长到上蒙来启动拆迁工作了。

我陪着他们看了看需要拆除的三座违建房屋，还有即将被夷为平地的山林。村委楼后面的这片山上长着茂密的毛竹和不知名的高大乔木，郁郁葱葱，山脚下住的是贫困户老劳。他刚满五十岁，还是一人吃饱全家不饿的状态，住的房子也是二十年前建的砖木结构危房，黑乎乎的，十分破旧。“这一户危房，还得动员他搬走，不然篮球场地方不够。”木镇长皱着眉头说。

施工人员已经测绘过篮球场的范围，打了很多桩定在半山腰，用红布条圈了起来，摆出了“收入囊中”的架势。我们叫来韦支书和玉姐，商量要怎么动员所涉及的六户人家同意征地。他们都说这个活儿不太好干。我问韦支书怎么办，他慢吞吞地说：“估计征地工作很难做呢。一定要征这里吗？搞不下来呢。”木镇长看了他一眼：“书记都定调了，你说征不征？”他不敢说话了。我脸皮薄，最害怕和别人讨价还价，如果不是“第一书记”这个职务撑着，估计问“一定要征吗”的人可能就是我了。

看我一脸愁苦的样子，木镇长转过头来，说：“路书记，这些工作镇里会派人协助做的，你也别太担心。”我的内心又燃起了一丝希望，惊喜地问：“真的吗？太好了！我一直以为主要是我一个人的事情呢。”他被逗得笑了起来：“怎么可能哦！乡镇肯定要介入的。”凌云县这几年正处于飞速发展期，城区扩改和道路建设的项目很多，用地也越来越多，乐业县到百色市的乐百高速公路也经过凌云。相比其他乡镇，泗城镇的干部长期承担大量征地拆迁的任务，这对他们而言是个不小的挑战。

木镇长说：“左副会和你对接的，放心吧。”这是广西很多地方对官职的称呼习惯，和外地有所不同。在我老家那里，不管正职副职，通通称正职的官职，恨不得完全让你忘记你是副职，比如直接称左副镇长为左镇长。但是凌云人习惯称副职为“姓＋副”，有时候是“名字＋副”，听着非常有意思。

过了几天，左副镇长如约来到上蒙，我们一起给那几户征地户开了个小会。虽然只需征六亩多地，但牵扯到六户人家，其中就有韦支书家。这次他倒是十分通情达理，表示要大力支持。老王和小王这对叔侄则十分“硬核”。

老王有五个女儿，家庭条件一般，我为了照顾他，专门把他设为荣书记的帮扶联系户。谁知道，这让本来就很桀骜不驯的他更放飞自我了，上级有政策时自己先带头反对，这次遇到征地他更绝，直接甩了一句：“这地我坚决不卖！”然后扬长而去，剩下我们几个人全傻了眼。我气得哑巴吃黄连，有苦说不出。

小王很能干，但也和他叔叔有着一脉相承的硬脾气。之前村“两委”调整时好几个人都推荐他，我也专门到县里他工作的修车铺动员他回来。他一直不声不响地擦着车，任凭我说了好久，最后只是淡淡地回应："书记，我不是不想给村里做事，但是村干那点工资，实在不够我养家。天气也这么热，你早点回去吧，我没什么可说的。"我只好铩羽而归。没想到，这次又是狭路相逢，结果也和上次差不多，他又把我打败了。

这个会开得着实艰难。左副按照惯例做了一会儿思想工作，说形势，说蓝图，说好处，最后说到需要各家配合征地，政府会按照规定给予补偿。几个人漫不经心地听完就走了。除了韦支书外，没一个人同意。我这下急了，问左副怎么办，没人同意啊！他满不在乎地挥挥手："正常正常，我征地拆迁这么多年，从没有群众会在一次谈话后就签的，这次就是和他们聊一聊，以后肯定是要一户一户走的。"

违建户的商谈会也是没有任何成果。一场交锋下来，我们一行人无功而返，又开始商议新的征地对策。

其实并没有什么好的对策。征地拆迁涉及农民的切身利益，大家都特别敏感。除了一次又一次用热情感染他们，在合理范围内为他们争取最大化的利益，别无他法。于是，接下来的一段时间，我们一次次地去找这些农户谈征地拆迁的事情，热情诚恳、低声下气，切切实实当了一回"乙方"。左副经常带着镇里的工作人员站在一线，和村民用本地话谈判。这时候，村民们仿佛商界精英附体，一个个沉得住气、顶得住压力，寡言、庄重，看起来老谋深算，深不可测，无论如何就是不肯松口同意征地。

征地时，涉及被征地农户的诉求都不一样，所以给每家的条件都有所差别，但又不能让他们彼此之间进行对比。白纸黑字的协议上所列条件都是板上钉钉的，口头的承诺五花八门，但都具有同样的效力。在农村这个抬头不见低头见的熟人社会，如果干部在征地时给农民随便应承太多空头支票，一旦无法兑现，可能当地的征地拆迁工作以后都做不下去了。

有时候木镇长会来看看进展，也顺便慰问一下我们。时间过去了这么久，征地还没完全弄完，这让我觉得自己很没用。他们安慰我："前些年基层是计生最难做，现在是征地拆迁。书记你刚来不久，和农民打交道还没经验，我们做这种事做得多了，不要紧，你就看看，慢慢学。"我有时在他们谈判的时候插几句话，但往往把之前好不容易营造的谈判气氛都破坏殆尽，惹得左副慌忙给我使眼色，示意我不要承诺得这么快。我在懵懂之余，不得不三缄其口，承认自己在征地拆迁方面确实是个新兵。

一天晚上，木镇长到村里来和我们一起啃小王这块"硬骨头"。当晚恰逢小王在家宴请朋友，院子里摆了好几桌，好不热闹。好客的小王邀请我们一起入席，热情得好像什么事情都没有发生过。觥筹交错中，小王一边举着杯子一边说道："哎呀，今天太高兴了，你们这么大的领导来我家吃饭，太给我面子了，我敬你们！"全桌的人哄然起立，举起杯子一饮而尽。一个客人听说我们是来劝小王配合征地的，笑着拍拍他的肩膀："兄弟啊，你看镇长都到你家来做工作了，很有诚意哦。"小王连连点头，又顺势敬了镇长一杯。

谈笑间，木镇长和他说了好多悄悄话，小王时而神色凝重，时而开怀大笑。一个晚上下来，俩人已称兄道弟。小王明确表示会支持村里工作，第二天就签合同。我们这才放下心来。我不禁感叹，果然大家说的没错，征地拆迁也得看感情啊！只是辛苦了喝得醉醺醺的两位镇长。

但是，第二天小王又出尔反尔了，闪烁其词着说还要考虑考虑。从我们做出征地拆迁的决定到今天，已经一个多月过去了，每个农户家至少跑了三趟，地还没有拿下来，效率真是低得可怕。篮球场和戏台动工在即，时间不等人啊。前几天荣书记无意间又问到上蒙的篮球场和戏台进展情况，我只好说正在征地，心里捏了一把汗。易书记也有些着急了，到村里看了几遍，还和小王谈了一次。

一天晚上，易书记给我打电话，说："路书记，告诉你个好消息，小王同意签协议了。"我高兴极了，连说还是书记你厉害啊！他笑了笑："哪里是我厉害，是我跟他说，村里这个球场，镇里负责帮他争取补助资金，由他组织村民投工投劳建设，他就爽快地签了协议。"我听了，五味杂陈，不知道说什么好。

又过去了一个月，这些征地拆迁的难题被一一"拿下"。老王对他的经济补偿很满意。贫困户老劳的小破房子被推倒了，镇里承诺要帮他重新建一座更好的新房。那三座违建房屋也赔了钱给农民。当时我还有点气愤，既然是违建房屋，当年建好后没有罚钱就不错了，拆迁时还得求爷爷告奶奶地央求着补偿他们吗？可是，农村的很多事情，并不是法律上能够解释得通的，法律与人情、与风俗、与习惯的边界在哪里？只有置身其中才能理解这种模糊感。

很快，挖掘机进场了，中蒙屯里的道路开始打地基，雪白的墙面也越来越多了。看着热火朝天搞建设的上蒙村，想想这段时间经历的种种艰难，我的心仿佛又蜕了层皮，长大了许多。

我终于明白，我这个第一书记能有什么本事，归根结底是赶上了现在的好政策，是县、镇两级无数的干部们在努力推动，是村干们牺牲了无数个休息的日子，陪着我们一遍遍到群众家里做工作，是那些灰尘糊得都看不清脸的农民工们，顶着烈日在干活。勾画宏大蓝图易，但砥砺前行难。当我和形形色色的人一起工作和生活时，我才从内心里震撼地感受到，历史的辉煌，确实是由无数个平凡的个体创造的。

上蒙村委新大楼（米儒聪 / 摄）

村部附近的六角亭

灰砖白墙的房屋倚山而建，俨然是一个新时期的世外桃源（米儒聪 / 摄）

村容村貌，其实也是一个村子精神文明建设的外在体现。图为完成改造后的中蒙屯。

扶贫政策落地了

◎农民们有他们自己看世界的方式，改变需要一点时间。

2016年下半年，凌云县一直在紧锣密鼓地推动各项扶贫政策的落地，村里面一片喜气洋洋。尤其对那些贫困户来说，这无异于雪中送炭，因此非常积极地配合村里的工作。

又到了一年一度购买新农合（新型农村合作医疗）的时候，村民只要交一百二十元钱就可以在住院时享受很大的报销额度，性价比很高，大家现在购买新农合踊跃得很。可是梁副镇长告诉我，前几年新农合刚推广的时候，很多农民觉得交了没用，死活不愿意花这个钱，到了有家人生病住院了，他们这才知道交新农合的好，第二年交得比谁都积极。

梁副镇长感慨地说："好多政策落地还得有个过程。有时候上级机关刚推出一个新政策就要求达到百分之一百，这个在基层不太现实，我们基层干部不管怎么做思想工作，第一年都很难达到百分之一百。如果给一点缓冲期让群众自己去接受，可能要比我们做工作的宣传效果好得多。”以前，我一直以为这样的好政策群众应该是立刻就能接受的，没想到推动起来也要有个过程。农民们有他们自己看世界的方式，改变需要一点时间。

为了鼓励贫困户们积极发展产业，县里按照种植养殖的规模给了每户贫困户一些种养补贴，县农业局还专门送了各种树苗和种子给他们。紧接着，申请金融小额信贷的通知也下来了，贫困户想申请的话可以通过自有资产抵押，或者通过担保人担保，最多可申请五万元，由广西农信社放款。如果两个条件都不能满足，这五万元便放在县里的金融平台公司委托其投资，申请贷款的贫困户每年可以分得四千元利息。贫困户能享受这样的帮扶政策真是重大利好。很多贫困户一见到我就说感谢党和政府的话，这些政策大大改善了他们的经济状况。

在开会的时候，我刚一宣布小额信贷的政策，村干、组干们就沸腾了。几个人笑着问：“书记，我们非贫困户可以申请吗？我们的条件也比他们好不了多少啊。”我也笑起来。贫困户享受的政策帮扶越来越多，很多非贫困户甚至村干、组干的心里慢慢有了点想法。我说，肯定不行的嘛，这小额信贷是专门贷给贫困户发展产业的。大家嚷嚷说：“难怪大家都羡慕贫困户呢，好处太多了。”其他人也心照不宣地笑了起来。我把他们的话题压了压：“现在精准扶贫已经到这个份上，评出来的贫困户也确实是比较困难的，政策上能帮就帮吧。大家都是村干组干，也要有这个觉悟呀。”他们说自己就是说说而已。

玉姐低声笑道：“刚开始我家没评上贫困户，我还挺难过的。

现在看来，多亏没评上啊，不然我家要被人骂死了。”我说：“大家往好处想，贫困户们拿到钱去搞点产业，或者做点买卖，那不就脱贫了吗？这个钱还是花得值。”

不过，随着小额信贷工作的推进，我惊讶地发现竟然有个别贫困户坚决不愿意申请贷款，光棍汉廖老头就是其中之一。这使得上蒙的贷款申请率被拉了下来。我打电话问他为什么不愿意，他理直气壮地说：“政府的钱是白拿的吗？三年之后就要还，万一到时候我还不起怎么办？我才不要这个钱呢，晚上睡觉踏实点！”理论一套一套的。我又好气又好笑，跟他解释：“你可以不用贷出来，放在平台公司吃利息就好了嘛，一年白拿四千块呢，也是给你贫困户的补助，是不是？”他哼了一声：“光拿利息能拿多久？万一平台公司倒闭了呢？政府不还是要我还这五万块钱？我又不傻，我才不申请呢。”这下子我算是服气了，几乎是白给的钱都送不到他手里。韦支书专门到他家去做思想工作，最后也是无功而返。看他实在不愿意申请，我们只好作罢。

我拿这件事当笑话跟第一书记们聊起来，后龙的林书记摇摇头：“上蒙才一个人而已，我那儿好几十户瑶族村民不愿意要贷款。易地搬迁也是这样，政府几乎白送他们一套房子，个别农户都不想搬出大山。你说，政府投钱给他们做水电路，多费劲啊。搬出来不就刚好嘛！我估计他们还是没太想明白。所以，前几天我刚动员了一车贫困户去田阳看安置房，回来后他们的签约意向就比较明显了。”我问为什么后龙会这样，林书记感慨：“后龙的瑶族同胞呀，胆子比较小，就怕出了大山别人欺负他们，思想动员不好做。”其他几个第一书记也纷纷附和，说越是穷乡僻壤的大石山区，思想越不开通，扶贫工作难做得很。大家聊起这些违背常识的例子，都觉得匪夷所思。

凌云县处在石漠化地区，地形也是以大石山区为主，自然环境是典型的“八山一水一分田”，生存环境总体比较恶劣。凌云的壮、汉、瑶族都有居住在高山上的习惯，尤其以瑶族为甚。凌云的瑶族主要是“背陇瑶”和“蓝靛瑶”两个分支，他们大多分散住在人迹罕至的大石山里。从扶贫效益来说，从深山里搬出来是最好的做法，所以政府在针对这类贫困户设计扶贫政策时，特别提出了易地搬迁的想法，并花费了大量的财政资金在适合居住的城市或城郊建设了安置点。上级领导也非常重视，每次来调研时都会去易地搬迁安置点看看。

凌云的易地搬迁安置点有好几处，除了凌云城郊的小区，还在百色和田阳有专门的易地搬迁小区，房子从四五十到一百三四十平方米不等，按照贫困户家庭人口分配面积，具体的户型和位置则由贫困户自己抽签决定。每户只需要按照每人两千五百元的费用交房款，其他的都是国家补贴。这么好的事情无异于天上掉馅饼，绝大多数的贫困户感激得不得了，只有个别思想不开通的怕这怕那，工作推进不下去。

换位思考一下，村民的担心也可以理解。安土重迁是中国千百年来的传统思想，他们对土地的感情厚植于心。现在，要让他们从祖祖辈辈居住的土地上搬迁出去，无异于一次精神生命的重塑。哪怕政府承诺会帮助他们在乔迁后的新居配套各类生活设施，并帮助他们在附近就业，他们还是非常担心。易地搬迁是个全新的词语，对于传统的村民们来说，他们需要一点时间来理解和接受。政府也要花时间研究如何让贫困户“搬得出，留得住”。

近期政府给农民的优惠政策确实非常多，但有时候细节把握得不够好，也有好心办坏事的时候。古人云：天下大事，必作于细。扶贫政策的落地也是如此。

2016年初，县扶贫办曾组织百色某技校在村里举办养殖培训班，贫困户考试合格后可以得到八百元补贴，村里有六十多名贫困户兴冲冲地报了名。培训结束后，村干转达县扶贫办的通知说，贫困户可以拿着培训证书到县扶贫办领补贴。当贫困户到了县扶贫办后，工作人员却告诉他们，要自行到网上申请“雨露计划”；然后给了他们一个网址。

我看到他们在微信群里抱怨不会操作，便自己试了一下，发现整个操作过程果然不简单：从扶贫网点进去，注册用户名，进行实名验证，还要填写很多个人信息才能提交“雨露计划”的申请。好不容易搞懂整个流程后，我深感十分复杂，便在Word上做了一个详细的申请说明发到群里给村民们参考，心想这下子大家应该可以依葫芦画瓢了。

结果，我还是想错了。只有个别机灵点儿的贫困户自己申请成功或者找人帮忙申请成功了，没什么门路的就只能干瞪眼。因为里面涉及很多私人信息，村里又很难一一收集，所以只能教他们在亲戚朋友中找个会上网的人来一点点指导填写。这么一来，大家纷纷在微信群里骂我和村干办事不力，累他们白跑一趟还拿不到钱，话说得十分难听。每天都有十来个贫困户给我打电话问怎么办。本来好端端的一个事情最后成了这个样子，我和村干们被贫困户骂得垂头丧气。最后，我联系了县扶贫办，把那些参训人员的名单给他们，希望他们统一修改密码之后我再让帮扶干部帮忙申请这个补贴。

就这么一件小事，村里闹腾了十来天，贫困户们也是过了几个月才好不容易领到了钱。纵观整件事情，是县扶贫办的错吗？不是，县扶贫办想办法鼓励贫困户参加培训，算是“把钱花到了刀刃上”，其心可嘉。是贫困户的错吗？也不是，他们都是规规矩矩在按流程做事。但是换位思考下，他们为了申请八百元钱专门跑到县里交材料，却被告知要在网上申请，可是自己又没有能力完成这一系列复杂的程序，眼瞅着八百元补助无法获取，那种气愤和焦灼可想而知。

后来我反思了一下，这种以奖代补的项目初衷很好，程序规范，设计严密。但项目设计者忽略了一个最最重要的因素：该项目的受众是贫困户，他们是否有能力自己完成网上注册、申请、提交等这一系列复杂的程序？如果不能，那么这项工作应由谁来做？按一个村六十个贫困户参加培训来保守估计，全县五十三个贫困村有上千人需要申请这一补贴，又因为程序复杂、填写内容私密、工作量庞大，乡村两级不可能找专人去做这件事。最后，这件事必然是要贫困户“各显神通”去搞定。

在农村，老一代农民中文盲较多，中年一代也多是小学学历，青年一代则以初中学历居多，留在村里的青年人很少有高中和大专学历。也因为这个原因，很多看似简单的沟通交流、文本写作、网络运用等，在农村推广起来都难于登天。就这件事来说，最简单易行又深得民心的处理方式是怎样的呢？我和村干们觉得，是贫困户领取证书时现场发放现金。这个程序非常简单可行，贫困户的幸福感和获得感也很高。在农村做工作，真的是要注意采用可操作性强的方式，才能取得预期的好效果。

特别的『七一』

◎以往的扶贫非常重视投入资金和项目，这些固然重要，但是要想彻底改变村子的精神面貌，归根结底还是得靠人的力量，提升他们的『造血』功能。

以前我去基层调研和检查工作时，常常赞叹现在的农村真的是社会主义新农村，村委楼外是根正苗红的标语，办公室里井井有条，档案材料整齐有序，村民们也都热情礼貌，一切都是理想中的状态。直到在上蒙工作了这么久，我才知道真正的中国农村是个什么样子。这些深层次的东西，得时间久了之后才能了解。

广西区党委组织部的苏副部长来县里看望我们，他对我们说，我们都是组织部的干部，在工作中要发挥自己的专业优势，把村“两委”建设做好，把基层党建抓起来，以党建促扶贫。

这种说法我以前听说过很多次，耳熟能详，“党建促扶贫”的工作思路也是一以贯之。但是苏副部长的话忽然让我脑中灵光一现。我们以往的扶贫非常重视投入资金和项目，这些固然重要，但是要想彻底改变村子的精神面貌，归根结底还是得靠人的力量，提升他们的“造血”功能。想通了这一点之后，我为自己之前对村“两委”的一些整顿思路感到暗暗高兴，但看看现实情况，我感叹村里的实际情况还是不容乐观。

上蒙村有三十名党员，女性党员只有五人。从民族成分看，壮族党员二十七人、汉族党员三人，壮汉族党员比例远高于全村壮汉族人口4：1的比例。从年龄结构看，有三名老党员生于二十世纪三十年代，年纪最大的党员已经八十五岁，最小的也已经二十九岁。党员的整体文化程度和他们的年龄呈反比，其中，文盲有三人，小学文化程度的有四人，初中学历的有十三人，中专和高中学历的有十人。越是年轻的党员，越是有较高的文化程度。有意思的是，其中有十二名党员都来自中蒙屯，也就是韦支书所在的屯。最初上党课的时候，党员们来得稀稀拉拉，我问村干是不是没通知到位，他们委屈地说：“书记啊，在家的党员本身就没多少，能按时来的就更少了。”我这才知道，青壮年们大都在外打工，党员队伍“空心化”的问题很严重。这样一来，我们的组织力怎么体现呢？我得把这些党员的积极性调动起来，再想办法吸引一些年轻人进入这个队伍。

平时开展“三会一课”的时候，我让村干组干们谈谈自己对党和政府最新政策文件的理解，研究一下村里的大事情。有时候，他们也会讲讲自己的人生经历，谈谈近期的见闻。我发现一个很明显的现象，这些60后、70后的村干组干，他们每个人的经历都是一本厚厚的故事书，经常说着说着就开始忆苦思甜，还经常感叹：“想想以前的日子，再看看现在，我们还有什么好抱怨的！政策多好啊，真的满足了。”越是久经沧桑的人，越是容易感受到这种对比，也越容易有满足感。现实生活中的“三会一课”，就是要这么接地气才有人听、有人参与。既然最终目标都是为了保持党性的纯洁、增强党组织的凝聚力和战斗力，那形式上的与时俱进也是必需的。我跟他们说，以后我用第一书记办公经费买一台投影仪，以后的党员生活就可以更加丰富了。

快到“七一”的时候，我准备给党员们上一次党课。我邀请了县林业局的领导给我们上党课，还让到场的党员评选“2015年优秀党员”。县林业局的何局长十分重视，派了分管党建工作的孙副局长过来，把这次活动搞成上蒙村委和县林业局党支部的“两学一做”活动，还支持我们几百元钱给优秀党员买奖品。村干买了人均一百元左右的洗发水和洗衣液作为奖品。在农村发奖品，洗护用品和床上用品永远最受欢迎，大家都讲究经济实惠。

会议当天，我们提前把会议室打扫得干干净净，也挂好了横幅，万事俱备，就等党员们来参会了。赵主任有点忐忑：“不知道今天的会能来几个人？太少的话面子上不好看。”我说：“这是今年上蒙村党员最大的盛会了，咱们也说了评选优秀党员，大家应该会积极点吧？”

下午两点半刚过，孙副局长就自己开车过来了。他说：“路书记，我待会儿给党员们上党课，上得不好你要批评指正啊！”他拿着党课的讲稿不断练习，十分认真。会议室里陆陆续续来了一些我平时不怎么见到的面孔，但他们都认得我，和我打招呼。过了一会儿，黄老支书也来了。他就是我在上蒙第一次开动员会时和韦支书吵架的那位老人家，刚开始看起来不太好惹。谁知，自从我和他儿媳妇平姐一起参加培训，再加上经常介绍客户到他家买鸭子后，他竟然对我非常友好，已全然没有之前凶巴巴的样子。一见到我，他一边喊着“书记好”，一边哈哈笑着和我握手，叮嘱我开完会去他家吃饭。

这时，远处的大路上有一位老人拄着拐杖慢吞吞地向这边挪过来，似乎腿脚有点不便。赵主任看到了，惊讶地说：“呀，老蒙也来了！”赶紧走过去扶他。老蒙就是上蒙村最高龄的党员，他本人年事已高，家底不怎么好，两个孙子又都在上大学，所以在精准识别的时候毫无悬念地成了贫困户。老蒙耳聋眼花，几乎没法与人交流了，但他能坚持自己过来参加主题党日，还是让我们非常意外。

会议一开始，我让党员们自己讲一讲精准识别以来村里的变化，并提提意见建议。黄老支书主动举了手。我心想：他可别在党日活动让我下不来台啊！没想到他心情大好，口若悬河地说了好多：“变化这还不明显吗？今年以来，新的村委办公楼建起来了，篮球场和戏台正在修，我们中蒙屯还在搞风貌改造，几条屯里的路都做了，要不是有精准扶贫的政策，能有这些吗？感谢党和政府对我们上蒙村的帮助，尤其是感谢路书记为我们上蒙村做了这么多，谢谢书记！”我听他前面讲得像模像样，心里赞叹他毕竟是做过村支书的人，口才好得很，谁知他越讲越激动，到了后面竟然一直夸我。我慌忙摆摆手：“老支书，您前面讲的这些变化挺对的，不过确实不是我的功劳。我就是一个上传下达的工作人员而已。国家为了做这些基础设施建设投入了几百上千万的资金，如果没有这些投入，没有县林业局一直以来的支持，我作为第一书记，什么事都干不成啊！”党员们都笑了起来。

阿崇也发言了。他在我刚到村里时找过我，想做油茶合作社，但是后来雷声大雨点小，没有了音讯，5月接待中青班学员时，他和妻子表现出超乎寻常的认真负责，他还专门请了几天假回到家里接待学员。几天下来，学员如获至宝地过来跟我说：“这位大哥太有想法了！太能干了！”这多多少少改变了我对他的一些看法。他说：“书记，这半年多来国家给我们的支持我们都看得见，也真的感谢党的政策好。不过，我提两个建议给您。”我点点头，示意他尽管说。他停了一下，说：“一是咱们村今年脱贫以后，在产业方面还是应该再加强一下。二是咱们村的党员应该多开展活动，让我们党员知道组织在关心我们。”他说得一针见血，我也很是认同。

其他党员们也陆陆续续聊了聊，大致也不出这几种调调。接着，我请孙副局长讲党课。他的党课题目是《如何做好村干部》，讲了一些做好村干部的基本要求和经验。党课讲完后，我们一起评选了五位优秀党员，当场唱票。最后选出了韦支书、赵主任、卢专干、韦专干，以及唯一一位不是村干的阿崇。从全村的情况来看，这个结果也基本符合大家的预期。我们颁发了证书和奖品，会议室里喜气洋洋。

最后，我做了一个工作小结，把半年多来我们的工作情况和下半年工作计划告诉了他们，让大家知道这些宏大的事业，都是村干和村民们自己拼搏出来的。他们目不转睛地看着我，认真地听。我说："我们中国共产党本身就是产生于群众的组织，依靠群众，也服务群众。大家作为党员，大多数时候感觉不到自己的身份有什么特别，但是在面临一些大是大非的时候，大家一定要清醒，要拥护党和国家的政策，听党的话，也要想办法保留心中的善良，多帮助一些需要帮助的人。能做到这样，你就是一个优秀的共产党员了。"

我说这些话的时候，想到了我们处的两位处长。两位处长都是高级知识分子，有时候他们也感慨："在这个时代，我们总得坚持点什么吧？总得相信点什么吧？我们一定要相信我们的国家、我们的党，相信他们可以带领我们过上越来越好的日子。哪怕中间有曲折、有挫折，但是总体方向一定是向前的，这就是我们作为共产党人的信仰。"以及诸如此类非常正能量的话。正是因为这些话，我依然能看到理想主义的光芒在平凡的工作中闪烁。

眼前这些农民党员是迷茫抑或是坚定，是质疑抑或是深信？我不得而知，每个人心中的信念唯有自己才能了解。但是，我希望他们能看到孙副局长和我的真诚之心，能为我们负责任的态度、不懈的热情所感染和打动；我也希望他们知道，我们真的是带着感情在工作、在奋斗。

最后，我招呼所有人站成两排，重温入党誓词。老蒙早已体力不支，只能坐在凳子上听我们宣誓。在这个炎炎夏日里，我和这群平均年龄五十多岁的党员，重新审视了自己的初心。

上蒙村的党日活动，我和一群平均年龄五十多岁的党员，重新审视了自己的初心。

卖鸭大作战

◎广西人逢年过节和隆重待客时，鸭子是必备菜肴，壮族『三月三』要吃鸭子，清明节要吃鸭子，中元节也要吃鸭子，春节更是少不了鸭子……

中元节很快就要来了，又到了一年一度吃鸭子的节日。扶贫专干少杰是养鸭户，整天心神不宁，为他家那还没卖出去的几百只鸭子发愁。

中元节是农历七月十四，又称“鬼节”。广西人很重视这个节日，村里很多在外打工的年轻人哪怕请假也要回来过中元节，对中秋节反而没这么看重，这让我大为惊奇。想起自己在北方几乎没听过中元节，不禁感叹各地风俗差异之大。我并不知道中元节有什么特别的讲究，只知道一定要吃鸭子。广东人是“无鸡不成宴”，而我感觉广西人好像对鸭子有种特殊的偏爱，南宁的柠檬鸭，桂林的醋血鸭，凌云的茶香鸭，还有各地的白切鸭，都各有特色。广西人逢年过节和隆重待客时，鸭子是必备菜肴，壮族“三月三”要吃鸭子，清明节要吃鸭子，中元节也要吃鸭子，春节更是少不了鸭子……似乎在广西人的每个阖家团聚之日，就是无数鸭子抛头颅、洒热血之时，也许不会有一只鸭子活着走出广西。

有需求就会有市场，有市场就会有鸭子。上蒙村被称为凌云的“菜篮子”，不但蔬菜瓜果在全县享有盛名，“上蒙清水鸭”也颇有口碑，就好像天津狗不理、盱眙小龙虾、柳州螺蛳粉一样闻名遐迩。所谓“清水鸭”并不是一种特定品种的鸭子，而是指放养在河里的鸭子。除了上蒙的鸭子被称为“清水鸭”之外，我没怎么听说过凌云还有哪里的鸭子有这样专门的名称，也许是历史沿革也不得而知。市场上的顾客经常拽着鸭翅膀左看右看，问：“是不是上蒙清水鸭啊？”

可是这一年的情形比较复杂。村里没有养鸭合作社，大家像是无头的苍蝇一样乱撞，都是自己干自己的。由于上一年养鸭的人少，当年中元节前的鸭子卖得相当贵。所以今年年初有七八户农民一拥而上，早早屯了几千只毛茸茸的小鸭子，梦想着在中元节大赚一笔，更别说还有很多农民随便散养几十只，凑个热闹。这么一来，市场很快就供大于求了。距离中元节半个月左右的时候，这七八家养殖户的鸭子还有一大半没卖出去。少杰和平姐是养鸭大户，愁得茶不思饭不想，眼看着生意要亏本。这时候，我忽然灵光一闪：要不我试着在公众号上卖鸭子？！

8月初的时候，我开始正式运营上蒙村的微信公众号“上蒙纪事”。这个想法2016年初就有了，但那时候自己并不是很有信心，一想到公众号是个新事物，我单枪匹马的，工作量繁重，万一撑不住呢？习近平总书记说“惟改革者进，惟创新者强，惟改革创新者胜”，每当我想到这句话时，心里又有一丝敢为人先的冲动，但作为一个轻微的完美主义者，我始终犹豫不决。直到拖了半年之后，我才硬着头皮把公众号的第一篇文章发了出去，题目是《上蒙村：跨越千山万水，为你而来》。这篇简陋的、内容浅显的文章引起了朋友圈的热烈讨论，如潮的好评将我淹没了。我在兴奋之余也明白，也许让他们赞叹的不是文章的内容，而是我这种初生牛犊不怕虎的气概吧。

可是，上蒙村的清水鸭产业发展得还很初级，大家从来没有将其产业化的想法。首先，鸭子的运输就是个大麻烦，县里没有冷链运输车，没有合适的包装，顺丰生鲜也因为凌云过于偏远而不能当天发货，真正运作起来困难重重。是等万事俱备时再做，还是现在试着帮他们先卖掉一点呢？我想了想，这件事其实也不费太多工夫，能卖一只是一只吧，大不了，远的地方不寄呗。于是，我让少杰了解一下村里现有的鸭子数量。他还联系了县城汽车站，说目前我们发往外地的鸭子主要得通过大巴车运送。

基本情况确定后，我飞快地做了一期卖鸭子的微信推送，在距中元节还有两周时发出去。在最后的联系方式那里，我犹豫再三，最终放了自己的微信二维码。

微信朋友圈发挥的力量让我惊讶不已，好友申请和微信咨询的数量超出了我的想象。我又一次低估了广西人民对土鸭的热爱程度，更低估了朋友们对扶贫土特产的帮扶力度。在接下来的三四天中，我无时无刻不在回复微信和接电话，甚至走在街上碰到的熟人都会笑着问我：“路书记，看到你在朋友圈卖鸭子啦！”

我是没做惯微商的人，感觉还有点不好意思。

县里林林总总的单子有百来只，基本都是要活鸭送货上门。还有两家宾馆想从上蒙村长期订货。县外的单子则主要是我朋友圈的力量，也有两百来只吧。接到县外的订单后，鸭农早早宰杀好鸭子装在泡沫箱里，塞上冻好的冰块之后托运到大巴车上，由买家去车站自提。但是鸭农们没什么经验，我让他们买泡沫箱，他们竟然买来装过蔬菜的旧箱子，外面污渍斑斑，不忍直视。我哭笑不得，发现确实得手把手带着他们干活才行。

周末，我和王懿要开车回一趟南宁。刚好有一些在邕的校友要买一百多只鸭子，我俩一合计，托运还费钱呢，干脆就放在我们的车里带回去吧。

为了腾出尽可能多的空间，我们只带了一点生活必需品回南宁，其他空间全部放鸭子。一百多只鸭子需分装在六个箱子里，但两个箱子就已塞满了后备厢，其他四个只能放在后排座位上。整个车装得满满当当，坐在里面就能闻到一股鸭子的腥味。我俩一路载着这些鸭子，浩浩荡荡地往南宁进发。到南宁时正好赶上周末晚高峰，车堵在路上很久才进了城。我和王懿商量，干脆把所有的鸭子都送完再回家。等到绕来绕去送完所有的鸭子，已经是晚上十点了，我俩筋疲力尽。王懿感叹地说："你干的这些事情，我在村里挂职时也干过类似的。虽然挺辛苦，但心里高兴，也觉得很值，对吧？"

又过了几天，县农商行的米行长看到了我的微信朋友圈，便联系我说单位工会准备发中元节福利，想买八十只鸭子发给员工。这可不是一笔小生意，我兴冲冲地让三家鸭农每家准备二三十只鸭子，第二天直接送到银行院子去。

那天早上我早早到了银行，拜访过米行长之后便在楼下等着鸭农过来。天空飘着毛毛雨，但是我的心晴朗得像是人间四月天。最先到的是少杰。他开着带斗篷的电动三轮车，“突突突”地来到了我跟前。我一看，好家伙，车厢里全是一个个扎好的小麻袋，一个麻袋放两只鸭子，绿头鸭的脑袋从特地剪开的小洞钻出来，一眼望去，像蠢蠢欲动的花园鳗。他一如既往的严肃，说：“书记，我给每个袋子里面都放了一公一母两只鸭子，这样搭配你看可不可以？”我忍不住笑了起来，没想到他想得这么周到，我不住地夸他会办事。

过了一会儿，雨越下越大了，工作人员引导我们到车库里等着。平姐两口子和另一个养鸭户也到了，他们骑着电动车，装满鸭子的竹筐搭在电车两边，鸭子还没有分装好，就在竹筐里面“挤挤一堂”，嘎嘎乱叫。他们把鸭筐卸在车库里准备现场分装，可他们没想到的是，鸭子是活的，又喜欢动来动去，虽然他们之前拿绳子捆住了鸭脚，但是鸭子依然能够向四周扑棱。我和少杰只好帮他们一起手忙脚乱地追鸭子、抓鸭子、绑鸭子，整个车库里鸭毛乱飞、鸭声一片，鸭翅膀扇起的灰尘呛得我直打喷嚏，整个场面一片狼藉。他们几个慌慌张张地跟我道歉：“对不起啊，书记，我们也没想到会这样！”我急得大叫：“哎呀，都啥时候了还说这个，赶紧把那几只鸭子绑起来啊！”

这时，米行长过来了，一看这幅光景就笑起来。我不好意思地向他道歉，说我之前没安排好这些细节，把车库弄脏了。他很随和地说："书记，没关系的，农民就是这样子。"他的体谅让我更加惭愧了。这时，银行职工下班了，他们笑眯眯地站在车库旁，耐心地等待我们在这一片狼藉中追鸭子、抓鸭子、绑鸭子。直到中午十二点半，所有鸭子才全部分完。那天卖的八十只鸭子，是我卖鸭生涯中最难忘的一笔生意。

卖鸭子这件事让我如此辛苦还有一个原因，村里迄今为止没有一个农业合作社。这次为了卖鸭子，我充当了组织者的角色，经常得跟村民们一个个打电话确认。他们的水平参差不齐，沟通起来比较困难，管理也常出现问题，这让我很沮丧，越发觉得成立一个合作社势在必行。

中元节前几天，我把几个养殖户叫过来专门开了个会，严肃地告诉他们，光是这几次的买卖，别人已经跟我反馈了不少问题：不守时，做事不够利索，不动脑子，甚至以次充好，悄悄地把特别老、特别肥的鸭子也搭着卖出去，尤其是在县农商行那天，我都想找个地缝钻进去。我恨铁不成钢地说："我的脸都被你们丢尽了，大哥大姐们！以次充好的是谁，我也不点名了，大家好自为之。再这样下去，我可不帮你们卖鸭子了。"他们几个被我说得不好意思，低着头，再不敢接触我的目光。

我唠叨总结了半天，到会议最后，看他们也把我的"指示精神"吸收得差不多了，便清清嗓子说："我该说的话都说了，你们以后要注意。还有件事要大家落实。县里面要买两三百只鸭子，谁那儿还有存货？"一听这话，他们立刻喜笑颜开。他们每家都剩了几十只鸭子，现在正苦于卖不出去呢。平姐的圆脸笑开了花，眼周的皱纹都写着高兴两个字。她大声嚷嚷道："书记，我家还有好多鸭子呢！谢谢你，你放心，我们一定听你的话，好好做事！"说罢自己先嘿嘿笑起来，其他几个村民也眉开眼笑，一直在"表忠心"。他们普遍比我大十多岁，现在却像做错事的小孩子一样，我也忍不住笑起来。

这么大的单子，其实全是荣书记的关照。她来村里看望联系的贫困户时随口问我："路艳，我看你在微信上卖鸭子，现在卖得怎么样啦？"她这一问，倒是让我挺意外。这几个月来，虽然荣书记每个月都会来上蒙走访她的贫困户，我也按部就班地陪同，哪怕王懿来了以后，我和荣书记成为上下楼的邻居，但我们的交流也仅限于工作汇报。上次朋友圈发了卖鸭子的文章以后，县里面很多人转发，估计荣书记看到了，也记在了心里。我如实告诉她卖了大半，现在还剩一些。荣书记哈哈大笑起来："我们县里也要一些发工会福利吧。"说着转过头对县委办主任说："黄主任你了解下，能从这里买吗？"黄主任答应了下来，说应该没问题。我一听，真是天上掉下来一个大馅饼！我已经幸福得天旋地转，后来我们去了哪儿已经完全不记得了，脑中只有这几百只鸭子。

黄主任要求我们在中元节前一天中午把宰杀好的鸭子送到县政府，毕竟第二天就是中元节了，不能再晚。这对我们来说是个很大的考验，因为鸭肉要新鲜的话必须当天宰杀，时值假日前夕，宰杀的人不好找，况且宰杀和包装也都需要时间。但这是前所未有的大单子，我和村民们哪怕晚上不睡觉都要把这个单子完成。有了前几次的经验，我早早和他们一起确定了每家每户出鸭子的数量，要求他们提前联系好县城的宰杀点，当天早点拉鸭子过去。

鸭子晚上是在鸭舍过夜的，所以必须得当天早上抓。凌晨三四点，鸭农就爬起来抓鸭子了，甚至叫亲朋好友帮忙宰杀了一部分。我早上睁开眼第一件事就是在群里问他们抓得怎么样了，他们回答“已经准备好了，快到街上了”。他们吃一堑长一智，这次行动可真是干脆利落。八点钟，我到泗城河边的宰杀点时，看到他们已经在那儿杀鸭子了。工人熟练地将鸭子放血、过水、拔毛、开膛，冲洗之后扔到旁边的大盆里。有好几个工人一起宰杀，效率还挺高的。我第一次来这里的宰杀点，发现他们都是在河水里清洗内脏，惊讶地问：“这不会把河水弄脏吗？”他们笑着说：“书记，河水是流动的，怎么会脏呢？”清洗后的鸭子身上清清爽爽，白白净净。河边一直有锲而不舍的野狗闻着腥味走来走去，想捞一点鸭杂碎开开荤。看着远处有阿姨在河里洗衣服，我忽然在那一刹那明白了南方人对水的依赖和热爱。

眼看鸭子就要宰杀完毕，少杰买了一些大大的塑料袋回来，他说要把每只鸭子都包一下，两只装成一袋。我们所有人一起帮忙，很快就装完了。这时候，平姐从三轮车上拿下了一个磅秤，说：“书记，我借了一个秤过来，现在我们当场称一下重吧。”少杰也点点头：“刚好书记在，我们要称得明明白白，都记录下来，不能弄虚作假，不然让县府怎么看我们上蒙村呢。”

一切都忙完时还不到中午十二点。任务一完成，大家紧绷了大半天的神经才敢松懈下来。他们派了少杰和另一个村民开三轮车去县政府送鸭子，其他人就先回家休息了，所有人都已累得够呛。平姐拉着我的手用力摇晃，说："书记，谢谢你，辛苦你了！辛苦了！"看着他们一脸开心的笑容，我感觉这段忙得鸡飞狗跳的日子也值得了。

当天下午下班的时候，王懿拎回来两只宰杀好的鸭子，一进门就说："路小艳，你看，这是我们发的工会福利，上蒙的鸭子又飞回来啦！"我哈哈大笑，打开袋子仔细看了看："这只比较老了，这只嫩点。"我故作专业地点评了一下，心想，我现在也是鸭子行家了。

就这样，在中元节前一天，我终于帮助他们卖完了所有的鸭子。鸭农夸张地说："哎呀，差点把留着自家吃的都卖掉呢！"他们说，以后我随时可以去他们家里吃饭，他们一定要宰杀最好的鸭子来招待。

“上蒙清水鸭”在凌云县颇有口碑，就好像天津狗不理、盱眙小龙虾、柳州螺蛳粉一样闻名遐迩。

我怀孕了

◎我的宝宝啊，刚来到这个世界上的时候，迎接你的竟然不完全是爱和惊喜，我真的要对你说声对不起。

中元节过后，我趁热打铁，推动少杰带着几家鸭农成立了麻鸭养殖合作社，生猪养殖合作社、水果合作社等也顺势成立，以后进行团队管理就方便很多。这时，我发现有更多村民认识了我，都知道我的“能量”很大，可以轻轻松松卖掉几百只鸭子。他们有时候会过来羞答答地自报家门，然后非常拘谨地问：“书记，我家养了一些土鸡，以后你能帮忙销卖吗?”我连忙回答：“我尽量，尽量啊！”回想起我前段时间虽然为卖鸭子辛苦了一阵，但收获还是满满的。我决定乘胜追击，把村里的产业梳理一下，做点成绩出来。

正当我们踌躇满志，准备大干一场的时候，我忽然发现自己的身体有点异样，到医院一检查，惊呆了：我竟然怀孕了！

我确认这一结果的时候，又惊又喜。王懿已经三十五岁，而我也到了而立之年。结婚三年多来，我们一直想要孩子却求之不得。谁知道来了凌云后没多久，竟然奇迹般地怀上了。可能是凌云优越的自然环境起了作用吧。如潮般的喜悦过后，我不由得又有一阵阵担心袭来。

我来凌云之前，几个同事和好友极力劝说我："你下去可得头脑清醒点，千万别生孩子！你是去扶贫，不是去完成人生大事。虽然这种人伦的事情别人不好说什么，但你是组织部的女干部，申请去扶贫本来是件好事，可是又在下面怀孕生孩子，真的影响很不好。""千万别犯傻！为了你的政治前途着想！要扶贫就好好扶贫！别想着生孩子！""我之前认识一个副处长到一个贫困县挂职常委、副县长，结果挂职期间怀孕了，很快就被调了回去，换到了非领导职务。你得想清楚了，别耽误了自己的大好前途。"他们殷切的话语还余音在耳，那种既关切又噤若寒蝉的神情让我印象深刻。

作为一个女人，鱼和熊掌不可兼得的痛苦，这时候终于降临到我的头上。我又一次有点难受了，选择来基层就是选择2018年挂职结束我三十二岁的时候再要孩子吗？我权衡了很久，对这个问题犹豫不决。但也有领导和同事劝我"趁着年轻，该生就生，只要不耽误工作就行了，别想那么多"，我这匹要过河的小马呀，到底听谁的好呢？我也曾经和王懿商量，我一个人在村里挂职已经很辛苦，如果再要孩子，可能身体会撑不住，既然如此，还不如挂职结束后再说。

可是，人算不如天算，我来了还不到一年，上蒙村这年年底就要脱贫了，可是我现在竟然怀孕了。一切都完蛋了。

我的宝宝啊，刚来到这个世界上的时候，迎接你的竟然不完全是爱和惊喜，我真的要对你说声对不起。我不知道有多少职场妈妈会和我有一样的感受，当腹中孕育着一个新生命的时候，母性的本能让人欣喜若狂，但激动过后，看看自己的事业很快步入艰难的“蜀道”，颇有种“拔剑四顾心茫然”的悲伤。女人啊，事业和家庭到底要如何两全？

自从知道这个消息之后，多愁善感的我在夜里偷偷哭了好几回。王懿先是劝我，最后看我总是伤春悲秋，犹犹豫豫，就有点不高兴：“别人怀孕了都是欢天喜地的，你怎么这么纠结？”我气呼呼地说：“生孩子的又不是你，当第一书记的也不是你，你当然理解不了我的感受。”

现在怎么办？我肯定得赶紧告诉单位。这不仅是我的个人事件，在现在的特殊历史条件下，这也是组织事件。离上蒙村脱贫核验还有不到四个月的时间，如果现在换人，后面的第一书记能不能顺利地完成脱贫核验？如果不换人，我在怀孕期间坚持工作，会不会对自己的身体和孩子有不好的影响？我都得考虑。

我思前想后，又和王懿商量了很久，最终决定博一把，还是留下来继续干吧。我相信自己的身体素质，也相信我统筹工作和生活的能力。事到如今，开弓已无回头箭了，如果因此而申请换人的话，我担心这几个月的工作衔接可能会有问题，而且这种遇到困难就逃避的行为也不是我的一贯风格。

我为此专门回了趟南宁，把这个消息告诉了处里的同事。他们都非常高兴，一直在恭喜我，我的心里暖乎乎的。然后，我忐忑不安地向同一楼层的人事处走去，把想说的话默默在心里演练了好几遍，心跳得更厉害了。那些听起来有点“惨痛”的例子还历历在目，等待我的到底会是什么结果呢？我抱着“丑媳妇总要见公婆”的心态，心一横，走进了人事处。

聊了一会儿村里工作，我刚说“有件事想跟您汇报”时，人事处于处长就微笑着问:“是不是怀孕了?”我惊讶得说不出话来，点了点头。不知道她是从别的同事那里听说了呢，还是凭借多年的经验和女人的敏感猜出来了？她温柔地笑起来：“这是好事啊，你怎么这么紧张？多久了啊？”啊，她说这是好事！围绕在我心头的乌云散了一大半，那一刻，我真的很想抱着她大哭一场。我激动得几乎湿了眼眶，有点语无伦次：“我、我是想报告您这件事情，五周，查出来不久，所以赶紧回来给部里报告一下。”她从头到尾一直在笑眯眯地听我说，时不时回应一句，最后，很认真地问我:“那你现在想怎么办呢？继续干还是调回来?”

我深吸了一口气，郑重地说：“我想继续干。”接着，我跟她详细说了现在村里的大致情况，我对村“两委”班子的整顿，我在发展产业方面的思路，以及筹备年底迎接脱贫核验工作的想法，等等。到最后的时候，我越来越激动，恨不得将我对村子的所有规划都告诉她，分享我在村里这近一年的感受，跟她说说我曾经的临阵退缩和现在的踌躇满志。于处长一直在耐心地听，没有打断我，还偶尔柔声细语地安慰我。她脸上的表情有惊讶，有感动，甚至还有深深的同情。到最后，我几乎流泪了。她拍拍我的肩膀说:“我会把你的情况报告给部领导的，你先安心工作吧。”

我又去找办公室的肖主任。她热情地让我坐下，说：“哎哟，你这下去半年黑了不少啊！是不是没有好好防晒？”一听说我怀孕了，她连说“好事，好事呀！”“那不挺好嘛！你俩也都老大不小了，刚好在凌云有孩子，特别有意义。”她这么三言两语一打趣，把我的紧张和忐忑全给搞没了，我哭笑不得地说：“肖主任，我是来跟您专门汇报的呢，感谢您之前的支持，以后还请继续关照。”她说：“嗨，都是女人，知道你不容易。我觉得吧，你别想那么多，既然你想继续干，那就好好干，但也要平安地把孩子生下来。到时候扶贫结束了，还带个娃回来，多好啊！两不误。”她这一番直率温暖的话，打消了我最后的一丝顾虑。

当我从部里走出来的时候，心情好极了。虽然我不知道两位处长跟部领导汇报之后会是什么决定，但是，她俩的真诚、善良和感同身受已经让我知足了，我一定要珍惜这种理解和支持。

现代社会的女性承担着比之前更重的生活和工作压力，尤其是女性在事业上也有一定追求时，那必然要付出加倍的努力才能避免掉队。我是一个准妈妈，也是一个奋战在扶贫一线的第一书记。这一年，上蒙要脱贫摘帽，一千五百多人要致富，村里还有很多项目没落实，各项产业还要发展，电商事业刚刚开头，“两委”班子的能力还要继续提升，我任重而道远。对内，我是上蒙一千五百多人的“领头羊”，他们对我寄予厚望；对外，我代表着上蒙村的形象。我是“村官”，更是“村管”，凡是村里的事，事无巨细，都是我的职责所在，所以，我一定要挺住。

我自己心里很清楚，如果我想精神抖擞地把扶贫事业干好，那就必须得拿出高度的自律，重视自己的营养和健康，“两手抓，两手都要硬”，既要平平安安地把孩子生下来，也要让上蒙村顺利脱贫。我在上蒙村还有近两年的时间，而孩子还有七个多月就出生，那么，我有多少时间和精力来实现我的凌云壮志？这个突如其来的惊喜，又把我打回到了刚到村里时的一筹莫展。

黑夜里，我摸着自己没有丝毫隆起却已经暗流涌动的肚子，再一次泪流满面。

屯里也想建戏台

◎把资源投向更积极、更努力的人，是我在上蒙村一直以来坚持的『执政纲领』。照顾弱者是需要的，但是激励先进一定要做得更多，我们的事业才会更有生命力。

征地拆迁完成以后，上蒙村的各项建设继续热火朝天地推进着。除了中蒙屯的农户有时候和风貌改造施工队有点小纠纷之外，都还算是天下太平。村委楼后面成了一个尘土飞扬、机器轰鸣的大工地，篮球场的雏形渐渐清晰。乐百高速公路的项目已经启动，路线经过上蒙，所以这段时间木镇长带着镇里的同志一直在上蒙开征地动员会，大批的高速公路公司工作人员也进驻到了上蒙。村里变得越来越热闹了。

以前我在城市看到过巨无霸式的建筑工程，但是没有那种“万丈高楼平地起”的感觉，但现在不一样了。挖掘机在上蒙挖过的每一寸土地都来之不易，它挖起的每一棵树、每一兜泥、每一片瓦，都是我们跑了多少次农户家才谈妥的啊！想想这个篮球场的“前世今生”，我的心里感慨万千，真是“事非经过不知难”。

百功屯和那桑屯可能被村里的篮球场和戏台激发了灵感，卢专干带着两个屯的组干找到我，说他们也想在屯里建一个屯级活动中心。这两个屯最近都换了新组干，百功屯的阿同、那桑屯的小杰都是三四十岁，正值壮年，说话做事透着一股利落劲。我想着，要是把全村的组干都换成这样的多好啊。听说那桑屯还有一个骨干叫老承，是屯里在县城工作的优秀代表，也对村里的工作很热心。我未见其人，已闻其名。

阿同说："书记，现在村里已经在建戏台了，我们两个屯商量了一下，也想自己搞一个戏台，紧跟村里的步伐，推动我们两个屯的精神文明建设。"我听他说得一套一套的，不由得笑了起来，便问："屯里有地吗?"我们在基层工作的人都很清楚，在农村做任何项目，钱好找、地难寻，且不说现在国家对农业用地控制得很严，即使是非农业用地，农民也看得很金贵，不愿意随便让出来。费孝通说"乡下，'土'是他们的命根。在数量上占着最高位置的神，无疑的是'土地'"，确实一语中的。没有高昂的补偿，很少有农民愿意出让土地。

阿同一拍胸脯："有啊，书记！是我自己的地，我免费给屯里！"听他这么说，我吃了一惊。难怪他们几个自信满满地来找我，原来是心里已经有谱了。我不禁对他们刮目相看。我问他们大概预算多少。阿同笑眯眯地说："大概要七八万吧，但不一定够。我们想让书记帮申请一些，我们自己再凑一点，就差不多了。""哦，你们能凑多少呢？"我问。他们几个互相看了看，估摸着说："我们之前聊过，两三万应该可以的。"这又让我有点吃惊。在村里这么久了，我们做项目的钱基本都是"八仙过海，各显神通”从政府部门要过来的，没有发动群众捐款的先例，但是百功屯和那桑屯竟然可以做到这一步。就凭这一点，这个项目我一定要想方设法地支持。把资源投向更积极、更努力的人，是我在上蒙村一直以来坚持的“执政纲领”。照顾弱者是必要的，但是激励先进一定要做得更多，我们的事业才会更有生命力。

我大大称赞了他们，说：“好！我一定想办法全力支持！”他们几个高兴极了，一再表达感谢。看着阿同他们远去的背影，我默默地想，我的大话是放出去了，可要怎么支持呢？我可是一分钱都没有，七八万元可不是一笔小数目，我得再想想办法。

这几天，荣书记来镇里视察脱贫攻坚工作，顺便和乡镇班子成员、第一书记座谈，说现在要重视农村的党建创新，不但要努力形成“自治、法治、德治”的基层社会治理体系，打造履职尽责的村“两委”班子，还要注意提升村里的软实力，多开展文化活动，提起农村的“精气神”。说着说着，她还举了上蒙游园会等例子。这次座谈让我忽然明白，上蒙已在不知不觉间迈出了打造“文化软实力”的步伐。这段时间百功屯和那桑屯顺势而为，想自己捐钱建文化活动中心，不就刚好和国家对农村的整体发展思路一致吗？所以，这个屯级文化活动中心不但要做，而且要做好，要成为一个标杆。只要事情干得漂亮，钱是一定会有的，成功是成功之母嘛。

后面一段时间，百功屯和那桑屯飞快地推进着他们的事业。阿同每隔几天就跟我说：“书记，我们在发动大家捐款了。”“书记，我们已经搞好设计了。”“书记，我们准备把地推平，您过来指导指导。”这倒让我有点不好意思了。我到现场去看过，阿同捐出来的那片地是路旁的一片坡地，落差不小，要平整的话要费不少工夫。他说找了屯里的老板承包这个工程，只收了成本价，其他方面也是能省则省。我每去看一次，他们的工程就往前推进一点。从开始找我到现在，两个月的时间，场地已经初见雏形，他们的行动力非常惊人。

可是我承诺的工程款还是没有落实。

本来我想用县财政局“一事一议”的项目经费来支持这个戏台，但是之前百功屯的“台湾岛”四户村民申请修路，经过村民代表商量，已经把“一事一议”的五万元钱给了他们。百功屯有四户人家的房子建在蒙河对岸的半山腰，离百功屯级路有四五百米的距离。村里人说因为“都是远离祖国母亲”，所以叫他们四户作“台湾岛”。一直以来，他们回家得过一条简易的小桥，再从羊肠小道爬上去。天长日久，四家人都痛苦不堪，所以想趁着“一事一议”的机会，把这四五百米的路给硬化了。但一年内只能申请一次“一事一议”经费，看来这个戏台只能另想办法了。

我问了一圈镇里和县林业局，他们都没有这么一大笔“活钱”来支持屯里的活动中心建设。基层的很多建设项目看起来经费挺多，但是“一个萝卜一个坑”，大都有特定的建设对象，“挂羊头卖狗肉”的事情一做就成了挪用，这几年尤其管控得严格，县里也绝对不会踩这条红线。这么一来，剩下的可能性就只有县文体局了。

为此，我写了一个请示，自己跑到县文体局找景局长。

景局长见我过去，赶紧跑过来和我握手："路书记，这个请示你让村干拿过来就行了嘛，你还亲自过来！"我笑起来："应该的嘛。"刚来凌云不久我就认识了景局长，他一直对我很热情，让我印象颇佳。人性是趋利避害的，在潜意识里会朝着于自己最有利的方向去做，这把双刃剑在很多人那里，会慢慢变成"看人上菜"。所以对比成为"常委夫人"前后的经历，我还是喜欢别人不卑不亢地对待我，这和平台与职位无关，仅仅是平常心的基本修养和为人之道。

景局长听我说了这件事以后，拊掌大笑："不错啊，路书记！他们屯里自己能让出土地，这个就容易搞了。我们文体局对村里的文体活动场所建设有一点补助资金，但是不多，就四万左右，估计不太够用。"景局长是瑶族人，他的普通话夹杂着浓浓的瑶族语言口音，听起来幽默感十足。我听罢大喜："四万多也很好啦！能给多少是多少，有这一点我们再慢慢争取。已经感激不尽了！"他说："近期如果我去上蒙的话，我到他们屯现场看一看。"他能亲自到上蒙看现场是最好不过的了。我连忙答应下来，现场正在热火朝天搞建设，刚好趁此机会给他展示一下上蒙人的风采。

过了几天，景局长就给我打来电话，说他路过上蒙时已经自己去百功屯看过了，对屯里的做法赞不绝口："真是不错啊，书记！他们都开始搞篮球场了，精神状态不错，我们一定支持！"我大喜过望，这才放下心来。

经过一个月的赶工，百功屯和那桑屯的戏台已经基本修好，只差周围的装饰了，这让我对他们的执行力十分惊叹。阿同自信地对着戏台"指点江山"："书记，我们准备在戏台两边搭个房子让演员休息，戏台上面盖个顶棚，搞活动就不受天气影响了，场子那边再立个旗杆。这么一来，今年过年我们屯就能在这儿搞活动了。"我听了也很高兴。这时县文体局的四万多元钱已经到位，屯里五十多户人家捐了两万多元，可是，根据实际的工程进展情况，还有四五万元的缺口。这时候，又是易书记出主意，说第二年可以申请第一书记经费五万元来支持这个项目，现在先暂时把工钱欠着。我说，这可真是太对不起负责施工的老板了。阿同摆摆手说："不会的，书记！都是屯里的工程，他先垫点钱也没什么的，以后工钱一定给他。他很支持的。"我不禁莞尔，感慨百功屯和那桑屯做事水平一流的同时，也感悟到我们政府做工程项目就应该顺应民意，以"顺水推舟"为主，这样才能事半功倍。

过了许久，活动中心竣工了，百功屯和那桑屯还专门请了易书记和我去参加竣工仪式。他们在篮球场边立了一块石碑，刻上了所有捐赠者的姓名和捐赠金额，还特地感谢县文体局、泗城镇和我这个第一书记。吃饭的时候，我们受到了两个屯群众的最高待客礼遇。

记得有一次和易书记讨论：基层这么辛苦，但基层工作人员为什么还是做得很卖力呢？他说："可能是因为做了实事，群众的感谢和感恩都是实实在在的，这就是我们工作最大的动力吧！"他的回答，不由让我想起柴静在《看见》中的一段话："做调查记者最容易戴上正义、良知、为民请命的帽子，这里面有虚荣心，也有真诚，但却是记者在困境中坚持下去的动力之一。"我们作为基层干部，何尝不是这样呢？

油茶果又开花了

◎村民们还是习惯收了茶米就直接卖掉大半，只留一点点给自己家榨油吃，从来就没有要把山茶油做成品牌的念头。

一天，我接到镇里的电话，说县商务局组织了“党旗领航·电商扶贫——我为家乡代言”活动，要求每个村都报一个特色商品参赛并推举一名代言人。我一打听，原来这是广西区党委组织部和商务厅一起发起的活动，在全区选了十个示范县推进电商扶贫事业，凌云就是其中之一。

我和村干一商量，大家纷纷建议要用山茶油做代言产品。至于谁做代言人，他们说：“书记，肯定是你上啊！你最能代表村里了，肯定能拿奖。”山茶油确实是上蒙的代表产品。据不完全统计，全村有七千七百多亩油茶林，在全县名列前茅。村里的家家户户都种油茶树，最多的农户有二三十亩，少的也有三四亩。尤其是山上的三个汉族屯，虽然居住条件恶劣，但也因祸得福，分得了更多的油茶林。

我到上蒙后才第一次见到了油茶树。它长得不算高，叶片圆圆厚厚。一个个圆溜溜的茶果有青核桃大小，未成熟的茶果是绿色，成熟的则变成了黄褐色，即将瓜熟蒂落的茶果外皮会炸开，掉出黑褐色的油茶籽，当地人把它叫作“茶米”，也就是榨油的原料。当我弯着腰捡那些掉在地上的茶米时，感觉又回到了小时候拾杏子的时光。油茶和杏子都是经济作物，也是一个农村家庭收入的“顶梁柱”。但幸运的是，上蒙人通过油茶挣钱，要比我从前一个个晒杏干轻松得多，收入也高得多。

没来广西前，每次我看到描写茶树的文章都觉得茶树简直太厉害了：它的叶子是茶叶，开花后可以赏茶花，结的果实还能榨茶油，全身都是宝啊！来到广西后亲眼见到了茶树、山茶花树和油茶树，才知道是三种“茶树”。村民们听了哈哈大笑，说：“书记你太逗了，这三种树怎么会是一样的呢?”可是他们哪里知道，从黄土高原上来的人对南方的想象是多么的奇妙和瑰丽呢。

每年10月到11月是油茶果收获的季节，整个村子“全民皆兵”，男女老少都投入捡茶米的工作中，家家户户的房前屋后都铺满了黑压压的茶米，老人和孩子弯着腰把面前一堆茶米中的空壳和次品拣出来。

2016年是油茶的“大年”，也就是丰收年，平均一亩油茶林可以收获一百多斤茶米，按照百分之三十左右的出油率计算，能出油四五十斤。山茶油的不饱和脂肪酸含量很高，营养成分也高，被称为“东方的橄榄油”，很受高端消费群体的青睐。上一年山茶油的价格开始大幅上涨，单价从前些年的几元钱一斤一路飙升，到上年的三十元左右，2016年就已经到了三十五元，远远超出一般食用油的价格。这让村民们又有了一点“守得云开见月明”的满足和庆幸。但他们还是习惯收了茶米就直接卖掉大半，只留一点点给自已家榨油吃，从来就没有要把山茶油做成品牌的念头。

想到这些点点滴滴，我觉得自己还是不要做代言人，最好是从村子里选一个土生土长的上蒙青年参赛。上蒙人和油茶有着血浓于水的情感，比我更懂油茶，也只有他们才能将这种多年来与油茶休戚与共的深情表达出来。

我首先想到了小覃和他的几个朋友。他们都是90后，前段时间还参加了县里的电商知识培训，看起来朝气蓬勃。小覃本人就是很好的选择，形象好气质佳，普通话也相对标准。我跟小覃一提，他用一贯吭吭咔咔的语调慢吞吞地回应我：“啊，书记，不行吧？我没那个能力，我也不知道怎么发表呢，您还是让别人去吧。”他特别喜欢用“发表”代替一切关于“说话”的词，每次听到我就觉得很逗。我又问了问他的朋友们，可一个应战的都没有。哎，这不是任务是机会呀！

这时，我想到了少杰的侄子小乐。他也是处里联系的贫困户之一。之前几次我到少杰家吃饭的时候，听说小乐正在积极地找工作。我当时就鼓动小乐做电商，他似乎挺感兴趣，但后面再没有动静了。这次，我跟他动之以情晓之以理地说了半天，他最后说“考虑考虑”。一听他这么说，我有点担心。如果连小乐这样看起来积极向上的青年都不愿意展示自己，那上蒙村可能就真的找不到人了。但既然报名参赛，已成骑虎难下之势，我便开始默默地准备自己担任代言人一事，可心里还是盼望着小乐能够迎难而上。

过了一天，小乐忽然给我打来电话，怯怯地问："书记，你真的觉得我可以吗？我没有一点儿自信。"我一听，有戏！就赶紧鼓励他，不断跟他强调别的参赛选手也不一定特别优秀，你就当是试试看。在我的热情鼓动下，他终于鼓起勇气说："好吧，书记，那我试试吧！"柳暗花明又一村呐！他的参赛，不仅仅是参与这么简单，更多的是可以给村里的年轻人做个榜样，让那些悠哉乐哉的小伙伴们看看，只要努力，没有什么不可能。

这个比赛的重头戏在演讲。憋了两天之后，他给了我一篇稿子，确切地说，是一个曾经发生在上蒙村的真实故事。抛开他有限的文辞不谈，故事的框架和从中透露出的那股子劲很能打动人，这是一个好故事。我帮他修改了一遍，自己再读的时候也感动不已。

油茶果又开花了

"油茶果又开花了！"这是陆生奶奶临终前说的最后一句话。

提起陆生，上蒙的村民多有怜悯。只因父母早早撒手人寰，他在四岁时便成了孤儿，从此跟年已花甲的奶奶相依为命。陆生奶奶一手料理陆生的生活起居，一手向几亩薄田讨生活。逢季收稻谷、捡山货，又受政府低保照顾，日子虽然清苦，但始终在生活的单行道上，一步步往前挪动着。

转眼过了三年，聪明伶俐的陆生七岁了。他看着平时一起疯玩的小伙伴都在准备新衣服新书包，自己心里也有点痒痒的。奶奶到底还是知晓陆生的心思，笑着在他额头上弹了一下：“小兔崽子，你也想去上学啦？”陆生笑了，抱着祖母的腿摇晃着。奶奶说：“走，跟奶奶一起铲茶山！得了钱让你上学！”一听攒学费有了出路，陆生噌地站起身来，扛上镐头，手拉着奶奶，高兴地朝山里去了。

祖孙二人去的那片油茶林，是陆生爸爸当年随手开荒种下的，哪承想这林子居然成了祖孙俩当下最现实的依靠。如果陆生父母泉下有知，定会为这人世间的阴差阳错唏嘘不已。也许是命运的眷顾，那年的茶果结得出奇的好，矮趴趴的树上，多得数不清的茶果像小灯笼似的，一看就是油茶的“大年”。丰收的喜悦瞬间冲淡了陆生奶奶每年收茶果时想起孩子早逝的哀伤。

陆生也满心欢喜，眼看着学费有了着落，心里像吃了蜜一样甜。他问：“奶奶，阿伯家的茶果不都是直接上山摘的吗，哪里还用铲茶山？”

奶奶嘟囔道：“咱俩老的老小的小，不铲好茶山，我难道像猴子一样爬上树摘吗？尽摘一些半生的果子，能榨出多少油来？铲了茶山，以后茶树长得更好，茶果掉下来也好捡，明年才能继续多结点茶果呐！”

几句话就让小小的陆生明白了，原来家里每餐吃的茶油来得多么不容易。从那时起，祖孙俩天天在油茶林里忙活。陆生毕竟太小了，得手把手地教才能勉强做工，奶奶干活的时候还要操心他不要从山坡上滚下去。虽然陆生每天干不了多少活，可一看到走路都不太稳当的奶奶还在为了养活他而拼命做事，他不由得就想多帮点忙。短短几个月工夫，小陆生觉得自己长大了，越来越像一个男子汉了，他不仅增长了干农活的本事，而且获得了来自左邻右舍的夸奖：“别看这陆生年纪小，可比我家那几个懒家伙懂事多了！”“陆生这仔以后不简单，我看行!”

这段时间里，陆生跟着奶奶学会了铲茶山，学会了砍掉树上的寄生柴，学会了一粒一粒挑拣出那些颗粒饱满的茶米，再趁着火辣辣的太阳翻晒。困了，累了，想打退堂鼓回家了，奶奶就说话了：“我的陆生，人的一辈子还长着呢，哪能说累就停呢？还得往下走呀。”陆生拿手擦擦小脸庞上的汗水，似懂非懂地点点头。

当陆生终于如愿以偿地坐在窗明几净的教室时，心中有种难以名状的感触荡漾开来。教室宽敞又明亮，头顶的灯比自家的亮多了。和同学们一起挺起胸脯读书时，他的眼前不住浮现出奶奶白发苍苍的面容。她驼着背，趴在地上一个个捡茶果，最后背篓上肩，再慢吞吞地挪下山去。她的脚步看起来比那篓茶果还要沉重。想着想着，小小的陆生就莫名其妙地难过起来，他想：我要快点长大，给奶奶帮忙。

在那些艰苦的岁月里，那片油茶林承载着他们的希望，也成就了小陆生单纯而美好的梦想。每年最快乐的时光莫过于卖掉茶米的那一刻。当拿到辛苦几个月赚到的那点钱时，祖孙俩都是乐不可支。卖了茶米后的第一个圩日，祖孙二人鸡叫头遍就起身，走一个小时山路到凌云县城赶圩。奶奶通常会买一条鱼和几斤肉改善伙食，再把剩下的钱悄悄塞到屋里的某个角落，作为陆生下一年的读书费用。没有油吃的时候，陆生和奶奶就背着一袋乌黑油亮的茶米到村头阿叔的油坊。在木头机器吱吱嘎嘎的压榨声中，金灿灿的茶油就榨出来了。那种踏实和喜悦，再次激发了陆生对生活的热爱。在祖孙俩的精心养护下，油茶林一年比一年长得好。在那些苦得似乎没有尽头的日子里，那片油茶林就是他们的希望，孕育着祖孙俩一个个卑微而伟大的梦想。

多年来，陆生和奶奶受到了政府的很多帮扶。家贫志坚的陆生，成绩一直名列前茅。后来，他不负众望，考上了外地的重点大学，这让村里人都为他骄傲。陆生上学时得到了国家“雨露计划”的支持，还拿着上蒙村父老乡亲们凑来的学费和生活费，义无反顾地走向外面的世界。陆生奶奶已经八十岁了，她颤巍巍地送陆生出村，满头的银发在风中飞舞。就在村口的大榕树下，老人落泪了，她说：“陆生，不管你以后走到哪里，在干什么，要记得家里的油茶林，要记得党和政府对我们家的帮助，不然哪里有你的今天啊！”

大学期间，陆生带着上蒙人的积极与上进，努力适应着外面的一切。他依然是那么品学兼优，申请了助学贷款和助学金之后，他坚持半工半读，一步步让自己在大城市立足。每次与奶奶通话，他总是放心不下还在独自生活的老人家。她走不了路，爬不动山，就连山上的油茶林也只能请村里人帮忙看管。挂完电话后，陆生常常会陷入新的沉默里，既是因为生活的艰辛，也是因为对奶奶的惦念。可一想到大学毕业后很快就可以在城市扎根，能把奶奶接到城里享几天福，他就立刻信心满满，踌躇满志。直到这时，陆生才忽然明白了那时候对油茶林的感觉。对他而言，那片茂盛的油茶林不仅是他和奶奶的主要经济来源，更是他们稳如磐石的精神支柱。油茶林结果时好时坏，但每年奶奶带着陆生去铲茶山、捡茶果的时光，却像村口的大榕树一样，被定格在他的记忆深处。只要油茶林在，奶奶在，他的精气神就永远在。

哪承想，生活总是对人开一些没有准备的玩笑。

在大四的时候，陆生正忙着找工作，却忽然接到了奶奶的病危通知。

等他匆匆忙忙赶到家里时，奶奶已进入弥留之际。他没有想到，自己再过半年多就能好好回报辛苦了一辈子的奶奶，却等不到这一天了！他跪在床边，看着逐渐神志不清的奶奶，哭得说不出话来。骨瘦如柴的奶奶最后一次握住陆生的手，拼尽最后一丝力气，说："陆生，你这么争气，奶奶总算没白疼你。没有什么过不去的坎，日子都会越来越好的。你看，油茶果又开花了！"老人欣慰又安详地望着窗外的油茶林，忽然垂下了手，永远闭上了眼睛。山上的油茶花开得白茫茫一片，像奶奶那被岁月打磨的满头银发，更像南方少见的大雪，在为她无声地送行。陆生带着奶奶的赠言，继续走下去，活成了上蒙孩子的榜样。

在没有生命准备的情况下，人们走进了生命；在没有生活准备的情况下，人们走进了生活。村里人在路过陆家那片油茶林的时候，常常会想起陆生的故事，会不由得赞叹：这世上啊，没有比人更高的山，没有比脚更长的路，只要积极走下去，一切皆有可能。曾经那么贫穷和艰辛的日子，因为有爱的滋润，因为有希望的传承，一切都变得那么与众不同。

你看，油茶果又开花了。

·

小乐从很小的年纪就一个人生活。他说，这虽然不是自己的故事，却是上蒙村一个年轻人的故事。他写完这个故事，自己都流泪了。

凭着不错的表现力，小乐成了一个让节目组颇为看好的“黑马”，他从全县报名“党旗领航·电商扶贫——我为家乡代言”活动的三十七名选手中脱颖而出，入选了仅有十一人的复赛。节目组专门到他家去拍摄油茶林。在视频中，他穿着壮族服装，笑容灿烂，眼睛里全是光芒。有了这样的经历，他明显自信了很多，也对未来的比赛充满期待。

凌云县总决赛在11月初开始。决赛进行电视全程直播，直播的舞台就在“大茶壶”，布置得非常漂亮。旁边的迎晖路上全是展示各色农产品的样板间，活动还没开始就已是人山人海。看来不管在哪儿，人们爱凑热闹的心情都是一样的。这天我早早就来到现场，还特地到别人家的摊点看了看。别的摊点大都有企业支持，财大气粗，背景和道具都用最好的。还有很多摊位在售卖凌云土货，有铁皮石斛、野生灵芝、云耳、香菇、红薯粉等，琳琅满目。相比之下，我们的摊位就有点寒酸。要不是临时从村里挖了一棵一米多高还挂着果子的茶树，基本没有亮点。

我和小乐的叔叔少杰都站在摊位前焦急等待。直播到小乐的时候，他落落大方地进行了演讲，之后便是产品展示。镜头切换到摊位时，我和少杰作为后援团向主持人介绍了山茶油的特点。

参赛选手们各显神通，把看家本领都使了出来。充满乡土气息的壮汉口音普通话和本地方言，配上当地风格的民族服装、略显简陋的产品，让整个直播呈现出一种野生的、蓬勃的美感。

小乐最后获得了第五名的好成绩，奖品是四千元钱和一部华为新款手机。在他走上领奖台的时候，我看到了几个上蒙村青年那种敬佩和艳羡的眼神。那一刻我便知道，我的这步棋是走对了。

从那以后，小乐简直像变了一个人。如果说之前他只是对电商比较感兴趣的话，现在简直是一门心思要在电商产业搞点名堂出来。

部里让我们几个第一书记梳理一下村里的土特产，看看哪些可以作为扶贫产品进行扶持。我让小乐负责这事。过了一段时间，他向我展示了他准备的扶贫土特产：瓶装蜂蜜，一瓶一斤，两瓶装一个礼盒；山茶油的外标签也稍微做了点调整，看起来更加有质感；还有一个牛皮纸做的标签“凌蒙鸭”，贴在包装鸭子的塑料袋外面，看着还挺有设计感。“凌蒙鸭”这个名字好得出乎我的意料。他笑着说：“广西的名菜叫柠檬鸭，刚好又是凌云县上蒙村的鸭子，感觉带点谐音挺好的。”确实是个好名字。他指了指楼上，说：“书记，我还买了一个封口机，这些产品都可以抽真空呢。”

最终，我们确定了鸡鸭、山茶油、蜂蜜、紫薯、芋头、红薯粉、稻米等产品。定价的时候，小乐坚持略低于当地市场的价格，我说:“咱这是原生态产品，不多加点钱吗?”他连忙推辞:“不用了，书记！这是你们单位同事买的，我能保本就行了，我不想赚他们的钱。”我这才收下了他的这份好意。

后来，每次我带人去找小乐时，他都会非常自信地跟大家谈很多电商发展的思路，还说要带着村民一起致富。他这年养了十箱蜜蜂，一百元一斤的土蜂蜜供不应求，连第二年的订单也有很多了。他信心满满地说，第二年想和屯里的人合伙养蜂，规模扩大到现在的两倍。没过多久，小乐争取了很久的快递物流点终于在上蒙落地了。他在村道旁边找了一处闲置的屋子收发快递，每单赚一两元钱。这个快递点看起来十分简陋，他说："我跑了很多家快递公司，只有中通愿意设这个点。上蒙应该是凌云县第一个有快递点的村吧！"

在刚开始的时候，我还真没想到小乐能如此坚定地走下去，现在看来，他的决心比我想象的还要大。因为参加了一次电商活动，他找到了自己奋斗的方向。第一次，我感觉自己的努力开始改变了村民的一点人生轨迹。

油茶果丰收的季节，上蒙村家家户户的房前屋后都铺满了黑压压的茶米，老人和孩子弯着腰把面前一堆茶米中的空壳和次品拣出来。

为什么做公益

◎如果不是在这么恶劣的环境下，这些孩子光靠颜值都能让人眼前一亮。他们的光芒照亮了这个暗淡的屋子。

村里的莫大姐家让我印象深刻。

精准识别的时候，我们发现她家是一层简陋的红砖房，当时只有一个老大爷在家，是莫大姐的公公。老人家说儿子前几年去世后，媳妇带着三个孩子改嫁了，现在自己一个人生活，媳妇在那边又生了三个孩子，但是户口还在这边，平时两头跑。我被震惊了，两头跑？赵主任笑了起来，说这很正常，她没有扔下前夫的三个孩子，还经常回来看看公公，已经是有情有义了。

我在一次开会时见到了莫大姐，五官挺端正，一双大眼睛深陷在眼窝里，神色憔悴。一想到她家的情形，我就忍不住揪心，心里想着怎么帮她。我跟莫大姐说想去她县城的房子看看，她满口答应，说自己住的地方不好找，让我到附近后给她打电话，她出来接我。

我去找她时，她果然到外面来接我。我们绕了一圈又一圈，走到一栋年代久远的居民楼前面。乌黑昏暗的楼道，污渍斑驳的墙壁，还有阵阵异味飘来，竟然让我有了一种恍如隔世的感觉。一打开她家门，一股怪味扑面而来，几乎把我熏晕过去。莫大姐介绍说，这个房子总共五十多平方米，一个月租金才三百块钱，是她能找到的最便宜的房子了。我定睛一看，这个所谓的“房子”真是非常简陋，房龄至少有三十年以上了，两室一厅的房子里堆着各种高低床，只在狭窄的客厅里有一张黑乎乎的小桌子和几张凳子，桌上放着一碗酸菜。客厅里再没其他家具。

大大小小五个孩子围绕在莫大姐旁边，大的已经是十几岁的少女，小的才刚刚学会走路。我以为是邻居家的孩子过来玩，就随口说道：“你们邻居孩子过来串门呀，我这里带了零食哦!”最小的男孩才一岁多，也伸出胖胖的小手抢饼干吃。还有个小姑娘大概三四岁，长得非常漂亮，有点羞涩地来我手里拿吃的。

我问：“莫大姐，哪个是你的孩子呢？”她羞涩地笑了一下，说：“五个都是啊。”我一听惊呆了：“五个都是吗？！”她有点不自然地回答：“是啊，老大已经出嫁了。”她这么一说，我才想起赵主任曾经的介绍。但百闻不如一见，当看到一堆孩子围在身边时，我真是一下子没反应过来。

我看着这个面容姣好的妇女和她的五个孩子，五味杂陈。孩子们都遗传了她的优点，长长的睫毛，大大的眼睛，皮肤白皙，五官端正，如果不是在这么恶劣的环境下，这些孩子光靠颜值都能让人眼前一亮。他们的光芒照亮了这个暗淡的屋子。

除了最小的两个孩子，其他三个孩子都在读书，最大的女孩已上初中，一儿一女还在读小学。“我老公现在在南宁搞装修，我一个人在家带孩子。我都不让他们住校的，花费太大了。我女儿上初中也是每天回家吃饭，可以节省一些生活费。”最大的女孩神情木然，机械地照顾着几个弟弟妹妹。我问他们三个每个月在学校要花多少生活费，莫大姐皱了皱眉头，说：“再省也得三四百块啊，现在吃碗粉都好贵了。”三个孩子合起来的花费才这么点，让我着实意外。我踌躇了半天，才小心翼翼地问她，既然条件艰苦，为什么会生这么多孩子。她很不好意思地笑了笑，说：“那不是想要个儿子嘛。”

我想起前段时间有个女性朋友想认个小女孩做干女儿，并不要求女孩认她当妈妈，只是在孩子放假的时候接过来住一段时间。这对莫大姐家的情况来说，未尝不是一种帮助呢。于是，我试探着提了一下这事，莫大姐立刻脸色大变：“我自己的孩子怎么会送给别人养，想都别想！”我解释了半天，她的态度还是充满了敌意，仿佛把我当成了醉翁之意不在酒的说客，冷冷地说：“不用了，我自己的孩子，再苦再累也会自己养，你不要再说了。”

我没想到她反应这么大，倒好像我是专门奔着这件事来的一样，心里也不禁懊恼自己言多必失。眼见她态度冷淡，我只好讪讪地离开。送别的时候，她已经没有了迎我进来时的热情，送我到楼下就立刻辞别上楼了。

我并不介意她的态度，反而很佩服她在如此艰苦条件下还有那样的信心和底气。幸福的人生都是相似的，而不幸的人各有各的不幸。她需要供养五个孩子，被禁锢于命运之中无法脱身。我们之前一直说要让女性为自己的生活做主，但在捉襟见肘的贫困面前，在千百年来约定俗成的传统面前，她们这一辈的农村妇女依然无法独善其身。

那段时间，刚好有朋友介绍了一位热心公益的朋友韩先生给我。韩先生在南宁开了一家格调高雅的咖啡书房，文艺范儿十足。如果不认识他，我很难想象咖啡店里会有《理想国》和《社会契约论》这种比较难啃的“咖啡伴侣”。他之前说自己也很愿意资助村里的贫困学生，让我有需要时找他。想到莫大姐的情况，我心想也许可以请他帮忙，便把莫大姐家的照片发给了他。他也震惊了，立刻同意资助，让我决定资助多少合适。我和他初次打交道，并不了解他的实力和诚意，于是很保守地介绍了几个孩子上学的情况，试探着说：“其实一个月四百左右应该也够他们住校了。”他回复说可以每个月给五百元的资助，“至少让几个孩子稍微改善一下生活吧”。第二天，他就把五百元钱转到了莫大姐的账户上，说可以一直资助她的女儿读完大学。莫大姐始料未及，感动得不知道说什么才好。这算是我在村里直接联系到的第一笔助学金，自己也非常开心。

百功屯黄姐的丈夫几年前病逝，给她留下了一个烂摊子：几万元的外债，一位七十多岁的老父亲，一个上高中的儿子。上一年，儿子小宇很争气地考上了广西的一所一本大学，花费不菲，黄姐只好常年漂泊在外打工挣钱。小宇考上大学时，国家的“雨露计划”一次性给他补助了五千元。他还申请了助学贷款，基本覆盖每年的学费，再加上学校的一些补助，能勉强维持日常生活。即便如此，黄姐的压力依然很大。我又想到韩先生上次说他再资助几个学生都没问题，便让小宇写一个家庭情况说明，给韩先生看看。

其实我的心里有点忐忑，毕竟他已经资助了莫大姐的女儿，我再去找他，总是有点“揪着一只羊薅羊毛”的感觉。但是，韩先生很快告诉我他同意捐赠，每个月给七百元，一直资助到小宇大学毕业。我真是感动得无以复加，说让小宇再提交一些证明材料给他，韩先生笑了笑说：“你把关就好了，我相信你。”我随口问他现在总共资助了几个人。他说：“算上小宇，总共四十二个。”四十二个？我几乎不敢相信自己的耳朵。他说，2013年以前他就零星地资助贫困大学生了。2015年以后，他开始有计划、有针对性地批量资助，主要是通过第一书记寻找受助学生，资助他们的生活费和学杂费，每年大概捐赠三十万元左右。

这次轮到我震惊了。不仅是因为韩先生捐赠了这么多钱，更是因为他把这件事当成了自己的一项事业，有计划、有步骤地坚持了下来。我在他咖啡店菜单的第一页见到这样一段话：“本店承诺，将每个年度营业收入的10%用于社会公益事业用途。本项承诺不会增加客人额外消费，纯属本店自主行为。”

我感激不已，不知道如何报答他的好意。他说：“路书记，不见外。通过你们第一书记，我刚好也做了自己想做的事情。”当我说一定要让这两个孩子当面感谢他时，他立刻回绝了：“我与所有受助学生都坚持‘不联系、不见面、不受谢’的原则。我只期待他们努力学习，学有所成、劳有所得，以后能尽到自己作为国民、儿女、父母应尽的义务，足矣。”

我曾很多次问自己，为什么会有人喜欢做慈善，心甘情愿地把自己的钱捐给别人呢？也许是中国人一直有的“达则兼济天下”的责任感？又或许是“滴水之恩，涌泉相报”的感恩传统？在当代社会，做慈善几乎成为成功人士的一种生活方式，越来越多的人选择把这份善意传递下去。有人选择在生活中为身边人伸出援手，有人选择捐资助学，有人选择做义工，有人选择关注留守儿童和老人，也有很多人找到我这样的第一书记，请我们牵线，找到最需要帮助的农村孩子。

曾经的我看到别人做慈善，经常会“以小人之心度君子之腹”，认为他们是基于马斯洛需求层次的第三层“社交的需要”，通过看到受助者的友爱、进步，从而获得自己的归属感和成就感。但在接触了很多做慈善的人之后，我才知道之前的想法有多么狭隘。他们的最初和最终目标，仅仅是帮助他人而已。借用韩先生的一句话来表达这个群体的初心：“这就是最简单的回馈社会、行善积德，没有目的，不求回报。”确实，当我们坚持做一件事的时候，并不一定是因为它是有用的，仅仅因为它是对的。更何况，做慈善这件事是多么“有用”啊。

这时候，我回忆起多年前去甘肃山区看望贫困儿童时的情景，瞬间理解了他们的选择。罗素说：“我为何而生？对爱情的渴望，对知识的追求，对人类苦难不可遏制的同情，这三种单纯而强烈的感情支配了我的一生。”对人类苦难的同情，便是我们行动的初心。对我们绝大多数人来说，年少时轻裘肥马，诗酒纵年华，哪管什么责任和传承，哪里会想到什么“人类的苦难”？我们纵情挥洒青春的时候，有人在替我们负重前行。终于，到了我们自己也要负重前行的那一天，果然辛酸又憋屈，坎坷又艰难。但同时，我们发现自己也成了被倚靠、被信赖的那种人，成了看到“人类的苦难”觉得可以有所作为的那种人，这种被信任的感觉本身就是一种幸福。

既如此，韩先生们，感谢你们的坚持。

小文学与大生命

◎文学能够带给我们的，是繁忙之余的一缕清净和心灵的安歇，推而广之，更是对人生的一点思考。

刚到凌云时，我从南宁搬了好多书过来。这是我多年来的习惯，每当进入一个新环境，面临着小马过河的窘境时，总喜欢用读万卷书来指导自己行万里路。我很喜欢李书磊的书，他是年少成名的神童，也是学而优则仕的佼佼者，难得的真读书、会读书的官员。他说过这么一段话：

> 古时候学而优则仕，做官的都是读诗书的人，这很好，很值得欣赏。但我真正欣赏的不是读了书做官，而是做了官读书。读了书做官总有点把读书当敲门砖的意思，既贬低了读书也贬低了做官；做了官读书才是一种雅兴，一种大性情，一种真修炼。

我虽然仅仅算是一个“小吏”，但每次看到这段话，内心总是升腾起一种“他乡遇故知”之感。身在体制内，读书是该多点这种通透练达的心境。现在到了凌云这个有文化气息的小城，我更是一天都没有忘记读书以明智的道理。

迎晖路旁边，镜澄桥和接龙桥之间古色古香的石栏上镶嵌着一块块石板，上面镌刻着凌云人自己创作的诗词，绵延上百米，展示了凌云“中华诗词之乡”的风采。我沿着河边散步时，经常会一首一首读下去。这些诗词大多是写凌云的风景、人物和历史变迁，水平参差不齐，既有半文半白的表达，也不乏让人回味良久的佳作。凌云著名的岩溶景点水源洞里有一副闻名遐迩的对联：

流水碧无情，是谁悟彻源头收拾这明月清风？尘海回波登岸去。

青山空有色，何日凿开洞口点染些落英芳草？武陵仙境问津来。

时至今日，我看到这副对仗工整、意境悠远的对联，依然觉得它有潇洒率意之感。

凌云的文化底蕴是有的，但以一县之小，文化氛围还是不能和大城市相比，文化场所和文化活动也有限，所以我经常是默默地自己读书写字，自娱自乐。王懿做了县委宣传部部长以来，成立了很多大大小小的宣传系统微信群，还推动县文联重启了“凌云书香”读书会，经常分享一些茅盾文学奖的作品。他风风火火地到处张罗，一定要把凌云的文化氛围搞起来。这些措施把县里的文艺爱好者都慢慢汇集了起来。很多凌云的朋友喜欢在微信群里发布自己的新作品，有时也把这些作品发布在凌云的文学杂志《水源洞》上。兴起时，大家会用壮族对歌的方式在微信群里聊天，信手拈来的词句既押韵又接地气，让我自叹不如。以前泗城镇组织了一次全民文化节，其中竟然有个“诗词大赛”活动，很多古文功底深厚的作者都浮出了水面。

开通“上蒙纪事”公众号后，我写了几篇文章，在县里渐渐地有了一点点虚名。一天，县委宣传部黎副部长邀请我参加凌云文艺工作座谈会。黎副虽年过四十，依然气质单纯，经常穿着十分轻柔飘逸的棉麻服装，戴一对硕大的民族风耳环。她写得一手好文章，散文集还得过广西文艺创作最高奖“铜鼓奖”。我本来对这个座谈会期望值比较低，以为是千篇一律的座谈会，有点犹豫。但在她盛邀之下，我就过去参加一下。没想到，我在这个座谈会上找到了久违的感动。

自工作以来，我第一次碰到这么多纯粹的文学爱好者，大大出乎我的意料。作为县文学和摄影协会的积极分子，他们大多是政府机关干部和教师、医生等体制内工作人员。当他们开口，说自己爱好小说、散文，喜欢摄影，并且发表过多篇文章甚至出版过书籍时，我承认我的内心是震撼的。我曾经以为基层已经没有多少文学土壤了，甚至在当代社会的舆论体系中，文学经常被认为是大家酒足饭饱之后的一点谈资，一点关于风花雪月的“无病呻吟”，无足轻重。

这天的这个座谈会，竟汇集了县里非常有思想有激情的一批知识分子。他们对文学艺术溢于言表的热爱打动了我。其中很多人已过不惑之年，但是，当他们诉说自己在创作道路上的自卑、自信和期盼，讲述他们多年来锲而不舍的文学追求，请求宣传部给予更多的支持时，我似乎透过他们疲惫的脸庞，看到了依然活跃的少年雄心和青春激情。

座谈会后不久，我又参加了几次“凌云书香”读书会。这个读书会据说成立已久，但是好久没有组织活动了。王懿爱读书，所以对读书会大加鼓励，还自己带头在读书会上分享了小说《尘埃落定》。很快，参与的人也越来越多，分享的范围也慢慢不再局限于文学作品。我也在读书会上分享了茅盾文学奖获奖作品《张居正》，获得了很多人的喜爱。就这样，读书会慢慢地成了县里的一个文化节目，一次读书会就是一场思想的盛宴。每个周六或者周日晚上，都有几十个热爱读书的人怀着拳拳之心来到县委宣传部，一起享受和志同道合的朋友谈古论今的这两三个小时。

二十世纪八九十年代是中国当代文学的黄金时代，很多鼎鼎大名的作家都在那个时代崭露头角。百花齐放的文学和艺术折射了那瞬息万变的时代速度，也塑造了一代人饱含激情和理想主义的价值观。我经常思考，文学之于社会，究竟是什么样的定位？有一段话让我深为认同：“文学的功能是什么？文学可以触动你的心灵，改变你的思维方式，让你知道什么是真的、善的、美的东西，从而扭转你糟糕的价值观。”

我曾听过某基层领导这样揶揄：“你说你们这种高学历在基

层有什么用？不会喝酒，不会唱歌跳舞，不会讲段子，你们怎么适应社会，怎么适应基层，怎么开展工作呢？”这种偏见让我十分尴尬和难受。我想，也许这样的价值观，会让一些在最基层的同志内心动摇，认为提升个人修养的努力是没用的，吃饭喝酒打牌服侍好领导才是终极要义。但读书，会在这种内心摇摆不定的时候给我们提供一扇看世界的窗口：通过读书拥抱更辽阔的人生，感悟更深的人生厚度，以阅读中的“千帆过尽”来守护自己不变的初心；通过读书变成更好的自己，从而获得更多的人生可能。这是我们的一点坚持，也应该成为行政工作者需要不断强化和传播的价值观之一。

快餐式文化充斥着我们的生活，谈文学是奢侈的，有时甚至被认为是做作的。但是，文学能够带给我们的，是繁忙之余的一缕清净和心灵的安歇，推而广之，更是对人生的一点思考。哪怕退一万步，将文学“祛魅”之后，它也是一项积极健康的个人爱好。在这个有着深厚文化底蕴的千年州府，这个山清水秀的小县城，有这么一群热爱文学又怀有赤子之心的人，以文学创作为心之所好，以推广凌云、宣传凌云为己任，着实让我感受到这座小城所蕴藏的生命力。

因此，我在暑假时给村里的大学生组织过一次座谈会，还给他们赠了书，希望他们能够热爱文学、热爱阅读。但根据我的观察，以前村里的文化氛围并不浓，不但从来没有举办过任何和文化有关的集体活动，我也从来没听大学生们谈起过读书的事情。农村孩子的阅读广度本来就远远比不上城市的孩子，写作水平、思考深度也随之受到了影响。后来，我特地组织了一个征文和手机摄影大赛，想在全村范围内收集一些描写上蒙山水风光、人情世故的文章和展示上蒙风貌的照片。

赵主任笑说："我们老农民哪里会写文章嘛，大字不识几个。""你们不会写，但是你们的孩子会写，你们孩子的孩子也会写。咱们上蒙村要有重视文化和教育的氛围。以前我给大学生赠书，现在搞这次活动，就是因为这个道理。我想让大家知道，还是要读书。"他点点头，我接着又说："村里以前没有书屋，现在已经有了，就更加要鼓励大家多看书。以后寒暑假让大学生帮忙值日，也可以给小朋友们教教书。"

那段时间，大家的情绪很高涨。经常有大学生在微信上问我征文大赛有什么要求，请求我给一点指导。还有几个村民拍了照片发给我，问我这样行不行。很快地，文章和图片像雪花一样地飞过来。我整理了一下收到的作品，有二十多篇文章和六七十张照片。平心而论，精彩的文章和照片并不算多，大多数学生的写作水平还停留在基础的风景描摹阶段，创作技巧和文采都有待加强。还有一个小学五年级的孩子手写了一篇作文交上来，淳朴，稚嫩，有心。手机拍摄的照片也是五花八门，远远达不到"摄影"的高度。但感叹归感叹，一想到他们为了参加这次活动，用心用情地创作了作品，已经是非常难能可贵了。

在后来很长的一段时间里，我在每个领导来村里调研的时候，都会自豪地谈起这次征文和摄影比赛的事情，他们大都有一个疑问："农民对这些感兴趣吗？"

若是以前，我也会这么问。他们之前不感兴趣，也没有感兴趣的环境。但现在一切都在悄然地发生变化。无论是农民，还是他们的孩子，他们都在受教育，在成长，他们有着无限可能。当他们逐渐意识到读书可以成为改变他们命运的一种途径甚至是唯一途径时，读书的意义已经超出了修身养性的范畴。读书，就像是在他们的心中植下一颗文化的种子，慢慢地生根、发芽、壮大，激发他们像渴望阳光一样渴望更好的生活，终将在未来焕发出无穷的光彩。那时候，也许他们会想起多年前，路书记给他们组织征文和摄影大赛的事情。

上蒙屯　何永疗摄

岩傲屯　王国帅摄

上蒙屯　廖秀芬摄

岩傲屯　王国统摄

岩傲屯　谢小青摄

村里的文化氛围并不浓，为此，我特地组织了一个征文和手机摄影大赛。却没想到，文章和图片像雪花一样地飞过来。图为“爱我上蒙”摄影展的部分参展照片。

『一帮一联』

◎和大家在一起的时候，我感到自己仿佛只是村里的一个过客，但又像是一个在此处生根发芽的村民，与南宁藕断丝连的生活在我的脑海中时隐时现。

快到年底了，处里的同事们来上蒙村看望贫困户。

年初，广西区党委组织部机关党委根据广西扶贫办对“一帮一联”的工作要求，为部里的干部每人安排了一户贫困户作为结对帮扶对象。这些贫困户分布在组织部联系的四个贫困村里，其中上蒙有二十九户。上一年这个时候，章部委和处里同志都来看我，现在他岗位调整了，但处里的四位同志依然专程过来了。我的心里暖乎乎的。

同事们周五晚上到了凌云，一见我的时候就惊呼：“你这怀孕都好几个月了吧，怎么看不出来呢？”我得意极了，几个月的锻炼和体重控制终于有了点效果。当天晚上，我带他们到村民家里吃了一顿年猪肉，让大家见识了凌云人的日常生活。

第二天早上，车行驶到村部的时候，大家都惊讶极了：“去年来的时候还在搞建设，现在真是大变样了！”我们在漂亮的新村委楼前合了影，又在四周转悠了一会儿，他们都在惊叹上蒙越变越美了。一个同事看到村委楼对面的田埂边竖着写有“精准扶贫到户，发展产业脱贫”的蓝色标语牌，兴奋地说：“这个牌子很有代表性，在这儿拍个照吧。”说完拉着我们拍了好几张。

处里联系的贫困户都在那景屯。到了那景屯，我们先是去了住在路边的阿文家。我们还没到，阿文已小跑过来迎接我们，和我们都狠狠地握了一遍手。他看起来很年轻，80后，可是儿子已经上高三了。这位仁兄在十八岁的时候就当了爸爸，让我们惊叹不已。他不好意思地挠挠头：“这在农村不是很常见嘛，不早点结婚可就讨不上老婆了。”他一边热情熟络地给处长们各发了一支烟，一边介绍说现在靠卖鸭子为生。“多亏了之前路书记帮我们联系买家，现在上蒙村的鸭子好销得很，我现在养了近千只，准备过年前卖掉。”大家听得一阵赞叹，而我则偷偷笑起来。这中间还有一桩小小的“公案”呢。

之前有鸭农告诉我，阿文自己印了一些上蒙村麻鸭养殖合作社理事长的名片到处发。几个鸭农找到我，急匆匆地说：“书记！我们合作社的名头是他想用就用的吗？他还不是我们合作社的理事长啊，就这样私自印名片给别人，败坏了合作社的声誉！我们几个人商量过了，一定要把他开除出去，不能给村里刚成立的蔬菜和养猪合作社带了坏头！”

麻鸭养殖合作社总共七家养殖户，少杰任理事长。这些日子，少杰认真地召集大家开会，制定规章制度，跑前跑后地为合作社忙碌，颇有点领导风范，很受养殖户尊敬。没想到半路杀出个合作社的“编外理事长”，这让大家大为不平。

我听得又好气又好笑，气的是阿文自己确实不磊落，笑的是麻鸭养殖合作社竟然成为一个被拿出去招摇的品牌，这至少说明它是有吸引力的。

我把名片拍了照发过去给阿文本人看，问他怎么回事。他满不以为意：“不就是个合作社嘛！怎么赚钱怎么来，哪来这么多规矩。”接着又很得意地说：“告诉你吧，路书记，我给别人当中介卖的鸭子都比村里的多，不想跟你们小打小闹。”我也有点生气，说了他好一会儿。最后他也不高兴了，不耐烦地说：“好了，好了，我不用了还不行吗？咱们各走各的道，好吧？”等我准备表扬他知错就改的时候，才发现他已经删了我的微信。从那以后，听说阿文消停多了，果然是和合作社“各走各的路”。

没想到这天处里的同志一过来，他表现得阳光又积极，给大家印象特别好。李、秦两位处长在离开他家后频频赞叹：“这个贫困户有能力有想法，以后你看看怎么帮他多卖鸭子啊。”

接着到了志明家，他们唯一的女儿小美在江西上大学。志明的妻子说起女儿时掩饰不住自豪的神色，说：“这孩子特别孝顺，有爱心。”小美在微信群里一直很积极，在大学生座谈会上我也发现她非常聪慧，让我印象深刻。她是家里的独生女，据说她的父母还曾因此受到过村里人的一些奚落，没想到时过境迁，她竟然成了村里为数不多的大学生，平时对父母体贴得不得了，村里很多人又开始羡慕她父母命好。

阿亮家则是一座简单装修的二层小楼，屋里屋外都打扫得清爽干净，一尘不染，水泥地上连土渣都没有看到。屋里除了一张电视桌之外，再无其他家具。我跟大家介绍说，阿亮只有一只眼睛勉强能看得到光亮，他的妻子则是全盲，两个女儿都在上学，不在家。他们惊讶地问道："那家里怎么会这么干净?"少杰插话说："都是他老婆打扫的，他家每天都是这么干净。"村民的卫生习惯大多不是特别好，这么一对比，阿亮两口子虽然是残疾人，家里也几乎是家徒四壁，却有这样的清洁程度，不由得让大家刮目相看。

瘦小的阿亮一只眼睛的瞳孔已经灰白，另一只眼睛看着也很黯淡。我问他有什么困难，他说："就是现在搞钱难哦，我老婆又不得出去，我买了一匹马出去拉木头搞点钱，再就是得点低保过日子啰。"他家是A类低保户，也就是最困难、补贴最高的层级。秦处长忧心忡忡地说："你不是眼神不好吗?在山上拉木头看不清楚怎么办呢?"阿亮说："那有什么办法呢?没办法啰，还是要生活。"我们都陷入沉默。在村里一年多，我听到太多人讲"没办法"，他们似乎已经习惯了用"没办法"来应对一切。

看完了几户贫困户，大家从那景屯走到村部。路过蒙河上的小桥时，我们看到很多鸭子在清澈的河里游来游去。"喏，这就是清水鸭了。"我介绍说。临近年底，鸭子已经长得足够肥大，就等着出售了。上蒙鸭农喜欢养的绿头鸭是凌云当地小麻鸭和大肉鸭的杂交品种，兼顾了个头和肉质，在市场上很受欢迎。河里有几百只鸭子游来游去，秦处长问道："这么多鸭子在河里，会不会对水质有污染呢？"我说污染肯定是有的，所以得控制鸭子数量，不能超过这条小河的承载量，为此镇畜牧站的人还专门来看过。秦处长说："那看来要大规模发展养鸭产业也不太现实。"现在做养殖必须得考虑对环境的影响。前段时间县城的一位老板想在上蒙找一块地做养猪场，村干带着她找了一块山窝窝里的平地，大小非常合适。结果，县环保局一做环评立刻给否了：离水源地太近，不适合养殖业。村里和老板都空欢喜一场。

这些年，农村的环境保护越来越受到重视，广西本来就一直在打"生态牌"，现在更要保留它的山清水秀。我说："我们上蒙虽然是小村子，但也是努力要金山银山和绿水青山呢。"

我顺路带他们到平姐的养猪场看看。平姐年初才开始养鸭子，颇有成绩，这几个月又盖了猪场开始养猪，显露出一点女能人的魄力了。她的猪场就在河边，比较简陋，就是一圈高墙加了篷盖，四面敞风，仅有的三四头猪在里面冻得够呛。猪圈旁边摆放着很多饲料和工具，乱得很。我说："这就是最原生态、最原始的农村产业发展样本。"李处长问："村里还有条件更好的吧？"我说："有啊，在山上有三个汉族群众的猪场。"赵主任和天恩兄弟的猪场可以说是上蒙村最高水平的了，但也只是猪圈新一些、猪多一些，管理理念和饲养方法都比较传统。在村里办猪场很不容易，投入大，喂养辛苦，这几年猪肉价格又不稳定，一不小心就亏得精光。农业产业化说起来容易，做起来真是很难。

大家都鼓励我，说："群众都说路书记为村里做了很多事，要继续坚持。要改变他们的思想，这是最重要，也是最难办的事情。"改变他们的思想……我的思绪不由得飞起来，过去一年多的经历如蒙太奇一般在我的脑中闪过，酸甜苦辣各种滋味都尝过了。现在，我们的工作状态趋于稳定，精准扶贫的政策在一点点改变村民们的生活，我也想让他们接触到一点外面世界的新鲜气息，让这些新的东西慢慢地改造他们的思想。

陪同处里的同志从村里坐车出来的时候，看到上蒙村依然绿油油的，村道上时不时有村民走过，闲散而惬意。那些熟悉的景物飞一般地向后隐去，朝夕相处的村子渐渐成了遥远的背景。和大家在一起的时候，我感到自己仿佛只是村里的一个过客，但又像是一个在此处生根发芽的村民，与南宁藕断丝连的生活在我的脑海中时隐时现。

“陪跑”的核验

◎我们第一书记和驻村工作队员，都守在镇扶贫办一点点核对材料。镇扶贫办更像一个闹哄哄的大集市，桌子上趴满了做材料的人。

时光飞逝，2016年底的脱贫核验不再遥遥无期，县扶贫办开始未雨绸缪地布置各项迎检工作。

我和村干们一直在跟踪这些贫困户的家庭情况，每半个月就更新一次贫困户的脱贫指标达标进度。上蒙是预脱贫村，又是荣书记的挂点村，三天两头就有人来督查工作。县里发了一份长长的材料清单，让各村提早准备各类脱贫核验的台账。

就在这时，我们又听说广西区党委组织部于部长近期要来村里调研。县里紧张得厉害，要求部里的几个联系村完善档案材料，重新设计村部展示板，印上全村“八有一超”和“十一有一低于”的最新数据。对基层来说，每次迎检都是大事，尤其是大领导来调研更是头等大事。这是于部长第一次来上蒙村，我十分重视，把汇报材料改了四稿，背景板改了三次，所有贫困户的材料都补充完善了一遍，还到于部长要去看的几户贫困户家提前踩点，通向他们家的小路都被清理了一遍。我甚至把迎检的介绍词演练了好几遍，这才稍微放下心来。

那段时间，可怜的村干们也几乎没怎么休息。虽然有值班制度，但因工作繁忙，平时大家都在办公室干活，连周末双休也不能保证。想想他们的那点工资，我心里觉得甚是愧疚。随着时间的推移，我渐渐发现自己对村干们的感情已经发生了微妙的变化。从一开始的不满意，慢慢变成了理解、接受和同情，很多工作上的事情不再苛求，对村干们也非常和颜悦色，再没怎么发过脾气。神奇的是，当我的心态改变之后，我觉得他们干起活来甚至更卖力了。

我们加班加点做了半个月的准备工作，已是胸有成竹，就等领导来了。这时候，我们忽然接到通知说，于部长不来了。这也是常有的事，但大家都有点失望，毕竟忙了这么久，再说也少了展示上蒙的机会。这段日子，我绷紧弦忙活了十几天，还熬了好几次夜，忽然放松下来后顿觉疲惫不堪。第二天早上起床时，我发现床单上有血迹。

我和王懿吓得不轻。我怀孕还不到三个月，按理说正是需要保胎的时候，我却整天过着爬坡过坎、健步如飞的乡村生活，果然，是太狂了！我们赶紧到县医院去检查，医生平静地说："是先兆流产迹象。""先兆流产"四个字，如一把大锤砸在我的胸口上，我吓得脸都白了。我一直认为自己体壮如牛，妊娠反应也不太明显，怎么会出事呢？医生说："你最近是不是太累了，没休息好？这是孩子给你的一个警告。工作再忙也要注意休息，这次不算太严重，但以后还是要注意一点。”说完给我开了点药，叮嘱我回去之后一定要卧床休息，三天后再去复查。

我俩心情沮丧地回了家。虽然还要面临一个多月之后的脱贫核验，但不管怎么说，身体要紧，我至少得休息两三天看看情况吧。于是我向镇党委请假休息三天。镇里和村里的同志知道了这件事，都很关心地对我说：“路书记，孩子最要紧！有什么需要的我们来做吧。”这时候，我感受到了基层浓浓的人情味。

我名正言顺地躺在床上休息了几天，可是心情糟透了。为什么不把自己当孕妇呢？为什么要到处颠簸还熬夜呢？工作上的事就不能稍微放松点要求吗？现在悔之晚矣。强大的母性和责任感，让我不由得暗暗流了几次泪，觉得自己真是个不称职的妈妈。但是当情况逐渐好转，不再出血的时候，我又觉得自己似乎还可以蹦跶一下，不然一直躺着也不太安心。去复查的时候，医生说没什么大问题了。第二天，我便立刻投入了战斗。

我们开始一户一户地排查贫困户脱贫摘帽“八有一超”的达标情况，如果符合脱贫要求的就列为这年的预脱贫户。村里召开脱贫评议会时，村干们选来选去，最后留了十户最困难的家庭在第二年脱贫。每走访排查一户，他们就会担心地问：“书记，是不是脱贫之后这些政策都享受不了了？不脱贫行不行？”我劝他们说：“你家‘八有一超’的标准都达到了，得脱贫。但是你可以放心，扶贫政策会继续保留三年。今年上蒙要脱贫，绝大多数贫困户也都达到了脱贫指标，不只你们一家。”我一一讲解“八有一超”的内容之后，符合脱贫条件的贫困户们都很配合地同意脱贫。总的来说，他们在这一年里享受了不少帮扶政策，对帮扶工作非常满意。几天之后，贫困户的帮扶干部拿着“八有一超”认定表来家里让他们签字确认脱贫。当时荣书记联系的贫困户老王喝得醉醺醺的，大声嚷嚷：“今年政府给了这么多好政策，村里变化多大呀！能脱就脱嘛，有什么好讲的！”说着飞快地在认定表上签了字。一位帮扶干部说：“书记的联系户，觉悟就是不一样。”大家听了都笑了起来。老王眯着眼睛得意地说：“我是党员，肯定是要支持村里的工作的。”这一次，他倒是表现得很好。

我们把村部二楼的一间房专门腾出来，挂上了“精准扶贫作战室”的金色牌匾，里面放了一个文件柜专门存放全村的脱贫材料。中蒙屯的村貌改造已经基本完成，整个屯变得非常漂亮。我每天都在村里晃荡，感受不太明显，但许久不来上蒙的人一到村部，都会被改造的效果惊艳到。路边大榕树下成为村民乘凉和休闲的绝佳去处，石阶被重新设计、铺了新砖。屯内的主道铺了鹅卵石，小路的岔道口安装了十几盏太阳能路灯。据镇扶贫办说，还要对全屯进行绿化，可能近期动工。现在大多数脱贫项目都竣工了，只剩篮球场和戏台还在建。负责建设的小王对业务不太熟，进度比预期的工期慢了很多。

荣书记来村里看脱贫核验的准备情况，诧异地问：“篮球场和戏台怎么这么久了还没收尾呢？”易书记简单解释了一下，小王在旁边听着不作声。荣书记说：“那要在核验之前全部建好投入使用。”易书记刚点头称是，小王就冒出来一句：“我看天气预报说最近会下雨，很难施工啊。”不等荣书记说话，另一位县领导就严肃地说："马上要核验了，天上下刀子也得继续建。"我们没人敢吭声了。等荣书记走后，易书记说："小王，你不能这么说话。马上都要核验了，你还讨价还价。那既然你这里完不成，我就找别的施工队伍来赶工，你配合一下，好吧？"小王点点头同意了。想起当初向他征地时的情景，我气不打一处来，真想好好骂他一顿。

易书记找来有经验的包工头全面接手小王的"烂摊子"。经过工人们"三班倒"地赶了一段时间，篮球场和戏台终于有个样子出来了。虽然篮球场还没有刷漆，戏台也只是个水泥台子，但毕竟聊胜于无，迎检这关应该是能过了，大家都长舒了一口气。

县扶贫办依然在火急火燎地盯着我们第一书记做材料。为了保证全县规范统一，县扶贫办给每个指标都做好了Excel模板，我们只需要把数据填上去并配上照片和文字说明即可。全村三百四十户，其中七十八户贫困户，各项指标填一轮，工作量也是非常巨大的。我一项项排查下来，深感2016年这一年完成了太多事情：村里的进屯道路都硬化了；原来有二十户没有稳固住房的农户，也都通过易地搬迁和危房改造解决了这个困扰他们多年的大难题；村委楼和篮球场、戏台都建好了，桌椅板凳和电脑都有了，办公条件比之前好了太多；网络宽带也在这一年里逐渐"飞入寻常百姓家"，成为很多村民家的标配；村里的贫困发生率降低到3%以内。这么一看，村里的"十一有一低于"的各项指标都达到了，真是振奋人心！

接下来的日子，我们马不停蹄地开始准备迎检材料。这些数据、图片、总结搞得大家忙忙碌碌。县里的模板在改，我们的数据也得相应地改。常常是今天有一个版本，明天又有了更新的版本，第三天再来一个最新的版本。帮扶干部手里的脱贫认定表还没有完全交上来，即便交上来了，也是版本五花八门，数据错漏百出，只要一个地方有问题就得全部返工重填。我们第一书记和驻村工作队员，都守在镇扶贫办一点点核对材料。镇扶贫办更像一个闹哄哄的大集市，桌子上趴满了做材料的人。村干和贫困户络绎不绝地来到镇扶贫办，要么来办事情，要么来讨说法，声音嘈杂。大家都是一脸焦虑。这情形，真像是诺曼底登陆前那个高度紧张的指挥中心。

11月以来，我们几乎一直在加班。虽然扶贫工作是做了不少，但要证明出来，还真不是一件容易的事。比如，为了证明村集体经济收入达到标准，我们要准备七项佐证材料，其他各项指标也大都如此。关于“十一有一低于”的佐证材料就足足有三四厘米厚，各种表格和数据更是让人眼花缭乱。我开始还想把一些贫困户的数据再核对一下，但最后发现几乎没有多余的时间去做这件事。比如，“特色产业”这个标准的佐证材料需要填写每家每户的特色产业数量，也就是油茶林的数量。当时为了赶时间，我们只能把各屯的组干集中起来，让他们大致回忆下每家农户有几亩油茶林。刚开始我有点嘀咕，这么做岂不是有点马虎，数据怎么可能准确，还是得看林权证吧？但是事实很快就打消了我的疑虑，绝大部分村民都没有林权证，即使有，数据也不完全准确。所以村民们对自己家油茶林的亩数也是大概估计，而且绝对是报少不报多，反而不如问组干来得真实些。再说得直白点，就算是填得不太准确，谁又能核对出来这“薛定谔的亩数”呢？上蒙村是油茶大村，“人均一亩以上特色产业”的指标细则绝对是可以达到的，所以实事求是地说，我们也不算弄虚作假，理应底气十足。

忙了一个多月，村里的核验材料总共大改了三次，七十八户贫困户的档案也全部翻出来重新整理了一遍。我把所有材料打印出来做成一本漂亮的册子交给县扶贫办。可是每次都是刚交过去两天就被通知要更换一些内容，只好又灰头土脸地去修改。反复几次之后，自认为在做材料、赶时间方面颇有心得的我，都难以应对，真不知道其他单位和基层的同志们是怎么扛过来的。我停下了8月以来持续更新的公众号，全力以赴准备迎检。

好多天晚上，我和村干们都忙到凌晨才收工。县里的气氛已是紧张到了白热化，压力大到让人喘不过气来。我主要负责做文字材料，包村干部小马和村干们帮我搜罗最新数据、拍照片、查验帮扶手册等。村里的日常工作也还在继续，我在做材料之余还得琢磨年底活动、成立合作社、蔬菜基地项目等事情，感觉自己有点应接不暇。

镇政府连续一个多月灯火通明，经常有人通宵工作。扶贫办的盘哥一张曾经白胖的脸早已熬得没有血色，人都要恍惚了。那种“山雨欲来风满楼”的凝重气氛，让大家都喘不过气来。正在这个节骨眼儿上，我发现自己又有先兆流产的迹象了。

我再次吓蒙了。这次比之前流的血更多，颜色也更红。估计是最近工作压力太大，小宝宝有意见了。我急急忙忙去医院检查，医生叹了口气说："路书记，你这次情况比上次严重，血都是鲜红的。你还是要注意休息，别太累了啊！"王懿看着我，不说话，拍了拍我的肩膀。我当场就哭了。

可是，还有两周就要脱贫核验了，核验组总不可能因为上蒙村的第一书记是先兆流产的孕妇而网开一面吧？一边是来之不易的孩子，另一边是迫在眉睫的核验，怎么办呢？两边都很重要，两边都不能耽误。我回想起近期的工作状态，摸摸逐渐变圆的小肚子，心里痛苦不堪。

我依然只是拿了点药回家，在家躺了两天。在这个时候，已经觉醒的母性让我为自己的孩子流下了泪水，感叹他真是命运多舛。自从住到我的肚子里之后，他不但陪着我东奔西跑，还接连两次遭遇险情，颇有"九死一生"之感。我虽然知道自己是妈妈，可是重任在肩，容不得有一丝的松懈。但现在，现实情况逼着我不得不停下来。索性，我就忙里偷闲过了两天躺着不动的神仙日子，但工作上的电话一个接着一个，从没停过。

等到第三天，几乎看不到血迹了，我再也待不住，又开车去了镇里。办公室的几个同志看到我吓了一跳，说："路书记，听说你身体又出了问题，怎么还来办公室？"这个时候的我，身体里住着两个人：一个是脆弱又感性的母亲，想和他们倾诉我的痛苦与无奈；另一个是带领全村脱贫的第一书记，就想满不在乎地来一句"好了，没事"。事实是，我几乎没有什么空闲，也没有心情和他们解释我遭遇的这些事情，只是轻描淡写地说"现在没关系了”，便又投入迎检的汪洋大海中。这件在我人生中记忆深刻的大事，在迎检风云中就如一滴轻飘飘的雨点落在路边的草叶上，只激起了微微的水花。

很快，核验组就要来了，我们都铆足劲儿要顺利通过这次核验。一天早上，我正准备到镇政府做台账，忽然接到镇扶贫办盘哥的电话。他说：“路书记，上蒙不用准备材料了。今天区扶贫办明确了，除了计划脱贫村，各县自己定的预脱贫村一律不给核验。泗城镇只有西秀村是计划村，上蒙和平林都是县里定的‘奋斗村’，所以上蒙还是等明年再脱贫吧。”这个消息如晴天霹雳，把我打击得脑袋一片空白，久久回不过神来。这时，大家已经在微信群里讨论这件事了，我飞快地给同样在准备材料的平林村陆书记打了个电话。他也刚刚接到消息，正郁闷着。听到我都快哭了，他安慰我，说：“想开点儿，就当是明年脱贫的预热吧。”

看着手里厚厚的一沓佐证材料，我有些不知所措。也就是说，我几个月来做的三大本材料都没用了，和村干一起开的那些会、跑的那些路、熬的那些夜，甚至这次先兆流产，都归零了！造化弄人啊！我仰天长叹，郁闷不已。

待心情平静下来之后，我立刻发现自己的肚子已经饿得咕咕叫了。我决定犒赏一下近期已几近疯魔的自己，开着车去了最爱的镇洪牛肉粉店，大快朵颐一番。

小山村里搞『春晚』

◎我很快有了一种『置之死地而后生』的底气：不就是几场活动嘛！没有人督查，没有人核验，不用准备迎检，万一搞砸了也不会被通报批评，多好！所以怕什么呢？撸起袖子干就对了。

11月，荣书记来村里看望她的联系户时，赞叹村貌改造后的村子果然漂亮，然后忽然问我："路艳，你对上蒙村下一步发展有什么想法？"我说首先是顺利脱贫，以后想借着蔬菜基地的东风把休闲农业做起来，再把村里的电商和种植养殖产业也发展起来。荣书记笑了笑，说："你说的是一方面，不过现在上蒙村的硬件设施都做得差不多了，硬实力不错，下一步你要想想怎么抓一下村里的精神文明建设。现在是11月份，离春节刚好还有三个月，你策划一下，在春节的时候搞点特色的活动出来看看。"三个月的时间要把上蒙的文艺氛围搞起来，可不是一件容易的事情，再加上之前还在准备迎接年底脱贫核验，太难啦！

我在开会的时候提了一下春节文化活动，说："这是书记布置的任务，不是让大家选择做还是不做的问题，我们必须要全力以赴完成。大家做好心理准备，可能得忙一段时间。"然后我把文艺晚会、篮球赛、百家宴、山歌对唱、十佳菜肴评选等活动内容全部都提了一遍。村干们忧心忡忡地问：“书记，我们一下子搞这么多，忙得过来吗?”我说：“试试看吧，书记都提到了呢。”赵主任试探着说：“我们提前分好工，大家每人负责一块，应该还可以吧!”

这时，小覃问道：“书记，我们可不可以像县里的‘庆丰收’系列民俗文化节一样，搞一点游戏呢？”这个文化节是近几年县里自创的民俗文化品牌，前几天刚刚结束，主要有抢头鸭、浑水摸鱼、泥田拔河等富有地方特色的民俗活动，宣传效果非常好。上蒙队在上一年的活动中赢了一大袋鱼和二十多只鸭子，当天就在村里的空地支起大锅一起吃掉了大半。大家一向对这种有趣又实惠的活动热情高涨。我犯难了：“那个阵势有点大，得买好多鸭子，还得挖个泥坑，花钱也多，我怕搞不定呢。要不今年我们就简单点吧?”其他村干纷纷附和，也说今年搞简单点。

后来上蒙不参加脱贫核验了，我刚好有时间把春节文化活动提上日程。可是村里组织策划方面的能人很少，村干和组干也都能力有限，又不知道群众参与程度怎么样，在这种没人、没钱、没经验的情况下搞集体活动，我感觉颇有点赶鸭子上架。不过，经历了这一年多的驻村工作，我深深感觉到，一件事可能看起来非常难，但让它不再难的唯一办法，就是想办法做完它。我很快有了一种“置之死地而后生”的底气：不就是几场活动嘛！没有人督查，没有人核验，不用准备迎检，万一搞砸了也不会被通报批评，多好！所以怕什么呢？撸起袖子干就对了。

接下来，我们列出了分工表，细化了各个活动的时间、物品、人员和其他要求，每个村干都负责一到两项任务，大的项目则是全员参与。这样一来，看起来似乎有点样子了。我说："我算了一下，这次春节活动经费总共需要三万多。除了向文体局、林业局和乡镇申请一点，大家还有什么别的办法？"有人提议向高速公路公司化缘，卢专干则很自信地提议让村民捐款："当时我们百功屯和那桑屯光是给屯里建戏台就捐了两万多块，今年村里第一次搞这种大活动，让村民捐一点吧？"

他这个提议一出，大家都觉得不错。韦支书说："今年两个老板修了村里四条屯级路，还有做其他工程的，是不是也可以捐一点呢？"村干们纷纷表示赞成，都说应该捐一点："这也是村里帮他们争取到的项目，不然哪里轮得到他们。"我想了想，说："那我写一篇捐款倡议书吧，到时候大家转发到各个微信群里面号召捐款。"

没想到，我的捐款倡议书一发出去，陆陆续续就有很多人要捐款，五十、一百、五百、八百的都有，甚至有很多在外工作的村民专门加了我的微信要捐款。这满满的热情让我始料未及。他们说，这一年村里变化这么大，村民们都很满意，现在又是村里历史上第一次搞晚会，一定要支持。在村里做工程项目的几个老板也捐了一些，捐款金额很快就达到了一万九千多元。这完全出乎我的意料，没想到村民的能量有这么大！以前村里搞活动，我们习惯了向政府要钱，自从百功屯和那桑屯的戏台实行募捐之后，我就感受到群众的内生动力，谁说群众难团结、难组织？那可能是没有找到能让他们凝聚起来的事情吧。这次的春节活动更加印证了这一点。

我找来村干组干们一起商量春节活动方案时，向他们咨询上蒙到底有哪些算是“十佳菜肴”。他们如数家珍地列了诸如鹅掌栗粑粑、油炸红薯圆子、白切鸭、壮族炸酥肉等特色菜肴。山上的白队长则加了一个灵芝炖土鸡汤。我说我没喝过灵芝炖的土鸡汤，他说：“好吃得很，毕竟是灵芝嘛。”我们很快罗列了十几个菜品。我把每个菜肴需要的原材料都分配到个人，叮嘱他们到时拿到支书家，厨师做好菜后我们现场点评。

我又想起荣书记说要弘扬中国传统文化，便冒出在晚会上给上蒙“五好家庭”“十大孝子”“十大好媳妇”等先进人物颁奖的主意。村干们说很多年前村里评过“五好家庭”，其他倒是没听说过，趁着过年热闹热闹也好。这时候，韦支书问：“书记，不是说还有那个上蒙励志奖学金吗，要不要一起评选？”我摇摇头：“现在还不是时候，等春节前两三天再评吧。”除了暑假期间座谈过一次，我们对这些大学生们并不熟，这次活动刚好是一个契机，看看他们的能力素质和积极程度怎么样，再做定夺。

当组织策划、节目安排、现场布置、礼品筹备等环节接踵而至的时候，我忽然发现，自己掉进了一个大坑，不，是汪洋大海。虽然之前在村里也组织过一些大大小小的活动，但我真的做梦也没想到搞一台文艺晚会会这么难，工作量会这么大，感觉自己下了一盘很大很大的棋！可是，自己立的目标，爬着也要拿下，于是只好“打碎牙齿和血吞”，继续干活。

捐款之后，启动的钱暂时是有了，可是没人。年轻人大多在外面打工，在家的积极性不是很高，很难组织演出人员。就算是有积极性的群众，也是大多到腊月二十四五以后才回来。除了没几个村民参与外，更重要的是，几乎没人组织。以村干、组干的能力，能做到认真跑腿已属不易，要让他们组织带动、策划文案、提供创新创意，就真有点强人所难了。我厚着脸皮找到大学生中的积极分子，请他们组织大学生准备几个节目，再教小朋友们准备几个节目。小美、小海等几个能干的大学生倒是很乐意做主持人和组织者。有了他们的加入，我身上的担子立刻轻了一半多。玉姐说几个妇女代表愿意排舞蹈，这让我喜出望外，她笑着说："我们以前没跳过舞，今年就带着姐妹们尝试一下。书记不是一直说要学着积极一点吗？"她很快组织了一群妇女和她一起排练壮族舞蹈《爱在山水间》。这让我欣慰多了。

可这些节目远远不够支撑一台晚会啊！我也对导演这么大的一台晚会心里没底。好几个熟悉的村民都私下对我说："书记，我很支持村里搞晚会，我还捐了钱呢！但是上台就算了，这么大岁数了，丢不起人呢。"我忽然想起了那桑屯的老承，据说他很有文艺天赋，县文体局演出时也经常找他客串。这几天他为了屯里的节目，每天专程从县城回到老家，带领村民一起在屯里排练。晚上，我到那桑屯去找他时，他正站在戏台下面看节目排练，高大壮硕的身形非常醒目，一看谁没做对动作，立刻大吼一声指了出来，颇有点"麻辣鲜师"的味道。

我热情地跟他打招呼，他向我简单寒暄后，扭过头继续看节目，仿佛当我不存在。我简单说明了我的来意后，他礼貌地回绝了：“书记，我主要是帮屯里的节目排练，村里的我就不管了，真没那个能力。”说完也不管我是不是接话，就去指导跳舞的村民了。我本来是满怀希望他能帮忙的，谁知道他好像并不以为意，让我有点尴尬。但是，谁让人家有本事呢？我还是控制住了情绪，默默回家了。

回家之后我又仔细想想，我是做“领导”的，心胸要宽广一点，有才华的人一般都很有性格，只要本质不坏，这些都没关系，能容人才能带队伍，才能把事业做大。我回想起一年来经历的事情，也确实如此。如果连这个最基本的都做不到，何谈带领团队呢？一个领导者，最忌讳的就是被情绪左右、喜怒无常，被情绪影响了个人的判断力。要忍耐，要权衡，要经历“锉锐解纷，和光同尘”的过程。

于是，我又硬着头皮第二次去找老承，请他帮忙给村里多排几个节目。也许是我逐渐习惯了他的说话风格，我诉了一会儿苦后，感觉他的态度也缓和很多。老承其实是个很热心肠的人，最后他说：“书记，那我给屯里排四个节目，都可以放到村里的晚会演出，到时候我自己再上一个独唱，这样行吗？”我一听高兴坏了，这真是解了我的燃眉之急，不由对他千恩万谢。

这一个月的时间里，我觉得自己像个焦虑的陀螺，和村干、文艺骨干开了好多次碰头会，每次都是踌躇满志地开始，又忧心忡忡地结束。没几天就快过年了，每当我焦急地催促节目的时候，却发现大多数演员还在外地打工，什么叫“巧妇难为无米之炊”？这就是。

一个个问题让我忙得飞起来了，自己的脑袋有两个篮球场那么大。我一方面求爷爷告奶奶地请县、镇两级追加一点经费、器材和人员支持，另一方面锲而不舍地安抚村里的文艺骨干和演出人员，带着他们租借服装、购买化妆品、排练节目、练习台词。凡是和文字有关的材料，大都是我来做，各种荣誉证书的设计也是我去联系。这其中让我心碎的小插曲多得不计其数，如果没有一颗强大的内心，真是有点撑不下来。但让我感动的是，晚会的很多服装和音响等都是老承通过个人关系借到的，篮球教练和裁判也是他找朋友帮忙，替村里省了不少钱。大家慢慢都发现，他虽然看起来比较凶，但办事是真的靠谱，所以也渐渐都服气了。我也暗自庆幸自己当时以大局为重，成功地发掘了这么能干的人才。

有了大学生的加入和老承的指导，进入腊月二十以后，我们的春节活动渐渐开展得像个样子了。先是小覃负责的屯级篮球赛闪亮登场，他动员了全村六个屯组队参加，开局良好。那几天，我让村干、组干发动屯里的人都去球场看比赛，只要我没有特别紧要的事情，也是在球场上从头看到尾。球场上的红绿漆还没涂上去，只能在简陋的水泥地上用白线画了边界。戏台也只有粗糙的台面和背景墙，精细的部分要等到春节后才能开始做。但这样的场地并没有影响大家的热情。几乎每场球赛，参赛屯都会来很多人给队员加油鼓劲，队员们也打得十分卖力。村里的戏台和球场越来越有人气，看起来竟不像一个刚刚竣工的地方。

上蒙村“十佳菜肴”在腊月二十五试菜。村里的两个大厨在村部旁边的韦支书家忙活了一天，做出了十几个特色菜肴。我逐一“视察”每一道菜。奇怪，这盆喷香的鸡汤为什么闻起来有股隐隐的中药味，颜色也黑黑的呢？负责掌勺的村民磕磕巴巴地解释道，这就是灵芝鸡汤啊！我一听，赶紧舀了一点尝尝，鸡汤浓郁鲜香，但味道竟然稍稍有点苦。白队长得意地说：“书记，这碗汤的灵芝是我拿过来的，放了一整颗呢，大补！”我再往盆底一舀，好家伙，下面全是一瓣瓣掰开的灵芝，黑乎乎的，看起来比鸡肉还多。我心疼地说：“你们真舍得用料啊，一整颗灵芝呢，都放进去了。”我端着这盆汤左看右看，真是舍不得吃。白队长不解地说道：“书记，不是要评十佳菜肴嘛，肯定要做最好的呀。”我拍拍他的肩膀，说：“感谢你支持，这道菜一定得入选。”

这时，赵主任灰头土脸地进来找工具。我们一问才知道，演员们在戏台排练时，费了好大工夫装好的几个舞台灯，竟然有两个同时灭掉了。赵主任沮丧地说：“书记，明天我再去买几个吧，这个灯质量不行。”我放下碗筷，和他一起去戏台看。他这两天累得面如土色，现在还没有吃饭。

连续几周的高强度高压力工作，让我和村干们几次达到崩溃的边缘。我们经常在村里开会开到晚上十点多才回家。这段时间，我的胎动越来越明显了，这是一种很奇妙的感觉。当我站着说话时，他会踢我一脚，或者滚来滚去，让我在向脱贫事业狂奔的路上稍微泛起久违的一点柔情。我经常累得奄奄一息，肚子也一阵阵地抽着痛。是宝宝抗议了吧？他在里面张牙舞爪，我想象得到他把我的肚子搅得天翻地覆的样子。但春节晚会还没有搞完，孩子啊，你争点气，再陪我坚持几天。

时间在一点点过去，凌云的街上越来越热闹了，各种山野土味、年货糖果、福字对联摆满了大街小巷，连很多干部也开始早早下班去吃年猪饭、办年货了。一边是热热闹闹的过年气氛，一边是闲不下来的晚会筹备。我看着村干被我赶着一起受累，忍不住想：还有几天就过年了，为什么我要拖着大家坚守在这里继续工作呢？越这么想越焦虑，心理也有点失衡了。后来我想，不应把这看作是工作，而要当成给可爱的上蒙村民的一份礼物，让他们参与村里的春节活动，感受到村里的大变化，对家乡更有感情。就这转念一想，那种感觉又不一样了，我又恢复了之前的激情澎湃。我和村干每天逢山开路，遇水搭桥，尝试了各种挑战极限的办法，一步一个脚印，不畏艰难地一一落实，也度过了驻村以来最“情急生智”的一段时光。

修修改改后，我们终于开始了第一次晚会彩排，节目的雏形出来了，但问题还是没完全解决：音响器材还不齐全，灯光和摄影人员还未落实，怎么办？一些演员的服装、道具、化妆还没到位，怎么办？各类奖项的奖品怎么分发？主持人的主持词还得过一遍吧？对了，上蒙励志奖学金的人选还没评选出来。

这一年总共收入了六万五千元的奖学金，除了暑期座谈会花了五千之外，剩余六万我想在四年内发完，每年一万五千元。韦支书说：“书记，今年我们的钱是不是给那些贫困大学生都发一点？”我摇摇头：“我们这是励志奖学金，不是助学金，所以要重点奖励那些积极上进的大学生。”赵主任插嘴：“这样的话，这次给我们帮忙搞活动的小美、小海等人都很不错啊！”“对头，就是这个思路。”我说。后来，经过大家的推荐，我们评选了七个人，一等奖就是这次晚会的牵头组织者小海，给了三千五百元奖金，其余的有三个也是这次晚会的主持人和积极参与者，奖金最低也有一千五百元。韦支书的女儿也获得了奖学金，他非常高兴。

这时，有人小心地问：“书记，一等奖的奖金这么高，会不会有人有意见呢？”我笑了笑：“就是要高得让大家眼前一亮才好。我们要让别的大学生和村民看到，跟着村‘两委’干是有奔头的。越努力，越幸运！”

大年初一一大早，我和王懿吃过早饭就开车去村里。篮球赛的决赛在下午两点钟开始，村部到处都是一片喜气，戏台上已经有很多演员在排练节目。上午，我和几个主持人对了一遍晚会流程和主持词，时间便匆匆过去了。下午，球赛正式开始。球场边站了百来位村民，大家都饶有兴趣地看着“百桑勇士队”和上蒙屯“那666队”这两支强队间的对决，加油欢呼声此起彼伏。最终，百桑勇士队将冠军奖杯收入囊中，他们屯的群众一片欢腾。百功屯和那桑屯自发筹建了戏台，在晚会上出了五个节目，现在球队又夺冠了，真的是做什么都力争上游。

这时候，上蒙屯的一个村民悄悄地走过来跟我说：“书记，听说百桑队的某某是外聘队员，不是上蒙村人。”我大吃一惊，都决赛了还有这种事？连忙问老承和卢专干怎么回事。他俩一听就笑了，说其中一个队员常年在外，不怎么回来，但户口还在上蒙村呢。我们向上蒙屯解释了半天，他们气呼呼地说："平时不在上蒙做事还参加球队，这样不公平。明年可不能这样子！"看到平时对万事都不感兴趣的小伙子们这一次因为集体荣誉争得面红耳赤，我不禁觉得有点意思了。

时间过得太快了，很快到了晚上七点钟。主持人已经一遍遍地呼唤演员们在戏台边集合了。我的心扑通扑通跳，感觉自己比即将登台的演员们还要紧张。随着报幕声响起，很快，玉姐带领舞蹈队员们穿着民族服装出来跳舞了。舞台的灯光太弱，我们在台下很难看清她们的脸，只能看到她们的身形在移动，展现出窈窕又柔弱的美感，这和往日朴实敦厚的感觉大不一样。也就是在那一瞬间，我的心忽然安定下来了。我明白了，村里的"春晚"，其实不应该对节目的质量太过苛求，而是更应该关注大家的参与程度。只要大家参与了，观看了，欢笑了，鼓掌了，那就成功了呀。乡村的精神文明建设，终归还是要"从群众中来，到群众中去"，让村民自己觉得好就好。

随着节目的不断上演，台下观众的欢呼声和口哨声此起彼伏，一次次把晚会气氛推向高潮。演员们在热热闹闹地演着，几位稚嫩的大学生主持人背着不太熟练的台词报幕，还有几十位获奖代表闹成一团上台领奖，有趣极了。现场流程算不上完美，但因为都是村里人自己上台演出，观众的互动反应特别好。尤其是四个小朋友上台表演舞蹈《爱你》时，台下的观众又笑又叫，比小演员们还激动。老承导演的几个舞蹈和小品都非常精美，他本人还独唱了一首粤语歌《喜欢你》，唱功之好让我对他刮目相看。

“五好家庭”“十大好媳妇”“十大孝子”的获奖感言也获得了大家经久不息的掌声，尤其是那些好媳妇们，估计是第一次上台领奖，一个个都精心打扮，容光焕发。

最让我喜出望外的是，曾经申请贫困户而未得的金老头也临时上场，和别人搭档吹了一曲唢呐。不知他从哪里搞来一套崭新的中山装，收拾得齐齐整整地在台上表演。他从台上下来后看到我，神色有点尴尬。我热情地和他打了个招呼，他淡淡地说：“今年村里这么热闹，他们也拉我出个节目，出丑了，书记。”

演出到中途的时候，舞台上忽然“啪”的响了一声，挂在背景墙上的一个射灯炸裂了，引起了台下一阵轻微的骚动。主持人下意识地回头看了看，发现没什么大动静，便扭过头继续报幕，观众们也继续津津有味地看节目。赵主任尴尬地看着我说：“书记你看，这灯的质量真是不行。”

整台晚会的效果远超我的预期，现场观众们的脸都笑成了一朵花。散场的时候，好些村民涌向我，和我握手，不住地说：“谢谢书记，今天太开心了，你辛苦了。”看到辛苦一年的村民们在大年初一这么高兴，真是我这个“春晚”总导演最最幸福的时刻。

小山村里搞“春晚”，也算是贫困村精神文明建设的一次尝试。文艺晚会、篮球赛、拔河、百家宴、十佳菜肴评选……各式特色活动都搞了一遍。整个春节，全村都热热闹闹。

凌云的年猪饭

◎我从一个『过客』变成了『地主』，还把家安在了凌云，曾经严肃谨慎的机关干部被凌云改造成了接地气的『路书记』，不管是客观情况还是主观意愿，我都已经在这里『扎根』了。

从春节前一个多月开始，凌云仿佛慢慢地有了点热气腾腾的感觉，时间越近，年味越浓。

2016年的这个时候，我初来乍到，整天忙着精准识别，家人也不在身边，所以对凌云的年味没有太多感觉。但这一年就不一样了。我从一个“过客”变成了“地主”，还把家安在了凌云，曾经严肃谨慎的机关干部被凌云改造成了接地气的“路书记”，不管是客观情况还是主观意愿，我都已经在这里“扎根”了。我认识的朋友越来越多，被叫去吃饭的机会也比上一年翻了几番，光是村干和村民的邀请都让我应付不过来。

在凌云的冬天，家家户户都是以火锅为主菜，放在桌子的正中间。凌云的火锅一般是将鸡鸭排骨放入清水中，然后只加入几片生姜，捏一撮盐，再滴两滴白酒进去，做成一个标准的清汤锅底。这个汤底最讲究清淡爽口，原汁原味。等熬到肉烂一点，大家边吃肉边涮青菜和红薯粉。在乡村生活的人，习惯了各种天然有机菜，吃青菜的口味很刁，最钟爱的是嫩嫩的白菜心，尚有零星的黄色小花长在上面。地里的白菜心长得青嫩可爱，村民现场摘来清洗，再丢到翻滚的火锅汤里，真是鲜掉了眉毛。我目不转睛地盯着青菜由翠绿变得微黄，急不可待地捞出来蘸着酱油吃一口。白菜心口感鲜甜，让我不禁感叹此前多年的青菜都白吃了，这才是人间极品啊。

让我情根深种的凌云美食还有一样——米粉。这个爱好可以追溯到精准识别时期，当时司机小罗带着我们搜罗了凌云大街小巷的各种美味米粉。在那段繁忙的日子里，每天的早餐简直成了我们最大的福利。我每次吃粉时连汤都要喝完，一来是因为这碗米粉实在是太美味了，二来一下村就永远不知道几点能吃得上午饭。时间久了，我竟也慢慢成了个地道的凌云人，早上不吃碗米粉就总觉得缺了点什么。凌云最常见的米粉是一种半厘米宽的扁粉，当地人称作“一条龙”，在凌云之外我从没听过这样的叫法。米粉的种类有生料粉、肉末粉、牛肉粉、猪杂粉、烧鸭粉等，各有风味，最有特色的是生料粉和“嗦粉伴侣”炒肉。老字号的粉店大都没有窗明几净、高档大气的门面，只是稀稀拉拉放一些低矮的圆桌和塑料凳子，店门口随便摆一张大桌子，桌上的铁皮盘子中堆着刚从屠宰场运过来的各种猪肉、牛肉和下水。食客挑选之后，店家行云流水般地称重、切片、爆炒，很快，一盘炒肉就好了。这样的炒肉，鲜、香、嫩，极为可口，简直颠覆了我对炒肉的认知。

红薯粉也是凌云特产。凌云的紫心红薯含糖量很高，极甜，用这样的红薯做成淀粉，加入茶油，揉起、煮熟、晾晒成片，再手工切成一条条的红薯粉，很像北方手擀面的做法。优质的红薯粉有着青色油亮的光泽，煮熟之后则是淡淡的青灰色。快到过年时，很多农民在街边摆摊，把红薯粉捆成一扎一扎来卖，一些店铺门口也专门挂上“出售红薯粉”的牌子。我在老家以面食为主食，也十分偏爱米粉、馒头这些高碳水食物，所以毫无悬念地爱上了凌云的红薯粉。每次吃火锅，红薯粉成了我最期待的东西。

不过比起火锅，凌云冬天更具有仪式感的当属“年猪饭”了。

凌云人说的“年猪”，专指农民家中散养的年猪，其肉质远非菜市场上所谓的“土猪”可比。在凌云，杀年猪是个盛大的活动，具有非比寻常的意义。家里养猪的农村家庭刚好趁此机会宴请亲朋好友，很多城里人也会想办法从农村的亲戚那里买一头年猪回来，在自己家大宴宾客。

一般汉族杀年猪比较早，过年前一个多月就开始了，壮族则稍微晚一点。主人家很早就会和朋友同事约好时间，邀请大家来家里吃年猪饭，哪怕是不认识的人也会受到热烈欢迎。我曾经带着来凌云调研的十几个朋友“突袭”到一个农户家吃年猪饭，当时生怕自己是“不速之客”叨扰了主人家，却没想到，主人高兴得不得了，感觉特有面子，还叮嘱我第二年再请朋友们到他家吃年猪。凌云人慷慨好客到这个程度，让我们外省人非常不解，为什么大家会愿意邀请那么多不相干的人去吃饭呢？后来发现，凌云人就是实实在在的热情，颇有广结善缘、仗义疏财的古风，于是我们自己也多了一种宾至如归的心情。第一书记们对吃年猪饭这事也是一呼百应，一带二,二带三，经常会有好多人跟着过去。一开始有点不太好意思，但时间一久，大家混熟了，一来垂涎美食，二来凌云人也确实好客，到后来我们一听到吃年猪饭甚至会摩拳擦掌，大有冲锋陷阵的架势。

宰杀年猪一般是在早上，到中午就已经可以开饭。如果是工作日，重头戏就放在晚上。主人家摆上好多张桌子，几十号人聚在一起热热闹闹，那场面，真是寒冬里看到了都会心里一振。气氛有了，人也齐了，开吃！

桌上的菜基本都是围绕刚杀好的年猪做文章，猪头、猪身、猪尾巴、猪下水、猪血，都被巧手的凌云人做成了各种菜品。

当地人喜欢把大块肥肉切成近一厘米厚的大方块放在火锅里煮，称之为“刨汤”，这道菜永远居于年猪饭“众星捧月”的位置。这肉挑的是猪身上最肥的带皮肉，厚厚一段膘，最下面带一点点瘦肉点缀。肉必须得切大块，切得越大表示年猪越大，也给第二年预一个好彩头。放眼望去，一锅白花花、油亮亮的肉在沸腾的汤里颤动，知其味者已经被勾动了馋虫，开始大快朵颐，而我却始终不习惯吃这种白水煮的大块肉，只好作罢。我见过最大的肉片有十几厘米长，近一厘米厚，仅一块就能铺满饭碗。往往一局终了时，我的碗里会被热情的凌云朋友放入好几块刨汤肉，对我来说，这真是浪费啊。

除此之外，年猪的多种吃法也让人惊艳。炒猪肉、喝骨头汤都是平常，凌云还有一种独特的吃法叫“熬骨”。他们把新鲜杀好的带肉猪骨加好调料放进铁锅里，全程不加水，不断晃动，“熬”出红艳艳、冒着香气的肉骨头，既保留了土猪肉的原香，又有点烤肉的烟火气。据说，最正宗的熬骨要用吊在柴火上的罐子慢慢“熬”，才会有最特别的风味。

猪杂也可以烫火锅，但大多时候用来爆炒，不加辣椒，多油，放一点葱、姜、蒜、酒去腥，吃起来嫩滑可口，百吃不厌。

猪大肠和猪血的吃法则体现了中国饮食文化的多样性。在凌云的一些村里，人们喜欢吃热乎乎的“猪活血”，也就是生猪血，在杀猪时用盆接住猪血，趁着血还没凝固的时候加一点调料和葱花进去，盛在小碗里给客人吃。我也曾被热情邀请尝一碗猪活血，此时总是会有“茹毛饮血”几个字在我的脑海中徘徊，不由得汗毛耸立，最终也没有勇气去尝试。

凌云人还喜欢用猪血块煮芥菜汤。两样看起来风马牛不相及的东西竟然擦出了奇妙的火花，让人觉着甜丝丝的好吃。在我老家甘肃那边，猪血一般是和着面粉灌入猪肠，叫作灌肠，将灌肠蒸熟切片炒肉来吃。凌云这里则是用猪血和着糯米灌入小肠，煮熟后切成厚片，蘸酱料食用，叫猪血肠。每次夹起一块猪血肠，尝到那种黏黏香香的味道，我的思绪就会飘回北方的家乡：外面冰天雪地，屋里暖气融融，大家围坐在一起吃炒灌肠和豆豉。

恍惚间十几年过去了，如今我在桂西北的这个小县城，又重新找到了儿时过年的感觉，亲切、热闹、有温度。我吃的不是年猪饭，而是思乡之情吧。

在我们普通人的心里，衣食住行是平日里的头等大事。凌云特有的年猪饭让我体会到了乡土乡情的温暖，这是饮食男女平常生活的快乐。我最喜欢汪曾祺散文里的烟火气，四方食事都是家的味道。哪怕是写一碗清汤面，那种温柔质朴，也会让在外漂泊的游子读着读着就掉下泪来。在广西五年多，我已经习惯这里的一切，气候、饮食、风土人情，在凌云的一年多亦如是。县里朴实又惬意的氛围，热闹的年猪饭，都让我深觉自己被凌云人的精神感染着，被那种乐观、安详、朴实的气质治愈。

年猪饭作为春节活动的暖场，一直持续到过年。进入正月，年猪饭就功成身退，把舞台让给了其他美食。

桌上的菜基本都是围绕刚杀好的年猪做文章，猪头、猪身、猪尾巴、猪下水、猪血，都被巧手的凌云人做成了各种菜品。图为刨汤肉（网络图片）。

壮族『百家宴』

◎在驻村之初，我不会想到我能在村里发起一次百家宴，也不会想到群众参与的积极性这么高，效果这么好。

“春晚”之后，我怀着大功告成的心态在家里吃吃睡睡，好不惬意。看来不管在什么地方，放假的感觉总是一样的好。一天，我接到卢专干给我打来的电话，说他们百功屯和那桑屯要在正月初四的时候做“百家宴”，邀请我参加。

百家宴也叫长桌宴，源自“吃百家饭，解百样愁，驱百种邪，成百样事”的说法，广西的壮、瑶、侗等民族都有这个传统。百家宴大多是在春节、“三月三”等重大节日举行，这时外出的村民返家过节，举办百家宴更有人气，也更契合它团圆、团结的寓意。但随着当代农村宗族势力减弱、小家庭时代的到来，村民们似乎越来越习惯“各人自扫门前雪”，以前那种团结和睦的民风式微，费时费力的百家宴也越来越罕见。

上蒙村也是如此，很多人只是听说过百家宴，却从来没能体验过。年前做春节活动方案时，我曾动员村干组织一次百家宴，但大家都有些犹豫。所以一听说百功屯和那桑屯要举办百家宴，我喜出望外，特地邀请了县、镇两级的领导参加。

大年初四中午，王懿开着车载着肚子圆圆的我到村里去。快到百功屯路口时，就看到易书记和林业局的何局长已经到了。百功屯小桥两边几十杆彩旗飘扬，桥栏杆上还缀了很多气球。我们都很惊讶，没想到他们搞得这么有排场。等我们下车的时候，卢专干、阿同等几个人都赶来迎接我们，卢专干还急急忙忙地招呼村民放起了响亮的鞭炮。这在农村是非常隆重的迎宾礼节。

与当地红白喜事的“流水席”略有不同的是，百家宴讲究的是“一个也不能少”的大圆满，要摆放足够多的桌椅，让所有参加的人能够同时入席。百功桥附近摆了二十多张桌子，还有一套文艺晚会才会用到的大音响和投影背景布助阵，火爆的流行歌曲震耳欲聋，现场气氛十分热烈。老承看到我们过来了，赶紧跑过来和我们握手。看来他是主要组织者了，能把一个屯的活动搞得这么成功，也只有他能策划得起来。

村民们陆续到来。老人们大都已坐在桌子旁聊天等待，几个妇女在摆放碗筷，一见我们走来，都纷纷向我们示意。这时，我发现正在做饭的竟然大多是男村民。他们把锅和灶台支在河边，有的剁肉，有的洗菜，有的掌勺，一个个都忙得不亦乐乎。我向王懿努努嘴:“你看，这是上蒙村的优良传统。”他哈哈大笑起来。几个熟识的村民看到我，远远地挥手。村干告诉我，为了这次百家宴，屯里的每家每户都捐了钱，还从自家地里拿了一些蔬菜瓜果过来。早上六七点钟，屯里每户都派代表到这里为百家宴做准备，杀鸡杀鸭、拣菜洗菜、布置场地、摆放桌椅，一直忙活到现在。

过了半个小时，我们正式入席了。阿同是主持人，他的普通话虽然不标准，但十分流畅有力，串词也点了几句精准扶贫，显得十分“高大上”，比我的发言还接地气。

桌上有十多道菜，既有白切鸡、白切鸭、清炒羊肉、水芹炒豆芽、清蒸鱼、五色糯米饭、排骨汤涮红薯粉等当地的传统菜品，也有不太常见的炒芭蕉心、蛋皮肉卷、卤味猪杂等特色菜。炒芭蕉心是桂西北山区人民“靠山吃山”想出来的一种佳肴，剥出野芭蕉幼嫩的茎心翻炒，成品呈浅褐色，看起来像是剁碎的瘦肉丝，口感脆中带甜，光看卖相完全猜不到它和芭蕉有什么关系。蛋皮肉卷卖相上佳，土鸡蛋煎出来的蛋皮颜色金黄，里面的馅料是猪肉、香菇和马蹄等，吃起来非常鲜美。鸡鸭猪等都是村民自养的，鱼也是从村里小河捞出来的纯野生鱼，口感一流。用植物作为天然染料染出的黑、红、黄、白、紫五色糯米饭是壮族群众在重大场合的必备菜品，这天的糯米饭还配了芝麻、花生碎、盐粒混合而成的蘸料，格外好吃。听说百家宴是由屯里的大厨掌勺，每一道菜都比大饭店里的菜品更有感觉。我一番狼吞虎咽，早已把控制体重的想法抛到了九霄云外。

经过这个冬天，我感觉自己更加了解凌云的美食。凌云的饭菜比较鲜香，倾向于保留食材的原汁原味，所以重口味的菜品并不多。哪怕是加辣椒，也大多是把朝天椒切丁供客人自取，或者用干红辣椒给菜调味，并不像北方那样喜欢用辣椒粉或辣椒酱。

在村里的壮族和汉族家里吃饭时，我还特地比较了一下他们的饮食习惯，并无明显不同，想来是同一个地方的饮食习惯必然会互相渗透，已经是“你中有我，我中有你”了。

当天的活动效果特别好，村民们也兴高采烈地到处宣传。韦支书和小覃在第二天就告诉我，他们两个屯也要分别举办百家宴。那捞屯和六胡屯由于有小覃的组织，开展公共活动一向十分积极，但邻里关系复杂的中蒙屯也站出来说要举办百家宴，这让我非常意外。

中和节那天，中蒙屯邀请我们到村部旁边参加他们的百家宴。

我们刚走到村部，就远远看到前方路上高高挂起的横幅“中蒙屯2017年中和节民俗活动”，树上和路边的栅栏上都挂满了彩旗，很有节日气氛。敬酒时，大家似乎都认识我。有位老人用粗糙干瘦的手紧紧拉着我的手不放开，一直在说壮话，偶尔夹杂着一点点普通话，我唯一能听懂的就是“谢谢书记”。

这时，一个中年人端着酒杯来到我这桌，说：“书记，我敬你一杯酒。我以前做了错事，希望书记能原谅我。”我惊讶地看着他，问：“你是哪位呢？不好意思啊，我确实不大记得了。”他红着脸说：“书记哪里是不记得哦，你是大人不记小人过，故意不说。”我哭笑不得，表示自己真是想不起来了。他看着我的眼睛，说：“去年年初书记在中蒙屯开动员会，我当时喝醉酒了，还在会上骂你。书记，你这一年为村里做了很多好事，我们都看到了，你是真心为我们好，真的很感谢你。我当时不懂事，对不起书记，我现在想想，真是不知道怎么说。这杯酒我干了，给书记赔罪！”看着他羞愧不已的样子，我这才恍然大悟。之前我在中蒙屯召开群众大会，他借着酒劲指责我来了几个月什么都没干，还说大话骗村民。但时间久了，我早已忘记了他的模样。他说：“书记，一年来村里发生了很大变化，政府给我们这么多好政策，我们的思想也在变化。我以后一定跟着书记好好干，不给你添麻烦了！”我想起自己当天晚上的委屈和他现在的惭愧，忍不住掉下眼泪。我用一年时间换来了他的道歉，同时也再次相信，只要努力了，群众真的是看得见的。

在驻村之初，我不会想到我能在村里发起一次百家宴，也不会想到群众参与的积极性这么高，效果这么好。精准扶贫的各种政策让群众的生活更好了，越来越多的人认可我们驻村工作队的努力，愿意参与各种集体活动，也慢慢找回了农村曾经的和睦与温情。平日里邻里之间累积起来的一点小矛盾，因百家宴而化干戈为玉帛、杯酒释“前嫌”的例子不胜枚举。百家宴变成了一种绝好的情感黏合剂，这可能也是它的重要意义所在吧。

村民们早早起来杀了一头猪做百家宴

大伙齐上阵，杀鸭拔鸭毛

村民在河边架起了锅

老人们借此机会欢聚

与当地红白喜事的“流水席”略有不同的是，百家宴讲究的是“一个也不能少”的大圆满，要摆放足够多的桌椅，让所有参加的人能够同时入席。

石头记

◎政策好了，生活好了，人们的心境开朗，仓廪实而知礼节，再看看那些石头，竟似多了几分让人肃然起敬的历史感。

春节后上班的一天，我忽然接到县博物馆段馆长的电话。她说博物馆在上蒙村发现了一个石人，是以前岑氏土司的殉葬品。这石人原本是要交给博物馆的，但现在上蒙村拿不出来了，需要我协调解决。

我一打听才知道，这个石人背后，还有一个历史悠久的故事。

三百多年前的一天，泗城州第十六代土司岑兆祯突然驾鹤西去。家人悲恸之余，忙寻了风水先生，为其快勘一吉穴。那风水先生踏遍泗城的山山水水，费尽周折，终在距府衙不远的一个村子觅得宝地。只见那吉穴地处阳极，背倚大山，面朝小河，前有大片良田尽收眼底，后有葱郁山林护卫，气象万千，极利藏风聚气。土司家人大喜，立刻着手安排将棺椁在吉时下葬，还特地在坟墓周围放置了几个雕刻精美的石人、石马、石狮，代替岑氏后人默默守卫祖先的高贵亡灵。

斗转星移，岑氏土司已在地下长眠了几个世纪，石狮石马们好不容易存留下来，虽已东倒西歪、毫无尊严，但毕竟护得一份周全。唯独儒雅的石人不知何时遭遇飞来横祸，无故丢了脑袋。等到改革开放，岑氏土司墓遗址所在的村子被命名为上蒙村。政策好了，生活好了，人们的心境开朗，仓廪实而知礼节，再看看那些石头，竟似多了几分让人肃然起敬的历史感。两座石狮时来运转，被请到了水源洞门口，守护珠江源头的参天灵气。拙朴可爱的石马被某个村民搬到了自家门口做了镇宅之宝。只有那断头的石人，到底因为缺了个脑袋不显吉利，早早就被村民丢弃了。时日久了，谁也不知道它在哪里。近年，上蒙村的岑氏土司墓遗址被县博物馆列为文物保护点，石马暂由村民代为保管。只那石人，却再无一点音讯。

2016年，上蒙屯走了千百年的羊肠小道终于要做水泥硬化路了，平整道路地基时，挖掘机挖出了一个大块的石头，大伙定睛一看，竟是多年来踪影全无的石人！村民仍旧任它躺在路边的柴堆里，再不去理会。你看，若那石人灵性已通，估计也会慨叹自己时运不济、命途多舛吧。

不知怎的，这个消息传到了县博物馆那边，县博物馆的专家立刻到上蒙村来寻那石人，说既是年代久远的文物，就要扛回县博物馆陈列起来。闻讯而来的村民们把石人围了一圈，一个个百思不得其解，曾经弃之如敝屣的一块破石头，怎么就忽然身价百倍，成了“文物”呢？热心的村民叽叽喳喳商量了一番，最后非常认真地告诉专家，这文物怎么着也是村里出土的，不能随随便便就拿走，口说无凭，必须得县博物馆出个证明，按程序走才行。县博物馆专家想想也对，总得给村民们一个交代，于是约定第二天带着证明过来领石人。

第二天一大早，专家们赶到石人所在的地方时，发现石人竟然不翼而飞！专家们大惊失色，怎么说没就没了？询问村民，大家头摇得跟拨浪鼓似的，都说不知道。专家们走村串户地问了一个多小时，依然无果。看到没有进展，只好向段馆长汇报。

段馆长之前到村里看过这石人，听了专家的汇报，也是哭笑不得。她想到了之前与我相识，便打电话过来跟我商量，让我给村民做做思想工作，还说“私藏文物是犯法的，不行的话我们就报警了”。

我一听，感觉大事不妙，赶紧跑到附近的几户村民家里打探消息。大家见到我都很热情，但一听说我是问那石人的事情，都三缄其口，摇摇头摆摆手，一副爱莫能助的样子。看这架势，硬来的话估计是没什么搞头，我只好从别的方面突围。

我让村里比较熟识的小伙子帮忙打听。到了下午的时候，他悄悄告诉我说，前一天县博物馆准备把石人要走的时候，村里人忽然觉得不太合适，于是专门问了问村里的“神婆”，神婆一听急了：“这可是老祖宗留下来的神器，说搬走就搬走了？老祖宗会不高兴的，不吉利。”于是几个人合伙把石人藏了起来。我问：“什么神婆？”他说：“就是小林的奶奶呀，书记！你之前见过的吧？”他这么一说，我一下子想起春节在小林家吃饭时看到的那位奇怪又慈祥的老奶奶，恍然大悟。

当时，我们到小林家吃饭，看到一位干净清爽的老奶奶进进出出。她拉着我的手絮絮叨叨地说了一大串壮话，还邀请我到小洋楼旁边的一个平房里坐下。这间小屋子里的生活设施一应俱全，还专门摆了神龛，放了大大小小的各式神仙菩萨。后来我也很快忘记了这件小事。原来她竟是村里著名的神婆啊。她的离群索居，她的神神道道，以及她那屋子里奇怪的摆设，这时候都有了合理的解释。

我又问小伙子知不知道石人到底在哪儿，他支吾了一会儿说可能是某某藏的，说完又赶紧加了一句："书记！我也是听人说的，你可千万不要告诉别人，不然以后我在寨子里就没法做人了。"我说我肯定不出卖你。说完，我即决定到那家去看看。

当时那家只有一个老头在家，一见我去挺热情的，连忙拉了个凳子让我坐下。可我一说到石人的事情，他急急忙忙地用蹩脚的普通话说："书记，我不知道啊！昨天看他们在我家说这个事情，后来就不知道石人怎么没了。"我委婉地让他帮忙找找看。他似乎听出了弦外之音，有点生气："书记，你的意思是我把石人藏起来了，是吧？"我解释说我也是想尽快息事宁人，让事态不再扩大，并没有说怀疑谁。他头摇得像拨浪鼓："书记，我是真的不知道。"我无可奈何地出来，又到隔壁邻居家打探消息。可是，他们依然守口如瓶，仿佛从来就没有这回事。我无功而返，只好跟镇里汇报了一下我所掌握的信息，他们比较熟悉当地情况，也许更有办法。梁副镇长说："路书记，交给我吧。"

晚上七八点钟的时候，梁副镇长带着派出所民警悄悄去了上蒙。他们看我有孕在身，都没有告诉我。到村里后，他们跟村民动之以情、晓之以理，“胡萝卜加大棒”地做了一个多小时思想工作，还答应大家做一点法事来消除石人的种种影响。心情复杂的村民们终于同意交还石人。原来，最危险的地方就是最安全的，村民们把石人就埋在出土地点的旁边，乍一看毫无痕迹。不过他们也提了个要求：要给点红包把石人“请”出去，不能就这么搬走。

我赞叹梁副镇长做基层工作的经验确实丰富，我磨破了嘴皮子也了解不到一点信息，他们一出马好像什么都搞清楚了，真是厉害得很。不过，要红包好像不太好吧？段馆长解释说，当地人对这种古旧的东西很看重，那个石人这几百年来为土司守墓，有灵气，不能叫“搬”，要说“请”，而且请的时候还要有点仪式感，比如包个小红包给之前收留过石人的人，还要念叨着“请”它出去的话，才能搬离村子。

我还是觉得有点匪夷所思：“这不是封建迷信吗？”段馆长笑了起来，说：“村里人是有一点迷信的想法，宁可信其有，不可信其无。原来那石人再怎么乱丢也还是在上蒙村，现在要出村子了，给个小红包意思一下，也合情合理。”第二天，县博物馆的工作人员拉走了石人，上蒙村的“石头记”圆满落幕。

经此一事，我第一次真切地感受到，平静安详的村子里有一股古老而神秘的力量在影响人们的行为判断。婚丧嫁娶、乔迁新居、重大决策都要“看日子”，从老皇历里面看到一个“宜”字就安心了。传统而古老的“信仰”扎根于历史，几千年来潜移默化的影响已经让村民们在不知不觉中习惯了这种思维方式。越是在基层，大家在神灵面前就越发谨小慎微。

有一次，我问大学生知道村里的神婆吗。他们叽叽喳喳地说，大家都知道，她在这一带很出名，来找她看的人很多，问小事就给个十块二十块的小费，问大事就水涨船高。如果想用最大的诚意获得神灵的佑助，邀请神婆作法“改一改”的话，那费用就上不封顶了。我想起自己上初中的时候，有段时间容易夜间惊厥，妈妈就带我去看过一次神婆，还喝过她给的一点灶灰水呢。二十多年过去了，农村依然有这种古老而神秘的职业存在，民间传统信仰的余威还在发挥着作用呢。

我也曾很好奇地向村民们打听这些神灵的事情，他们往往夸张地说：“有的事情，真讲不清楚!”暗暗表达出他们对这种神秘力量的敬畏。一个姑娘跟我说起了多年前发生的一件怪事：上蒙村两位老奶奶在围观一场驱邪的“法事”时忽然昏迷过去，醒来以后就胡言乱语，还用谁也听不懂的语言向别人“布道”。两家人看到自己的母亲变成了这个样子，又是后悔又是无奈，只好带着她们到神婆家里，看能不能“改一改”。但最终也只是得到类似“被神选中了”的解释。两位老妇整日情绪亢奋，动不动就引吭高歌，家人实在忍无可忍，其中一家想尽了办法禁止老母亲唱歌说话，用了很长时间才将她体内的“魔障”“降服”。但从此以后她好像变了一个人，呆呆傻傻，再没有以前的神采。另一位老妇的儿子拿她没办法，只好由着她折腾。十多年过去了，他们屯的村民们每天早上都还能听到她苍老混沌的歌声。

我也曾问村里人，知道壮族的图腾是什么吗？得到的往往是一脸茫然："图腾是什么？"我解释了半天之后，他们恍然大悟地说："哦，没听说壮族敬青蛙啊！敬那个有什么用？我们主要是敬祖先，也敬土地公。"这个回答倒让我一愣：这和书上看到的不太一样啊。广西地域辽阔，可能各地的壮族在风俗习惯上相差很大，壮汉之间的风俗也有差别。

凌云家庭环境稍微好点的村民家里，一楼的堂屋一般会建有一个神龛，清一色的是大红色木制背景板，长、宽各有一米多，镌刻一些老祖宗传下来的家风家训等，下面的木板上放置香炉和供品。壮族和汉族的神龛差别很大：壮族神龛上大多有类似家谱的字样。汉族的神龛正中都是"天地君亲师"几个大字，最右一列的前几个字写"×× 堂"。这是当地特有的一个习俗，比如张家一般是"清河堂"，王家是"太原堂"，何家是"泸江堂"，黎家是"京兆堂"，吴家是"渤海堂"，等等。如果汉族群众家的"×× 堂"是一样的，说明他们的发源地是一个地方，但一个姓也有不同的堂，那就说明他们的祖先来自不同的宗族。这种规矩在凌云沿袭了多年，起源不得而知，但现在却已是一种约定俗成的做法。越是讲究的人家，神龛也就做得越大越气派。凌云人的信仰到底是什么呢？我确实没见过他们的神龛上放过关公、菩萨、妈祖之类的偶像，只有那一片红色的背景板凝视着来来往往的人们。这是他们的精神寄托和座右铭吗？仁义礼智信、家和万事兴之类的题词，总是让我感受到儒家文化的影响之深，可是很多供奉这些家训的村民们，也许连这些字都认不全。

县城作为城乡结合的一级，普遍存在着传统和现代交锋的例子。凌云这座古朴的小城，也似乎有着很多神秘的故事。有时我晚上在泗城河边散步，会碰到举行“夜婚”的新人们。两个人手持长木杆扎成的火把走在队伍前面，新郎背着盛装的新娘走在后面。据说这是凌云壮族特有的习俗，虽然现在已经简化很多，但依然有新人遵守着这个古老的仪式。偶尔也会碰到一些人家在办丧事。街边的店铺被改成了灵堂，里外挂满了黄白两色的帷幔和挽联，披麻戴孝的儿孙围着棺材跪了一大圈，中间的空地留给四五个戴着面具的道公手舞足蹈地转圈敲锣。他们的挽歌听起来欢快而嘈杂，配上怪异而笨拙的舞姿，看起来像是民间的“傩戏”。铿锵急促的鼓钹声与北方凄凉哀婉的哀乐完全不一样，别有一种对比强烈的哀伤。凌云的“壮族七十二巫调”入选了国家级非物质文化遗产名录。我问一个当地的朋友这些道公唱的是不是巫调，朋友告诉我，巫调一般是某个受到“神启”的女巫师在僻静处为亡者而歌，通常不愿意被别人听到。所以，我在日常生活中并没有听到巫调的可能。据说，“唱巫”的只能是“女巫”，也就是“神婆”的高阶版，就好像“巫师”是指法力更高的道公一样。

但是年轻一代可能会有不同的想法。他们已经完全接受现代化的生活方式，上一代人视若珍宝的东西，下一代人可能已经不太在乎。他们越来越不信奉，也不敬畏那些古老的传统和几乎“失灵”的规则。在这个“有钱能使鬼推磨”的年代，很多年轻人觉得有钱就有了一切，不然一切都是空的，传统信仰于他们而言已无足轻重。

守护岑氏土司数百年的石人石马，几经波折，命运多舛。

古府茶香

◎千年古城透着茶文化中的安静平和。因为茶，这个历经沧桑的千年州府依然在尽力保持它的传统与纯粹。

一天，我跑到县博物馆去“探望”那个祖籍上蒙的石人。现在的它被拾掇得干干净净，放在博物馆供人参观。这个可怜的家伙终于得了圆满。

县博物馆2016年初才建成，巨大的青砖红门，墙上装饰壮族纹饰的图案，看起来古朴雄壮、气象万千。一进门，便看见两根巨大的红柱立在大厅中，上书一副对联：“**四山高耸一水中流是为泗中形胜，百粤推尊两江上郡长承天上恩波。**”这是壮族土司岑云汉的经典之作，已成为凌云历史上的点睛之笔。

凌云一直被称为“千年州府”，这与土司文化分不开。壮族岑氏土司于十四世纪时迁驻地于凌云，从此在这座山中小城安家落户。自宋代开始，泗城州的土知州便一直由岑氏土司担任，他们在凌云厚植六百余年，历任二十代土司。泗城州地处西南边陲，民风彪悍，土司们得靠武力保护其领土不受侵犯，所以尚武之风盛行。他们通过武力征讨、左右开弓，想方设法扩大势力范围，使得泗城州的范围不断扩大，成为左右江地区的最大直隶州。这种鼎盛一直持续到清朝雍正年间，清政府“改土归流”，罢免了最后一任土司，改派流官任泗城知府，岑氏土司在泗城州的统治才画上了句号。时至今日，岑氏土司的后人们还以先祖曾经的辉煌为荣。他们拿着祖传的竹制大水烟枪，时不时抽上一口，然后在吞云吐雾间向世人骄傲地讲述岑氏土司的丰功伟绩。

县博物馆一楼有一张岑氏土官的世袭表。在所有土司中，在任时间最长的是岑继禄，四十九年，最短的两任土司岑妙定和岑豹都只有一年。土司大多是袭父职，但也有个别袭夫职、袭兄职，就在这不同寻常的几个字中，不知暗藏了多少腥风血雨。比如，卢氏是泗城州唯一一任“袭夫职”的女土司，曾主政泗城四十年。据传，卢氏才智出众，曾带兵出征贵州镇压苗民。她能在当时的社会执掌一方大权，可见其精明能干。但她的女儿岑妙定却仅仅在任一年就被堂兄夺权。凌云这个群山环绕的平静小城中，曾经承载着太多叛乱、反抗和镇压，对权力的贪恋造成的骨肉相残数次上演。凭借县博物馆中一段段简短的文字，就可以想象出那些“一将功成万骨枯”的惨烈。

在这些介绍文字中，我还发现一个有趣的现象：清代乾隆年间及以前的知府任职时间大多为两到三年，十分规律；嘉庆末年至民国肇建，知府的调任就变得有些随意了，有的连任四年，最短的则一年内换了三个知府。这让我不由想到《让子弹飞》中的乱世流官，正“吃着火锅唱着歌”，心情大好呢，忽遭飞来横祸。

窥斑知豹，可见太平盛世无论是对官员还是普通百姓来说，都是莫大的利好。

以史为镜，可以知兴替。哪怕是在小小的州府之中也是如此。凌云百姓在那些年代里流离失所，朝不保夕，相比于谁做土司，他们可能更关心何时能够过上安稳日子。在诸多以骁勇善战为特点的土司中，那些在战乱间隙抽空做点社会治理、重视经济发展和百姓生活的土司，就显得尤为可贵。有两位土司就用自己独特的方式给凌云留下了非常宝贵的物质和精神遗产，至今还让凌云人津津乐道。

第十八代土司岑继禄是一位心系黎民的实干家，也是个城市规划高手。在任四十九年间，他孜孜不倦地修桥、修路、修学堂，在那个生产力低下的年代里给凌云人带来了很多实惠。他重新规划县城的河道，形成了双河绕城的格局；在老街两边砌了两条青石渠，引导泉水贯通城市南北；还在几公里的主干道铺设了石条，在河上修建了三座桥。他非常重视教育，在泗城辖区创立官办学堂，其遗址便是现在凌云泗水河边的文庙。泗城文庙在每年中考和高考前都香火旺盛，路过文庙的人习惯摸一摸铁门上的大圆钉，祈求家里小孩能够得到孔夫子的一点偏爱。

岑云汉也是其中一位百世流芳的土司。他的“武功”不得而知，文采却颇为出名。“青松白石翠竹苍岩，流水潺潺，清营绕屋，碧山如洗，绿水常澄，风月烟霞”，“两岸芙蓉烟雾，恍若天汉游也”，这优美的记叙就来自他撰写的凌云历史上最脍炙人口的名篇《游东湖记》。“东湖”就是现在的浩坤湖，也是凌云主推的自然湿地公园。浩坤湖卧于群山之中，湖面与周围连绵的石山相映，和桂林山水相比，另有一种远离尘世的辽阔之美。岑云汉经历半生征战、流浪和放逐后，逐渐厌倦了之前的生活状态，开始反思自己的一生。他退隐后以“东湖钓叟”自称，对生命和世事有了更多的感悟。在下甲钓鱼台旁的崖壁上，镌刻了很多他创作的诗词。

凌云县城四周是拔地而起的石山，清晨的时候永远云雾缭绕，宛如世外桃源。近几年，凌云变化越来越大，主城区不断向外扩展，高楼越来越多，也越来越喧闹。现代化的楼房是青瓦白墙，在高山之间错落有致，有种强烈的色彩对比之美。夜晚走在澄碧河边，可以看到老人们在河边的木质长廊中悠闲乘凉，两岸华灯初上，灯光倒映在水面上，星星点点，别有韵味。这时，你仍会感受到这个小城的古朴、静谧和清新。县里的澄碧河上有四座桥，据说岑继禄还修建过五大城门，但现在我们只能看到一座临河而建的挹翠门。挹翠门墙高丈余，厚也丈余，用青黑砖瓦砌成，门旁绿树参天，果然门如其名，秀色可掬。挹翠门原为防御流寇而建，现在已成为凌云的完美取景地之一，经常有人笑眯眯地站在门洞里拍照。挹翠门不远处就是著名的小吃一条街“水街”，生意非常红火。每天晚上，深受凌云人喜爱的夜宵摊一个个冒出来，谈笑猜拳的声音一直持续到后半夜，仙气和烟火气并存。

和凌云的悠久历史相得益彰的，还有凌云闻名遐迩的茶文化。刚来凌云时在茶叶市场的匆匆一瞥让我印象深刻。在这里生活了一年多之后我才发现，原来凌云人爱茶，几乎到了“可以食无肉，不可饮无茶”的地步。县城的家家户户都有泡工夫茶的茶具，有不少人还是品茗高手，家中珍藏了各地的茶叶，随随便便就能讲出好多品茶的道理来。农村家庭也习惯用凌云红茶待客，哪怕是品级普通的茶叶，泡出的茶汤都非常清香。凌云人还喜欢将茶叶用于烹饪，创造出诸如茶香鸡、茶香鸭、茶香骨等特色菜肴，在每年县里的“茶文化节”展出时都会引来一片叫好声。“茶乡”的名不虚传，只有亲至凌云才能体会得到。

凌云现有近百家茶企，大多由当地人创办，借助白毫茶的资源，靠山吃山，占尽地利。在广西颇负盛名的“浪伏茶业”就是政府支持多年的一个较大规模企业，它有自己的茶场，茶场里有很多树龄逾千年的古茶树，至今仍在劳苦功高地出产茶叶。凌云的平林村、百陇村等，第一大产业就是茶叶，每个村足足有好几千亩的茶园，这些村的村“两委”带领村民和茶企老板通过“企业＋合作社＋农民”的方式合作，既保证了原料的优秀品质，又让茶农有了稳定收入，还增加了村集体经济收入，皆大欢喜。凌云每个村的自然禀赋相差很大，一个村的特色产业如果和当地的主要产业一脉相承，发展总会更顺利一些，这些村是其他贫困村万分羡慕的幸运儿。

据说，凌云县有近五分之一的人从事着和茶叶有关的工作，每当看到那一丝丝清爽干净的茶叶，闻到熟悉的茶香，我总会想起那些以茶叶为生的人们。茶农绑着竹筐在茶园里穿梭，手指翻飞，轻巧地摘下茶叶丢进筐里。炒茶时节，他们用自己粗糙的大手一遍遍翻炒着绿色的茶叶。商贩坐在铺子里，面前摆着偌大的一个竹盘上，堆满了新炒的茶叶。他们轻柔地将新茶装进自家品牌的包装袋里，等候识货的客商挑选。虽然凌云地处江湖之远，但白毫茶却从来都不是庙堂之上的阳春白雪，而是寻常百姓家的春华秋实，是凌云人的“蚊子血”和“朱砂痣”，是他们生活中无法剥离的必需品。

千年古城透着茶文化中的安静平和。因为茶，这个历经沧桑的千年州府依然在尽力保持它的传统与纯粹，在新的历史时期，它也依然在用和茶有关的方式与外界发生联系。每年的采茶季牵动的都是无数凌云人的心，清明前后的采春茶更是凌云茶界的第一大盛事。

2017年开春早，茶芽萌动也早，春茶很快就要在清明时节上市了。无数人的心弦被白毫茶拨动起来，忐忑着，兴奋着，也期待着。

上蒙村文艺队

◎处理村里的各种事务时，我一直在努力寻找一个最优解，但很多时候却只能以次优解告终。

2017年春节过后，上蒙村又是一番新气象。

县林业局的何局长退居二线，换成了更年轻的蒙局长，局里的驻村工作队员也换成了东哥。镇里开会调整了各村的包村干部，把小马换成了兰姐。这次调整之后，小马可以更加专注自己的本职工作，而我这边也来了一个可以全职包村的同志，皆大欢喜。

县妇联准备在3月底举办一次广场舞大赛。我们开会讨论时，几个村干都赞成组队参加，顺便把春节晚会点燃起来的文艺激情再发扬光大。会后，玉姐跟我说自己可以组织文艺队，但就不参加训练了。我很惊讶地问为什么，她羞涩地说自己已经怀孕两个多月了。我听完一愣，第一反应不是祝福，而是惊讶和难以名状的失落。之后很快反应过来，笑着恭喜她二胎好孕。

职场里有句老话：位子决定脑子。以前我是不太信的，我觉得在日常管理中，人的智慧和理性可以克服主观因素，做出最恰当的反应。但作为第一书记兼准妈妈的我，面对玉姐怀孕这件事的反应却似乎来自两个脑袋，其差别之大自己都有点吃惊。我确实为她孕育了一个新生命而由衷高兴，但一想到她是村里的骨干，又有点发愁。上蒙年底要脱贫摘帽，我又即将休产假，现在正是特别需要人手的时候，她忽然爆出怀孕的消息，我怎能不喜忧参半呢？作为一个怀孕的女书记，我碰到手下员工怀孕的情况时，竟也不可免俗地有了这种下意识的反应。我羞愧于自己的自私，却也设身处地地体会到了作为团队领导的心态。在情势所迫的时候，人的第一反应会想保护自己的利益不受损害，这是人性使然，但如何克服这种人性的弱点，确实需要自我修养的提升，也需要制度的推动。

后来我在村“两委”开会时告诉大家玉姐怀孕了，请村干们以后对她多加照顾。她也非常善解人意，赶紧说自己依然会努力工作，尽量不给大家添麻烦。在后面的一段时间，我看她工作依然积极，甚至比怀孕之前还要卖力，心里便释然了。

经过一年的磨合，尤其是春节晚会的带动，积极参与活动的妇女越来越多了。可惜年后很多人都要去外地打工，在家的适龄妇女人数并不多，玉姐在村里一发动文艺演出的事，立刻有七八个妇女想参加，但是人数还是有点少，跳舞的时候现场表现力会不太够。于是我想了个折中的办法，先把文艺队的参赛信息报上去，然后再找人练习。

我向镇里报名的时候，负责的同志说：“路书记，你们上蒙村已经报了呀，叫百桑文艺队，你们是两个都报吗？”

我还没来得及问，负责百功、那桑片区的卢专干就主动来找我了，说他们两个屯报了一个文艺队参赛，想请村委会赞助一些钱。我不知道怎么说，觉得有点为难。前段时间搞文艺晚会的时候，这两个屯的组织筹备自成一体，和其他屯都没什么交集。他们的节目效果确实很好，但晚会还没结束，我就听到好多人到我这里抱怨说他们太骄傲。这次他们不声不响去报名，还请我们支持，这就有点不太好办了。不给钱吧，我们理应支持村民积极主动搞活动；给钱吧，搞春节晚会虽然还剩下一点捐款，但更重要的是村干和组干心里不痛快，不一定愿意支持。于是，我决定在村干和组干会议上把这个问题抛出来，看看民意如何。

不出我所料，会议现场果然炸开了锅。有几个小组长义愤填膺：“如果他们叫上蒙村文艺队，那村里绝对应该支持。如果还是百桑文艺队，那他们就自己筹钱去吧，和村里没关系。”其他人纷纷附和，意见一边倒。对于春晚节目筹备这事，村干组干对这两屯颇有微词，这次一并发泄了出来。老实巴交的传话员卢专干脸上红一阵白一阵，低着头一声不吭。我看到这个样子，心里也比较有数了。

会后，我跟卢专干说：“刚才大家的反应你也看到了，我也不好再驳了大家的意思。这本来是一件大好事，我们都很愿意支持。跟你说实话，村里的文艺队现在的人数有些少，也想请你们帮村里一个忙。村里支持了你们百功、那桑的屯级活动中心，你们能不能考虑一下支持村里，把文艺队名字改成上蒙村文艺队，让之前报名参赛的妇女也加入进来？百功和那桑在这方面肯定代表的是上蒙村的最高水平，以后能代表村里参赛，我们都为你们加油，也会尽全力支持。文艺队如果获奖的话，奖金你们队员分，村里不要这个钱。总的来说，更名只有好处没有坏处，行吗？你回去跟大家商量商量。”因为会议上反对的声音过于激烈，卢专干一直非常尴尬，听完我的话，他有点郁闷地说：“我也不知道是这样子的，之前他们就是让我问一下，也没想那么多，我回去说一下吧。”看着他远去的背影，我不由得有点难为情，我这是在抢夺他们屯的劳动成果为村里所用吗？如果不是因为想要村里的支持，凭他们的实力，是不是可以更加自由地发挥？虽然从结果上来说，“收编”这个屯级文艺队为村级所有是最好的结果，但文艺队队员内心又会是怎么想的呢？

处理村里的各种事务时，我一直在努力寻找一个最优解，但很多时候却只能以次优解告终。做第一书记一年多，很多时候我感觉自己要用一点小心思来掌控局面甚至笼络人心才行。是我变了吗？还是我更熟练地掌握了所谓“团队管理”呢？我经常在夜晚万籁俱寂时拿起我喜欢的《菜根谭》翻一翻，告诉自己要保持内心的清淡平和，不要为外界的纷扰背弃了自己的准则。但在实际生活和工作中，我又能做到多少呢？不过换个角度来想，如果我这次对两个屯的“自立门户”不闻不问，听任两屯和村里的矛盾越来越深，难道就是对的吗？同一件事情，立场不同，处理方式也完全不同。

晚上的时候，我接到卢专干的电话，说屯里同意更名为上蒙村文艺队，我这才松了一口气。没过一会儿，老承专门打电话给我，一个劲跟我道歉，说当时报名没考虑那么细，看到通知后和屯里商量了一下就报了，没想到村干组干意见那么大。电话那头的他非常有礼貌。经历了春晚合作，村里又帮他们建了自己的屯级文体活动中心，他对我的态度和之前有天壤之别，“路遥知马力，日久见人心”吧。我也向他道歉，说：“本来其实你们是可以自己报的，这个结果各有利弊，也请你理解，以后村里一定最大力度支持你们。”他有点不好意思了，直言是屯里考虑不周。两人互相谦让一番。

但无论如何，村里的第一支文艺队是顺利成立了，还把之前玉姐组织的人吸收了几个进去。不得不佩服百功和那桑屯的组织能力。在接下来的一个月里，他们自己购买了服装，印了条幅，准备了道具，几个骨干每天都组织着大人小孩一起排练。他们通常聚在屯里的文体活动中心练习。没有灯，就自己架起了简易电灯。没有音乐，就自己剪辑《小鸡小鸡》和《小苹果》进行编曲。没有现成的舞蹈可以学，老承就和屯里做老师的姑娘一起合作，自编了一套欢快的混合舞。初春的夜晚还有些冷，但百功和那桑屯级文体活动中心那里每晚都音乐劲爆，让路过的人都不由得想停下来看看。

正式比赛前两天，县政府大礼堂晚上六点以后开放，专门供参赛队伍熟悉场地和彩排。我每天晚上都去看他们的彩排。上蒙文艺队一共有三十四人，队员们白天是农民、工人、小贩、学生，晚上都变成了激情满满的舞者。他们坐着车从村里专门赶到县城来练习，穿着统一购买的简单T恤，白鞋黑裤，和旁边那些服装精美的舞蹈队比起来颇为寒酸。之前我建议给大家租一些好看的衣服，他们不太愿意，说现代舞很难租到合适的衣服，何况买的T恤和裤子以后还能穿呢，也不浪费。队里最小的演员才六岁，他努力地试着做好舞蹈动作，但事与愿违的时候更多一些，惹得大家哈哈大笑。

比赛前一天，我号召村干组干在各屯的微信群里多给文艺队吆喝，鼓励村民去现场加油。果然，比赛当天我发现村干组干来了大半，还有一些不太认识的村民也来到现场观看比赛。文艺队的大多数队员都不再年轻，四十多岁的有好几个，但是他们在台上的表演，充满了激情，看得出来非常努力。客观地说，他们的表演并不是很完美，也不算整齐，但是贵在创意独特、编排巧妙，而且是唯一一个有小朋友参赛的队伍，让人眼前一亮。参赛舞曲的音乐风格也是另辟蹊径，和其他参赛队伍或恢宏、或柔美、或悠扬的舞曲风格大不相同。我在想，台下就座的大多是机关干部，平时已经看惯了精美无瑕的歌舞，忽然有一个非常质朴、接地气的农民团体，跳着不完美但有生命力的舞蹈，他们会不会有点感动呢？在舞蹈结束时，队员们展示了一条写着“让爱天天住我家——上蒙村文艺队”的条幅。我想到文艺队一个月来的种种，不由得心中一动，眼睛有些潮湿了。

最后，上蒙村文艺队只获得了村级文艺队的第十一名，成绩算是中上，但是队员们已经心满意足了。他们兴高采烈地合了照，然后一起分享了早早预订的庆祝蛋糕。他们不但走出了上蒙，还获得了不错的名次，这是从前想也不敢想的事情。战胜了自己的恐惧和紧张走上县里的舞台，迈出了第一步，他们已经是胜利者。从一盘散沙的上蒙村到今天获得名次的文艺队，这中间有过的曲折，恐怕只有我们自己清楚。

经过几次尝试，我深感在农村开展文艺活动要比在城市中艰难得多。资金、经验、人才都极匮乏，一切都得从“星星之火”开始培养，还要小心呵护，总担心大家心中的“小火苗”在不经意间就熄灭。自从村里建好篮球场和戏台之后，我们举办了“春晚”，现在又成立了文艺队，上蒙村的文化事业正在快速发展，让我非常欣慰。

在村里工作了这么久，我的内心经常会被各种别样的情绪所填满，有完成一项工作之后的如释重负，有察民意的担忧，也有解民忧后的欢喜。有时候我会觉得自己很厉害，可以通过一件小事影响村民的思想、改变他们的生活，甚至让他们觉得“党员就是这个样子”，可很多时候我依然对很多事情无能为力。但是，在这里工作的感觉很踏实，我的每一分付出都会反映在村民的实际生活中，所以我会更加努力，也更加自省。这种踌躇满志、斗志昂扬激励我越发笃定地前行。在繁华的都市中匆匆行走的日子里，我感觉自己迷茫、渺小，有时候会看不到生命的意义。但在这个小山村里，我的精神生命历久弥新。我依然在努力地“日拱一卒”，既然进一寸有一寸的欢喜，便不再害怕什么真理无穷。

简单的T恤，白鞋黑裤，一个非常质朴、接地气的农民团体，跳着不完美但有生命力的舞蹈。

产业也要搞起来

◎村里发展产业不容易，我们一直在探索、碰壁、反思，不断地进步。

一天傍晚，我忽然接到韦支书的一通电话，他吞吞吐吐地说：“书记，我那个屯内绿化的集体经济项目，镇扶贫办不给验收，怎么办?”

2016年下半年，中蒙屯做风貌改造时有一个十几万元的绿化项目。韦支书向我主动汇报了这件事情，踌躇了半天，他不好意思地说：“这个绿化工程能不能让村里自己做?大概也就十几万，刚好是村里可以做的额度。我们成立个工程队，很容易就搞好了，还能作为村集体经济项目呢。”我对一些工程项目运作不是很关心，我的原则就是按规矩办事，尽量透明，免得横生枝节。不过，韦支书这么说，又提到可以作为村集体经济，我看到他这么积极为村里争取项目，也十分高兴。于是，我打电话给镇扶贫办的分管领导，说村支书想带人做这个项目，不知可不可以。按照广西财政厅的最新规定，五十万元以下的项目可以由村里实施，所以镇扶贫办很爽快地同意了我们的请求，叮嘱我们按规定施工就行。因为我一开始是把它当作村集体经济来看待的，所以还让韦支书找来几个屯里的代表，仔细商量要怎么实施。折腾了一段时间以后我才发现，他似乎并不想我插手太多，这才明白过来，这哪里是村集体经济，分明就是韦支书想自己承包的一个小工程啊！他没好意思跟我说是自己承包，便美化了一下他的说辞。我气自己脑子不开窍，从此再没过问这件事。

不过现在我一听不给验收，还是吃了一惊。他说他栽的树苗直径没达到合同规定的验收标准，所以镇扶贫办不愿验收。我问他为什么不按协议买树苗呢？他急了："当时比较急，我在附近根本买不到那么大的树苗，就买了比较细的先栽着。谁知道他们验收时这么严格啊！"

我叹了口气，建议他还是按照协议规则办事，把不合格的苗全部换掉。他一听就有点着急了："书记，全部换掉的话我得损失两三万，不但没钱赚，估计还得亏钱。我看扶贫办也太严格了吧，你帮我跟他们说一说。"我一听，也火了："你当初求我帮你要项目的时候，拍着胸脯保证一定会做好，结果自己偷工减料，违反了协议规定，现在反倒还怪人家扶贫办吗？自己做的事，自己要承担后果啊。"他原本是请我帮忙的，结果看到我这个态度，气呼呼地挂断了电话。

打完电话我仔细想想，似乎刚才自己的反应强烈了一点，再怎么说还是自己手下的兵，完全置之不理也有点说不过去。心情平静了一会儿，我还是硬着头皮给镇扶贫办打电话了解一下情况。镇扶贫办的工作人员倒是说得有理有据："书记，不是我们故意为难他，这是林业厅直接拨款的项目，厅里近期要来凌云抽查，所以我们赶紧验收一遍。如果抽查到上蒙，那不是撞枪口上了吗？协议上树苗的规格写得清清楚楚，可他栽的苗比合同要求的细了太多，一眼看过去太明显啦。不是我们不给书记你面子，这个真的是没法验收，至少那些太细的苗得换掉吧？"我听了一下他们的解释，确实无可指摘。左思右想，我还是打了个电话给韦支书，建议他换掉那些不达标的小树苗。隔着电话我都能感受得到他的失望。后来，我听说他还多方找关系，但终无果，只能按规定更换了不合格的树苗。

日常的工作总是会遇到这样那样奇奇怪怪的事情，我的心情也总是有起有落。村里发展产业不容易，我们一直在探索、碰壁、反思，不断地进步。

山上几个汉族屯年前申请的红心蜜柚苗这几天也到了。上一年中青班"三同"的学员里有一位是环江的领导。他一看到上蒙的自然环境，就真诚地建议我们可以试种环江的特色产业之一——红心蜜柚。一起座谈的几个汉族村干、组干留了心，一直跟我念叨"听说这个红心柚好卖得很"，他们的山地可以试种一下。过了一段时间，赵主任跟我说："书记，我想带着几个村民去环江考察一下红心蜜柚的种植，可以吗？"我一听他们这么积极，赶紧向镇里申请经费帮忙租车。我那时已经怀孕了，为了保证安全，梁副镇长带着他们一行六七人去了环江学习考察。回来后，他们个个兴奋得摩拳擦掌，一个劲儿地跟我说红心蜜柚"可以搞”，央求我向县农业局申请种苗。

我听说红心蜜柚最好连片种植，便问他们想种多少亩。天恩试探着说：“大概一百八十亩吧。”这下轮到我惊掉了下巴：“一百八十亩？”他赶紧说：“不够的话，我们还可以再发动的，现在才十几家愿意入伙，发动一下就更多了。”“不不不，我的意思是，你们怎么一下子能流转出来这么多土地呢？”他很惊讶地说：“这也不算多呀，以前我老弟带大家种中药材牛大力的时候，有三四百亩呢。”这下子轮到我赞叹了。平时村里想租群众一分一厘的地，他们都严防死守，生怕被村集体坑了，可是现在遇到他们自己想做的项目，可以飞快地凑出一两百亩地来。虽然山地远没有水田值钱，但也可以看得出村民在这两件事上的不同态度了。

赵主任说还有两三家想种几亩红心猕猴桃，地也都准备好了。看着他们这么积极，我反而有点担心起来：他们期望值这么高，又投入了很多土地和人力，试种不成功怎么办？这几年可就白干了。

我开诚布公地告诉了他们我的担心，并且一再跟他们确认：“你们一下子种一百多亩是蛮好的，但是也要考虑下风险。”这时几个村民连忙解释说，这是他们自愿种的，也是亲自考察过的，“如果亏了，我们也认了，不怪政府！”心直口快的白组长一股脑说了很多话来安慰我。我说：“怪不怪政府倒在其次，就怕是在上蒙第一次种，不知效果怎么样，怕你们受损失。”我会这么想，是因为自己家以前吃过类似的亏。小时候，我家曾经被当地政府忽悠着种树苗，说是有公司包收购，结果最后公司跑路了，树苗都拔起来当柴火烧了。从那以后，我家人再也不相信政府推荐的项目。时隔多年之后我才恍然发现，原来这就是“塔西佗陷阱”的现实版啊。

这次种红心蜜柚是他们自愿学习的项目，倒不存在这个问题，但是，即使他们不怪政府的引导，即使他们是自愿的，可是在这期间他们付出的劳动呢？万一是颗粒无收的局面，怎么能够慰藉他们满怀希望的心情？仔细想想农民为此付出的辛苦，我真是有些于心不忍。再加上红心蜜柚是首次在上蒙种植，并无前车之鉴，保守一些总归没有坏处。不过，既然他们个个信心满满地要种，那我只能全力以赴地支持。

在种下树苗之后的几周，恰逢广西农科院的技术专家来凌云调研，我请他们到现场跟几个种植户讲授红心蜜柚的管护经验，村民们从山上大老远地跑下来认认真真地听课。红心蜜柚需要四年才能挂果，我那时候应已离开上蒙村许久，蜜柚挂满枝头的景象，我以后会不会看到呢？

随着预产期越来越近，我越发焦虑了。村里的事情还有很多没解决，我没法安心休假。小家伙经常在肚子里面翻江倒海，拳打脚踢，有时候会让我感觉不适，走着走着就要停下来。

从2017年春节开始，部里人事处的于处长就张罗着想办法让我的工作平稳过渡。我的心也是一直悬着，年底上蒙村要脱贫摘帽，而我一下子休近半年的产假，村里的工作能搞得定吗？可是，生孩子这种事，确实也属于“不可抗力”的一种，干着急也没有用。后来，当我听到人事处派平林的陆书记接替上蒙的工作时，一下子如释重负。

上蒙、平林两个村同在泗城镇，平时在镇里、县里开会培训时，我与陆书记抬头不见低头见。第一书记们在一起久了，大家总会慢慢忘记我是女同志，称兄道弟也是常事。陆书记做事干练，性格又豪爽，简直是“基层之友”，村里的农民和县乡的干部都十分喜欢他。每次在正式场合发言，他也都周到得体。所以，他能来接替我做几个月的上蒙第一书记，真是再好不过了。

我带他到村里转了一圈，介绍他给村干组干认识。我说：“现在单位派了我的优秀同事来帮助上蒙村，大家以后一定要支持配合好陆书记哦。”赵主任笑着说：“以前培训时就听平林的支书讲过他们第一书记很好，今天一见确实是好。”他平时不太擅长搞气氛，这一席话说得有板有眼，很对路数嘛。陆书记爽朗地笑了起来：“我是来上蒙村学习的，以后找你们多喝酒！”我在县里已很久不喝酒，饭局和应酬也是很少参加，村干们已经习以为常。这下，他们终于遇到了能喝点小酒的第一书记，开心极了。

交接完各种工作，又到村里开了一次群众大会后，我的预产期还有三周，便回南宁待产。

欢迎你，小宝贝

◎我扭过头看着这个哇哇大哭的肉团，曾经想象中的感动、美妙、母性光辉都被彻头彻尾的惊奇所占据：天哪，这个东西怎么这么丑？哪里漂亮了？

漫长的孕期和紧张的工作，让我筋疲力尽。一想到九个月的长征快要到达终点，我的心里长长地舒了一口气。

回到南宁后，我就近找了一家医院急急忙忙地补建孕期档案。因为怀孕期间一直在县里，很多该做的检查都没做，现在颇有点亡羊补牢的意思。我的粗线条孕期生活让医生大为吃惊：“你真是经得起折腾，搁别人身上，这孩子早没了。”随着生产日期一天天临近，我跑医院的次数也越来越勤，做B超，监测胎心，吸氧，几乎没有一天消停过。在职场上工作风格大开大合的我，无所畏惧的我，一想到自己真会有生孩子的一天，已经吓得偷偷掉了好几次眼泪，再次感觉女人真是命运多舛。

预产期快到了，我一连三天都疼得无法入睡。一阵阵不规律的阵痛袭来，让自诩很坚强的我完全无法忍受。可是妈妈说，这还只是个开始，真正痛的时候还没到呢。我弓着腰在床上缩了一天又一天，希望疼痛能够减轻一点。之前在网上、书上学到的无数条经验都没有什么用。周五晚上，王懿从凌云赶回了南宁。那晚，我又是一夜没合眼。凌晨的时候，我在昏昏沉沉中感觉阵痛逐渐规律起来，便赶紧去了医院。

从周六早上六点多到医院，一直到周日凌晨被送进产房，这十几个小时是我人生中最痛苦的时刻。我蓬头垢面地待在医院的待产室里，被连绵不绝的剧痛折磨得涕泪横流。身边有几个孕妇一直在号哭，我也在掉眼泪，但是哭不出声来，心里想着：只要是苦难，总会过去的吧。看着我痛苦的样子，妈妈也掉了泪。她生了我们姐弟三人，很能体谅个中艰辛。王懿一直在焦躁不安地走来走去，拍拍我的背，摸摸我的肚子，试图安慰我平静一些。在几乎整整一天里，我粒米未进，疼痛已经剥夺了我的味觉，连朋友送的鸡汤和粥也完全吃不下去。我哭着求医生给我剖宫产，她不耐烦地说："剖什么剖，忍忍就过去了。现在的孕妇怎么个个都想剖，真娇气！自己生不好吗？"她可能已经对鬼哭狼嚎的孕妇见怪不怪。在那一刻，我精神崩溃了，号啕大哭。我那一刻看起来像个绝望的傻子一样，脑海里想起"原罪"二字。巅峰的疼痛换来孩子的降生，这难道就是女人的"原罪"吗？我以为自己可以做个体面而克制的孕妇，但剧痛已经完全扭曲了我的身体，撕裂了我自以为镇定自若的灵魂。

凌晨四点多，当医生大喊着"可以了，快送产房!"的时候，我已经筋疲力尽，身体疼到麻木了，意识也开始模糊，几次困得要睡过去。医生大声喊着："别睡，别睡！加油!"我再次睁开双眼，喝了两罐红牛。不知道过了多久，医生喊了一声“出来了！”熟练地抓着一个青紫色的肉团扔在旁边的盘子上，说：“哟，长得挺漂亮啊，双眼皮很明显。”我扭过头看着这个哇哇大哭的肉团，曾经想象中的感动、美妙、母性光辉都被彻头彻尾的惊奇所占据：天哪，这个东西怎么这么丑？哪里漂亮了？接着，我仿佛跑完了一个竭尽全力的马拉松，如释重负，很快沉沉睡了过去。

孩子降生后的时光是忙碌而美好的。初为人父人母，我和王懿都有点手忙脚乱，但是那种新鲜、喜悦和幸福的感觉，依然占满了心灵。新晋奶爸王懿已经高兴得忘乎所以。他总是工作太忙，神龙见首不见尾，对孩子的照顾参与得不多，但是他对孩子的各种赞美手到擒来：“你看，她长得多漂亮！眼睛真好看！你看，她多灵，哎呀！”“她怎么会这么可爱！她冲我笑了，哈哈！”每天，我看着他眉开眼笑地抱着孩子晃来晃去，终于明白了“爹的心头肉”可不是白说的。就是眼前这个黑不溜秋的小生命，从此夺走了他的芳心。虽然她刚出生的时候丑得让我担忧，又红又黑，脸上还有明显的黄疸，但在一个月之后竟然有了变化，皮肤越来越粉嫩，大大的眼睛忽闪忽闪，经常哇哇大哭，隐约有了一点小美女的样子。当她眨巴着大眼睛看着我的时候，那种甜蜜和满足的感觉真是难以言喻。

自从孩子出生后，我每一天都又累又困，睡眠严重不足。曾经认为自己可以做一个“超人妈妈”的想法早已烟消云散。就像网友们所说，孩子的出生哪里是鸣金收兵的标志，根本就是发起冲锋的号角。为了坚持母乳喂养，我几乎每天都在毫无顾忌地大吃大喝，体重很快就超越了生产前，整个人臃肿不堪。因为晚上频繁夜起，黑眼圈也经久不散。脑袋上硕果仅存的一点头发扛住了我多年的求学和加班生涯，没想到在我荣升母亲后和我缘尽今生，纷纷不辞而别。曾经非常重视形象的我，已经崩溃到不愿意照镜子。镜子里面这个肥胖、憔悴、落魄的大妈到底是谁？以前我看到那些身材臃肿的新手妈妈时总是在想：为什么她们不注意身材管理，听任自己成了这个样子？但轮到自己时才明白，非不愿也，实不能也。曾经，我对自己是有掌控感的，是矫健而自信的，甚至在怀孕前，我经常会跑十几公里，是备战半马的那个运动健将，但是现在，我感觉自己整个人生都在走向失控。也许是因为产后激素的原因，我变得悲观而失落。在无数个夜里，我爬起来给孩子喂奶时，会默默地感伤这种日子何时是个头，真是太煎熬了。

在南宁坐月子的时候，很多朋友过来看望我和孩子。但让我意想不到的是，赵主任也说要带着几个村民来南宁看我。我一听赶紧阻止："我过段时间就要回凌云，你们别折腾过来了。"他们过来一趟多不容易啊！赵主任支支吾吾地同意了，说他们再商量下。我知道，按他的性格，肯定是要来的了。

不出所料，赵主任在一个大清早就给我发来短信，说他们五六个人已经从村里出发了，大概下午一点钟到南宁。那个早上，我一直揪着心，想象着他们挤在他那辆小小的面包车里，在曲折的二级路上摇来晃去的情景。中午，他带着五六个村民风尘仆仆地进屋时，整个阵仗吓了我一大跳。几只鸡鸭在笼子里乱叫，两壶金亮亮的山茶油，半袋大米，几套小孩的衣服，还有很多脆嫩欲滴的黄瓜、豆角、西红柿和各种绿叶菜。我虽然有心理准备，但还是被他们的良苦用心打动了。赵主任坐在沙发上似乎浑身不自在，不好意思地说："都是村里的土货，没啥好东西，书记你不要嫌弃。"看着他们朴实的笑脸和这一大堆东西，我心里感动得不知道说什么好。

出了月子后，我们便从南宁搬回了凌云。荣书记不但批准王懿实打实地休了二十五天陪产假，还在我们回到凌云后特地带着县领导到家里来看望。我俩作为外来干部，在凌云得到这样的关怀，心里暖洋洋的。

我在凌云又看到了久违的湛蓝色天空和宽敞的街道，顿时感觉呼吸都顺畅了许多。凌云和著名的"长寿之乡"巴马离得并不远，地形、气候也相差不大，住起来舒服得很。此时正值凌云的初夏，天气已经开始热起来，但白天在室内并不需要开空调，到了傍晚，外面还有一些凉飕飕的风，真是个天然的避暑山庄。

也只有在这段闲暇时光里，我才惊奇地发现县城的日常生活居然可以如此惬意。每天黄昏时分，我会带着孩子到县文化广场晃一圈。这个粉嫩的宝宝现在就躺在推车里呢。她喜欢把一只脚翘在推车扶手上，淡定地扭头四处看，可爱又不羁，太神奇了。这段时间，曾经让我神经高度紧张的工作已经暂时退隐了，日复一日地婴儿护理让我逐渐褪去"路书记"的身份，只是一个慈爱的、全心全意的新手妈妈。除了孩子之外，我对其他人、其他事的责任感降到了史上最低，这让我彻头彻尾地放松下来。这么多年来，我从未有过如此漫长的假期，从未有过如此放松的、心无旁骛的心情。这种状态，终于可以容许我悉心感受一下这烟火气的人生。

曾几何时，我和王懿像两条在激流中前行的鱼儿，除了远方的彼岸，似乎无暇顾及日常生活中那一个个美妙的瞬间。在过去的很多个夜晚，我们依然保持着在学校时的学习习惯，虽然都在书房，但每人对着一台电脑一本书，偶尔交流一下，这就是我们“共剪西窗烛”的日子。来到县里之后，巨大的工作压力，迫在眉睫的脱贫核验，都让我经常焦虑到失眠，更无心情去体验生活的美妙。所以，在休产假的这段日子里，我虽然身体疲惫且睡眠不足，但依然得到了深深的喘息。

孩子降生后的时光是忙碌而美好的。初为人父人母，我和王懿都有点手忙脚乱，但是那种新鲜、喜悦和幸福的感觉，依然占满了心灵。
孩子戴的是凌云本地特色的手工刺绣“金鱼帽”。

难忘的顺风车

◎国家的这一系列稳定性政策，能够对农村中最需要帮助的弱势群体进行长效化救助，解决了这些群体的生存问题，让他们有尊严地活着。

国庆节过后，我产假结束重返工作岗位。

在我休产假期间，村“两委”在陆书记的主持下经历了五年一次的换届。上蒙村是没有太多经济利益牵扯的贫困村，换届过程不出所料地平稳安定、波澜不惊，没有宗族势力，没有村霸贿选，没有帮派斗争，没有暗箱操作，换届就在一次次投票和会议中圆满完成了。选出来的村“两委”成员变动很大：原来的赵主任变成了赵支书，原来的扶贫专干少杰当选村委会主任，原来的韦支书则做了村委会副主任。在我的力推下，村“两委”还吸收了妇女小妮当扶贫专干，其他人的职务都没有什么变化。新的村“两委”执行力和工作态度都好了很多，赵支书为人公道正派，大家都很配合他。村“两委”队伍其乐融融，皆大欢喜。

我很快进入了工作状态。开会的时候，村干说他们想在重阳节时在村里举办一次敬老爱老的活动，面向的是八十岁以上的高龄老人、五保户和重度残疾人，征询我的意见。村里2016年中秋节的时候举办过一次“中秋话亲情，温暖留守心”的活动，效果很不错，村里的留守老人们在村干跟前念叨了很久。这次，我看到村干们这么主动地谋划，很高兴地答应下来。

村干统计了一下，全村符合条件的老人总共是三十六位，至少需要六千元才能把活动办得体面些，可是，这笔钱又从哪儿来呢？上蒙村这两年到处“化缘”，能拉的赞助都拉了，现在再去找钱有点不知从何下手。这时，赵支书自告奋勇地要去找驻扎在村里的高速公路公司工程队，说这是村里第一次向他们申请赞助，肯定没问题。结果他如愿拿到了四千元赞助费。剩下的两千元没有找到赞助，我便从镇里申请了两千元办公经费来填补。这样一来，活动经费就勉强够了。

重阳节一大早，我开车带着包村干部兰姐、东哥和镇里的小陈姑娘到上蒙村部布置会场，村干组干也都早早过来帮忙做饭、装礼品。礼品是赵支书带着天恩去县城采购的，主要是葡萄等一些口感偏软烂的水果，还有帽子和毛巾，再给每位老人封一个一百元的红包。我感觉这点东西稍显寒酸了些，但村干说这样的礼物对老人们来说已经“很可以了”。舞台背景是小陈姑娘用气球设计的两朵菊花和“九九”二字，远看花团锦簇，近看真情实意，很好地突出了重阳节的氛围。他们和主动来帮忙的村民一块给气球打气，说说笑笑，花了两个小时才把舞台布置好。

那一天，万里无云，平时很少露面的高龄老人和重度残疾人都由家人送过来参加活动。老人们坐在球场的小凳子上兴奋地聊着天，因为年事已高或者病痛使然，他们平时几乎没有什么机会聚在一起。我向几个老奶奶道歉，请他们原谅我们这次的聚会准备得有点仓促，而且经费有限。她们拉住我的手说："书记，我现在每个月能拿到100块养老金，国家能给我报销医药费，村里还能记得我这个老家伙，给我过节，这样的日子，我知足了！"说着说着，几位老奶奶竟然抹起了眼泪。我有点不太好意思，毕竟我们只是做了这么一点点事。

这时，赵支书到我身边悄悄地问："书记，有两个老人才七十九，听说今天搞活动就自己过来了。给不给他们发礼品呢？"我听了，说："给吧。"赵支书点点头，留下我陷入了一种莫名的伤感。

重阳节活动结束后，我又忙了一点别的事，回程时已是深夜。我搭着兰姐，在曲折的山路上不紧不慢地开着车。刚一转弯，就看到前面有人挥手示意停车。我摇下车窗，一个老者凑过来，用浓重的本地话问能不能搭个顺风车去县医院。我就着灯光一看，认出他是村里的五保户老左，便招呼他上车。他坐进车来一看是我，也笑了。

老左六十来岁，身材高大，体态微驼，笑起来很憨厚。以前村里搞活动时他经常热心地过来帮忙，从早忙到晚都毫无怨言，给我留下了挺深的印象。今天的活动，他也过来帮忙了。我问他："你这么晚去医院，是要看望病人吗？"他说："不是，是我自己去住院。"我很惊讶，现在天都黑了，住院不应该是白天去吗，现在还能办理吗？他有点不好意思地解释道，因为自己得了很严重的胃病，已经在医院住了三天，依然没什么好转，可能还得住几天。我问:“你既然住院了，干吗还回村里来呢?”他说:“书记，我得收茶果啊！我这几天都是白天回来收茶果，晚上再去医院吊针，两边都不耽误。”说完还有点小小的自豪。这下轮到我震惊了，问:“那你白天干活时胃不疼啊?”他说:“哪能不疼啊，都疼得受不了了，感觉每天打针也没多少效果。没办法，茶果不收也不行啊，一年就靠这个得点钱。”

这一路他都蜷缩着身子坐在后排，无精打采，也不太说话。我的心里真不是滋味，一个独居的花甲老人，白天打茶果，晚上住院，竟然还觉得自己想了一个好办法。这种日子该有多不容易啊。

很多人不太理解这种农民看病的怪现象，会认为既然已经病得很重了怎么还能下地干活，是不是想蹭一下国家的医保住几天院呢？说实话，如果在做第一书记前有人跟我讲这个故事，我可能也会不能免俗地这么想，因为这种猜测实在是太符合常人对农民的想象了。但是，在深入了解了农民的生活状态后我才明白，这根本就是不可能的事。

以前农民嫌看病贵，一踏进医院就要几百上千元，所以无论如何也不愿意进医院。大家可能都听说过很多上一辈的农民为了省点医药费，硬是把小病拖成不治之症的悲惨故事。后来，随着新农合，也就是农村医保政策的普及，尤其是近几年报销比例的不断提高，农民终于愿意去医院看病了。说到这里，不得不称赞新农合的覆盖面之广、救助幅度之大，毕竟，以现在的物价，每人每年只需交一百多元钱，就能享受大部分的住院费用报销，毫不夸张地说，这是世界上任何一个商业保险都无法做到的事情，这是给农民的重大福利。但即便如此，一些农民还是不太愿意去医院看病，因为他们自己还得承担一部分费用。又要花钱，又耽误做工，住院看病对那些经济条件一般的农民来说还是太奢侈。他们是实在病得受不了才肯去趟医院，更别说这位搭顺风车的低保户大叔了。

上蒙的油茶每年集中在重阳前后这段时间收集晾晒，错过了时间就收不到什么好品质的茶果，卖不到好价钱。如果不是真的挨不过去，村民绝不会在这个黄金时段去住院的，所以也难怪老左会想出这么一个折中的法子，看似完美兼顾了看病和干活，但带病干农活到底有多痛苦，只有他自己知道了。

这一天发生的事情让我思绪万千,一路都在沉思。车子很快开到了县医院，老左临下车时说："书记，这是车费。"说着从后座递过来一张五元钱的票子。兰姐挡了回去，笑骂道："拿回去，拿回去，书记哪里会要你的车费！"他也没有坚持，张着漏风的嘴巴嘿嘿一笑，说："那感谢书记了。"然后便佝偻着背，一只手捂着胃向医院挪去。我于心不忍，从钱包里拿了两百元钱追上去给他，让他买点营养品。他推辞了一会儿便收下了。我对兰姐说："兰姐，世上的可怜人真的太多了，多亏他还有低保和新农合，不然可怎么生活呀。"她叹了口气，点点头。

老去的农民，似乎更容易被生活中的风雨所包围。住在村部对面的老全那几个月已经瘦得皮包骨头了。他是玉姐的堂叔，原来当过上蒙的支书，后来在广东打工多年，2015年才从广东回来，把毕生积蓄都投入建房，可是没想到，他在2016年查出了食管癌。之后他定期去市里的医院化疗，过了这么久，我听玉姐说他的病情又恶化了，据说连遗书都写好了。

我曾让玉姐陪着我到他家里看看，那天只有他形容枯槁的老妻躺在床上。如果不是她睁着眼睛，我几乎感受不到这干瘪苍老的躯体里有一丝生命气息。玉姐悲伤地说："叔叔还在住院，医生已经下了病危通知，怕是没得救了。婶婶也是半瘫痪状态，儿女轮流过来照看，这个家的坏事都凑到一起了。"这一条生命啊，轻飘飘得跟枯草一样。老全之前没买过商业保险，得病后就到处举债治病，结果现在眼看要人财两空。他穷一生精力修建起来的新房子，也要空荡荡的了。我之前看着他实在可怜，便帮他申请了一个"水滴筹"的捐款，标题叫"请帮帮这位身患癌症的贫困老支书和他的瘫痪妻子"，转发到我的朋友圈和一些微信群。一位北大师兄直接捐了一万元让我转交给老全。最后他筹到了四万多元善款，几乎可以覆盖自己支付的医疗费用。

上蒙村建档立卡的七十八户贫困户中，有十九户是因病致贫，占所有贫困户的24.4%；其次是因学致贫，占比大致相同。这两项加在一起就占全村贫困户致贫原因的一半以上。也就是说，一个普通的农村家庭，只要有人得了重病或者考上大学，就很容易致贫或返贫。但因学致贫的家庭一般会在孩子大学毕业后逐渐好转，而因病致贫的家庭则鲜有能在短期内走出泥潭的，所以农民最怕的就是生病。

农村现在有了新农合，报销力度已经相当大。非贫困户的住院费用可以报销50%到90%不等，贫困户则可以达到90%以上。国家规定贫困户的自费部分如果超过10万元的话，还可申请国家的大病救助，这么看来，老全家自己负担的钱并不太多。可惜的是，农民普遍没有购买商业保险的习惯，一旦得了重病，只能倾全家之力并通过借款来补足医药费，这对人均纯收入不过几千元的农村家庭来说，不啻为一项沉重的负担。因此，近几年来我们一直在引导农民购买一些商业保险，提高整个家庭应对疾病和意外的抵抗力。

在脱贫攻坚的过程中，我深感除了基础设施之外，最让农民满意的是国家类似新农合以及一系列针对残疾人、五保户、重病患者和贫困学生的稳定性政策，能够对农村中最需要帮助的弱势群体进行长效化救助，解决了这些群体的生存问题，让他们有尊严地活着。也只有国家财政为这些弱势群体“兜了底”，其他群体才能更好地发展。

重阳节的敬老爱老活动上，我和老人们在一起。明媚的阳光洒落在身上，为他们老迈孤独的身躯涂上了一层暖色。

呼唤你，我的阿拉伯兄弟

◎如果你还奔波在路上，祝福你平安、顺利。愿你的真主会赐予你一个像中国一样温暖的国度，愿你的真主也会保佑你这样平凡的好人。

一天，我忽然收到朋友乔哥的一条微信：“这些天，我和老穆又失去联系了，他可能情况不太好。”我猛地一惊，从座位上弹了起来，赶紧问他：“老穆哥又怎么了？他是不是还活着？”他发来一个无奈的表情，说：“不知道，听天由命吧。”看着他的回复，我的心情难以言说。

当我每天忙着入户、填表、开会的时候，我已想不起自己曾经学的是外语。我曾经学习七年的阿拉伯语，但参加工作后先是成了组工干部，后来又做了第一书记，从事着和外语完全不沾边的工作。现在，只有整理书柜看到封存已久的阿拉伯语书籍、在电视上看到阿拉伯世界的新闻时，我才会想起自己竟然在大学和研究生阶段学了那么久的阿拉伯语，与这片神奇的土地有过如此之深的渊源，甚至还在内战前的叙利亚待了近一年。是的，就是如今战火纷飞、生灵涂炭的叙利亚。

2009年10月，我作为政府交换生来到叙利亚大马士革大学。那时的叙利亚虽然经济发展比较落后，贫富差距也比较大，但国内还是一派祥和，人民安居乐业，丝毫看不出半点战争的苗头。大学的课业不是很紧张，我做过翻译、陪同等兼职，也因此认识了很多热情好客的阿拉伯朋友。其中，和我交往最多、关系最好的，是一个叫穆罕默德的商人。

穆罕默德是个一米九的大块头，肤色白皙，有着漂亮的蓝灰色大眼睛，五官端正帅气，看起来更像是欧洲的白种人。我遇到他时，他俨然一副商务精英的气质，衣着精致，彬彬有礼，讲一口语法正确、发音完美的阿拉伯语，英语虽不算标准，但表意清楚，我完全看不出来他其实并没受过高等教育。

我当时是他的汉语老师，雄心勃勃地想让中国文化走向世界，着实为他的汉语学习殚精竭虑了好几个月。但事实证明，汉语的博大精深真的会让外国人望而生畏！我这个蹩脚的老师跟着他蹭了不少次饭，结果，他还是在信誓旦旦中放弃了对汉语的学习。

学业虽然中断了，但我们的友谊却一直延续下来。他欣赏我的真诚和善良，也感谢我虽然拙劣但极其认真的指导，所以一直把我当妹妹看待，给予我这个穷学生各种力所能及的帮助。每当我感叹生活艰难时，他便告诉我他自己的故事。

很多年前，和其他无数叫穆罕默德的叙利亚青年一样，他还是个一贫如洗的年轻小伙。生活的重担已经磨去了他这个年纪应有的活力，只留下些许稳重。他吃得了苦、狠得下心，平时对吃穿都不讲究，一心想着养家糊口。他经常用大饼蘸鹰嘴豆酱对付一顿晚餐，还为了省一里拉的车费而扛着五十斤货物走三四公里，也会在深夜回家时忍不住买一个Made in China的玩具，给刚出生不久的可爱女儿。

他聪明又勤奋，务实又讲义气，运气也足够好，靠着“第一个吃螃蟹”的勇气，赶上了中国对外贸易的黄金时期，很快就成为同行中的佼佼者。他在大马士革中心商业区成立了以女儿名字命名的纺织公司和制衣厂，雇了十来号人，潇潇洒洒当起老板。美丽贤惠的妻子把家里打理得井井有条，又接连生了两个非常可爱的女儿。穆罕默德打拼了十几年，终于成功实现了底层人民的逆袭，成为叙利亚普通人活生生的励志榜样。

他邀请我到他家做客，介绍他美丽的妻子和女儿给我认识。凑巧的是，他的妻子有着和我一样的阿拉伯语名字——Manal，这更增加了我们之间的友爱之情。他带着家人和我一起去大马士革的高档餐馆用餐，到周边著名的景点游玩，还经常把工厂生产的衣服送给我和同学。我当时虽然囊中羞涩，但义气非凡，也会买一些礼物送给他和他的家人，为他在中国的生意尽力所能及之事。

所以当有人在讨论人类的地域性特征时，我颇不以为然。我觉得人性都是相似的，善恶相辅相成，在交往时“种瓜得瓜、种豆得豆”可能更具有普世价值。“以直报怨，以德报德”就是了。我和穆罕默德一家的真诚交往，是我在叙利亚一年中最温馨的回忆。在我2010年6月回国后，我们还在网上联系，甚至他来北京参展时还会专程来看我，把他妻子精心挑选的红珊瑚项链送给我。我看着重情重义的穆罕默德一家，以为这段跨国友谊可以持续一生。

但是，世事难料。2011年初，叙利亚的战火点燃了，之后便愈演愈烈，每天都有让人头皮发麻的坏消息传来，我也越来越担心他们一家的安全。刚开始，我和他还可以发邮件、打电话，但过了两个月左右，我们就失去了联系。我打国际长途时，发现他的号码已经停机，发邮件过去也石沉大海。

一晃两年过去了。叙利亚已被内战搞得千疮百孔，我也从北京来到南宁定居，与之前所有的叙利亚朋友都失去了联系。一次偶然的机会，我终于通过一个共同的朋友乔哥联系到了穆罕默德。我打电话过去的时候，他激动得几乎哭起来，说没有想到还能听到我的声音。

原来，叙利亚内战一开始，嗅觉灵敏的他就感觉情况不妙，很快带着一家人辗转逃到了埃及。我从朋友口中得知，他从战事纷乱中仓皇出逃时，能带走的积蓄不到原来的十分之一。在埃及安顿下来后，为了不至于坐吃山空，他又重操旧业做起了纺织品生意——只不过这次的生意规模已今非昔比。我看到了一个小小的袜子店照片，他坐在柜台前，憔悴沧桑，脸上毫无笑意。

但即便如此，穆罕默德也从未放弃过。他一直对我说，他深信真主会保佑他们，会带给他这样勤劳和善良的人更多福祉。所以，他一边开店支撑家人的生计，一边尝试再次开制衣厂跟中国做贸易。义乌的中国朋友算是讲情义，给他很多帮助。他又凭着丰富的经验和灵活的头脑，慢慢把生意做大了。两年的风调雨顺，他的生活似乎逐渐步入正轨。他说，虽然远远没有当年在叙利亚时候的生活富裕，但至少全家温饱、阖家团聚，比惨死在ISIS手中的叙利亚老乡好过千倍，他也知足了。

这时候叙利亚的新闻已经越来越凄惨，突破了各种道德和人性的底线，让人不忍直视。既然故国难回，我也希望他就这样，在他乡永远平凡而安稳。

然而，几年后，埃及局势也陷入动荡，当地人的排外情绪一触即发。穆罕默德逐渐好转的生意又一次受到了毁灭性的打击。他的货物积压，坏账连连，清算之下竟发现已亏损大半！震惊之余，他也感觉到，作为叙利亚难民，他们在埃及已经不受欢迎了。各种明里暗里的不友好让他胆战心惊，夜不成眠。这样提心吊胆的日子过久了，他也怕了。于是，他很快变卖家当，把钱全部换成美元，开始为家人考虑下一条出路。

直到我从乔哥处得知，穆罕默德准备经土耳其偷渡进入荷兰，等自己取得合法身份后再接家人去荷兰。末了，乔哥还补了一句：也许，他已经在土耳其了。

我当时的震惊难以言喻。叙利亚小男孩在偷渡时惨死海滩的照片，触动了很多人的心弦，但我最亲近的叙利亚朋友穆罕默德啊，你竟也将踏上这条不归路吗？以前穆罕默德曾对我说："我的孩子不能就这样度过一生。他们值得更好的、更有尊严的生活。如果你有孩子，你也愿意为他做任何事情。"原来在这之前，他就已经下定决心。

可是现在乔哥又告诉我联系不上穆罕默德了。这又意味着什么？！我不敢往坏处想，只能在心里默默为他祝福。

穆罕默德的故事到这里戛然而止。这是平凡的穆罕默德的前半生，如浮萍一般的他后半生如何发展，也许只有真主知道。

叙利亚有无数个穆罕默德，他贫穷，他富有，他落魄，他发达，他无计可施，他奋死一搏。他曾是大马士革的富商，是大学里的莘莘学子，是正襟危坐的海关官员，是宿舍楼打扫卫生的清洁工，是隔壁卖肉卷饼的沧桑小贩，是在街边小巷乞讨的残疾老人。但现在，他只是难民统计中的一个冷冰冰的数字。他的故事，已经没有听众；他的所有悲喜，都已经无从得知。

可是，我还是记得穆罕默德一家，也记得给过我那么多欢乐的叙利亚朋友们。

叙利亚文化底蕴深厚，几千年来一直是两河流域熠熠发光的明珠。当地人的身材长相都更偏向欧洲人，但又不失阿拉伯人的五官分明、气质淳朴。我留学时，叙利亚国内军政合一，等级森严，铺天盖地的领袖崇拜让人窒息，巨大的贫富差距也随处可见，整体经济发展水平落后中国很多年。但是，物质条件的匮乏和政治环境的压抑都没能阻挡叙利亚人对生活的热爱，他们依然精致有趣，为人淳朴，性格也非常真诚，交往起来非常舒服。

可现在，战争这只怪兽吞噬了这一切。它摧毁的不仅仅是人们的家园，更是普通人生活中来之不易的安全感。如同小说《追风筝的人》中主人公阿米尔的经历一样，“皮之不存，毛将焉附”，当国家动荡时，所有的个人生活都将无足轻重，他们的生死只是在利益链条上滑过的一滴鲜血，甚至连痕迹都不会留下。

远在万里之外，我依然过着自己平静的小日子。想想我在村子里遇到的那些小困难小失败，跟穆罕默德的遭遇相比，轻飘飘到根本不值一提。这时候我才真正体会到“国富民强”是多么重要，体会到“世界和平”的愿望是多么迫切。我生活在一个富足而强大的国家，有着平静安稳的生活环境，所以我有足够的安全感作为自己前进的底气。

可穆罕默德呢？曾经优秀、成功、踌躇满志的穆罕默德，却在战争的洪流中被冲得下落不明，他这个奋进的斗士做错了什么呢？“眼见他起朱楼，眼见他宴宾客，眼见他楼塌了”，他的一生就像在做梦一样。穆罕默德的故事，让我对国家的和平稳定有了更深的感触。

我们并没有生活在一个和平的时代，战争和暴力依然在世界各个角落轮番上演，还有那么多可怜人依然生活在水深火热之中。同样是孕妇，我因为身体不适可以到医院看病和休养的时候，叙利亚的很多孕妇恐怕还在逃命。同样是贫民，上蒙村的贫困户在获得精准扶贫帮扶的时候，叙利亚的穷人却在经受家破人亡的痛苦。每当我设身处地地想象这些情景时，就难过得不能自已。

我们幸运地生活在一个伟大而和平的国家，和平、稳定、发展是我们坚定不移的选择，我们必须要珍惜这来之不易的平凡生活。当党和政府不断通过精准扶贫等方式来改善低收入人群的生活时，我更有理由坚信未来的中国一定更有人情味，会更温暖，也更强大。

人们都说，出国是最好的爱国教育。当很多中国人仍妄自菲薄的时候，“跳出中国看中国”才能更好地感受到我们国家的伟大和不易。

你还好吗，我的阿拉伯兄弟？如果你还奔波在路上，祝福你平安、顺利。愿你的真主会赐予你一个像中国一样温暖的国度，愿你的真主也会保佑你这样平凡的好人。

不简单的『猪老板』

◎他不是村里最聪明的能人，也不是最有钱的那个，但他总有一些与众不同的东西，让人记得他的不简单。

天恩是村里的养殖大户，还是党员、村民小组长，算得上是村里的能人，他经常会有一些让我印象深刻的举动。

我产假结束不久，天恩就来找我，问:“书记，重阳节快到了，我们村的高龄老人有没有什么活动呢？有什么我能做的呢？”看到他这么积极，我也十分高兴，他的想法和村干们的提议不谋而合。于是我告诉他重阳节活动的安排，他高兴地说自己可以帮忙跑腿。后来，他果然跟着赵支书去县城给老人们买礼物。

重阳节那天，天恩早早来到村部。跟我打完招呼后，他见四下无人，忽然掏出一沓现金塞给我，说:“书记，这是我给老人家的一点心意，三千九，比高速公路的少一百，希望你收下。”我大吃一惊，怎么会给我这么多钱？他一直笑着说:“钱不是很多，就是我作为党员的一点心意，书记你一定要收下。”

可是，他虽然是养殖户，但家里要供养两个大学生和一个高中生，自己的猪场收益也是时好时坏，前段时间因为猪肉降价还亏了不少，现在却要给村里捐款，我不忍心接受他这个钱。见我坚决不要，他更加执拗：“书记，我一直想给村里的老人家做点事情，没有什么合适的机会。这是村里第一次搞重阳节活动，我想表示一下。这点钱不多，书记你不拿的话，就是看不起我！”他拿着钱和我僵持了好一会儿，颇有不达目的不罢休的架势。见他如此诚恳，我只好收下了这沓沉甸甸的心意。

后来，县里有一个村级产业带头人的奖项，获奖者有五千元，上蒙村有一个名额。我和村干们商量了一下，觉得这个钱应该给天恩，是为了表彰，更是为了鼓励。开村民小组会时，我跟大家宣布：“这五千元奖金我们要给村里的‘猪老板’天恩，他在重阳节时主动捐款三千九百元，让大家都很感动。我们要让最积极、最努力的人得到更多机会、更多荣誉！”话音刚落，村干和组干们都齐刷刷地鼓起掌来，表示对这个决定非常认可。天恩本人有点意外，站起来连连喊道：“不用了，不用了，书记，那都是我应该做的，给村里出一点力没什么的。谢谢大家，这个奖给最需要的人吧，谢谢大家！”可是大家起哄说：“王老板，这是你应得的！拿着吧！”后来，他才在大家的掌声中喜笑颜开地接受了奖励。

一天，我正站在村部前的路旁，听到有人喊我：“书记，上我家吃饭！”我扭头一看，原来是天恩从车窗探出头来打招呼。他一直是干瘦身材，开着那辆破旧的白色小面包车开会、送货、买饲料，似乎永远没有闲的时候，皮肤也晒得黑黢黢的。我说：

“谢谢啦！今天有事，去不了你家了。”他一点也不放弃，又赶着问：“那明天呢，星期六可以的吧？我专门邀请书记和王部长到家坐一坐！”我说我看情况，他说：“就说定啦，书记！我早早在家宰好鸡鸭等你们！”

第二天一大早，他就打电话约我中午一定要到他家去，还拍了已宰杀好的鸡鸭的照片给我看。面对如此执着和热情的邀请，我盛情难却，只好答应。王懿之前见过他，也特别喜欢这个自信开朗的“猪老板”，所以也愿意一起去。我开着车，王懿坐在后排抱着孩子，我们就这样一路慢慢地开上山去。

天恩家在距离村部五公里左右的山上。这条路借着精准扶贫的东风已经硬化了，可是路面宽度只有三米五，路肩也还没完全填好，会车有点困难。一路上碰到两次会车，我都退着让对方车辆先过去。在村里这么久，我的车技不算特别好，但是胆子变大了，山路虽然又窄又陡，可我一想到村民们能顺利开车上去，为什么我就不行呢？这是他们每天的必经之路，我这个第一书记也要走一走。

我在精准识别时第一次见到天恩家的房子时，以为他铁定是贫困户了。他家的房子很破旧，一家三代六口人都住在三十多年前修建的几间红砖房里，家具也十分陈旧。我后来才知道他有猪场，有三个争气的儿女。和其他农民“有钱先修屋”的想法不同，他在竭尽全力供养孩子读书。

天恩家的旁边就是猪场，远远看去还有一点现代化猪场的样子，青砖蓝顶，非常漂亮，但走进去之后才发现它只是披着现代化的外衣而已，里面光线昏暗，设施也都很简陋。水泥猪舍的隔间很小，但冲洗得挺干净。两头两百多斤的大母猪刚产崽，身边簇拥着很多哼哼唧唧的小猪，也有几头小猪在猪舍里面乱窜，时不时把两条前腿搭在栅栏上，好奇地望着我们哼哼叫。

看到这幅情景我忍不住笑起来，想到自己小时候喂猪时的情景。养殖业是典型的劳动密集型产业，挣的其实是辛苦钱。他们夫妻两人养了这么多猪，可想而知每天的工作量该有多大。

他还在自家屋后的林地里放养了几百只三黄鸡。一进那道栅栏，全身油光红亮的土鸡就扑啦啦地飞到了我的身边讨食吃，个个健壮又精神。我问："这和上次给我们单位的一百多只鸡是一个品种吗？"他点点头。上次天恩把鸡杀好洗净，小乐用抽真空机包装好，和冰袋一起塞进泡沫箱，送到了南宁。他因为一次性卖掉了一百多只鸡，对我感激得不得了。

我撒了一把玉米，四周立刻响起了鸡啄食的"咕咕"声。天恩说："现在还剩这一百多，再慢慢卖吧。去年下半年开始，猪肉价格不行，现在还有几十头肥猪卖不出去。养的这些东西，现在每天都在亏钱，但也没什么办法。"我也叹了口气，深感养殖业太艰难。他又连忙说："其实也不要紧，书记，养猪就是这样，时好时坏，还是要一直坚持养才能赚钱。现在政府对我们养殖户也给了很多的优惠嘛。"

他的两个儿子分别在广西的两所大学读书，还有一个女儿正在读高三，都有着农家子弟的诚恳和羞怯。一个家里有两个大学生，这在农村是属于难得的荣耀，村里人十分羡慕，所以天恩虽然已经累得脱了形，但依然干劲十足。他家到处都是书，床头和地板上堆满了教科书和习题册，还有文史哲之类的课外书，大量的书本让这个看似清贫的家庭显得有些与众不同。他说："当年和我一起读书的同学，好多都在县城有正式工作，我因为家里交不起学费就没再读书。现在一看，我和人家差得天上地下的。所以无论如何我都要供小孩读书，只要他们愿意读，再辛苦我都愿意。"说着说着，他的眼睛里已泪光闪闪。

在他家的木门上，我竟然发现了2017年上蒙村"五好家庭"奖牌。这么久了，奖牌还是亮晶晶的，看得出来他经常擦拭。他不是村里最聪明的能人，也不是最有钱的那个，但他总有一些与众不同的东西，让人记得他的不简单。

天恩把获得的“五好家庭”奖牌钉在自家门板上。

上蒙村的女人们

◎挂点上蒙村的县领导荣书记是女的，作为第一书记的我是女的，驻村工作队员兰姐也是女的，村民们经常开玩笑说『上蒙村的几号关键人物都是女干部呢』。

百色市妇联一行来上蒙调研村里的妇女工作情况。这是我驻村两年多来，第一次接待调研妇女工作的调研组，便敞开心扉多聊了一会，原定一小时的调研生生延长到了两个半小时。

现在的村“两委”干部加扶贫专干总共八个人，其中妇女主任和扶贫专干都是女同志，这个比例在全县来说也不算太低。很多村除了妇女主任之外再没有女干部了。巧的是，挂点上蒙村的县领导荣书记是女的，作为第一书记的我是女的，驻村工作队员兰姐也是女的，村民们经常开玩笑说“上蒙村的几号关键人物都是女干部呢”。所以，我看着上蒙村的各项工作井井有条，某些方面还走在全县前列，心里真的蛮自豪。

玉姐的预产期比我晚几个月。我在休假之前还专门咨询过县里，女村干的产假应该休多久，他们都说从没见过这样的专门规定。从严格意义上来说，村干并不属于国家公职人员，所以并不能按照国家规定执行一百四十八天的产假。但从另一个方面来说，法无禁止便可行，既然村子里面的事情我可以做主，那便给她一点不违反纪律的、额外的“福利”也未尝不可，这也是给予经历生育痛苦的女干部一点点微不足道的安慰吧。

于是，我在开会的时候告诉大家，玉姐的产假也可以参考国家干部休一百四十八天，产假期间大家尽量不要主动去找她，如果有重大活动可以偶尔请她帮忙，但是不用值班。没想到玉姐说道：“书记，在我们农村出了月子就下地了，我到时候可以值班干活，不要紧的。”其他村干也连连附和。我知道她作为员工可以这么说，但我作为领导不能这么做，便再次强调了我的立场，说女人生完孩子身体虚弱，大家要多照顾一下，能不麻烦她的尽量别找她。村干们便都没再吱声。玉姐很感激，连连说她会尽快回来工作的。

在那一刻，我仿佛看到自己当初怀孕时诚惶诚恐的样子，心里微微有点难受。同样是女人，同样要经历一次“鬼门关”，同样需要时间休养和抚育孩子，为什么大家都理所当然地认为农村妇女就得出了月子就工作，而所有的人也都习以为常呢？妇女主任属于“半定工干部”，没有生育保险，她们一个月拿着千把块钱的报酬待遇，年终也没有特别的奖励，收入十分微薄。如果我作为第一书记，不能从别的方面给她一点帮助的话，自己都于心不忍。

玉姐在我休产假期间生了一个男孩，我复工之后便带着村干们专程去看望她。她家老大已经上初中，和她站在一起像是姐弟俩。她特别盼望能生个女儿，凑成一个“好”字，可还是未能如愿。她开玩笑地说：“宝宝是可爱，可是在我们农村，两个男孩可怎么办呀！以后娶媳妇都难。”

村里的光棍汉太多了，年轻的父母们现在变得很务实，对儿子的渴望远没有上一辈人那么强烈，反而是生了女儿更为高兴。再加上养育成本越来越高，很多农村家庭甚至有了一个女儿之后都不愿意再要二胎。

在我出生的那个年代，农村还都奉行着“不孝有三，无后为大”的观念，计划生育工作执行起来非常艰难，谁知过了三十年，村民们已经基本接受了“生男生女都一样”的观念。我在村里的两年多，没怎么听说过哪家有明显的重男轻女思想，倒是很多农户更加宠爱女儿，声称要“穷养儿，富养女”呢。

这让我想起李银河的一本书中提到的全国妇联的一项调查：现代中国女性在现实生活中的地位从高到低，依次是法律地位、家庭地位、经济地位、政治地位，最低的是社会观念中的地位。从上蒙村的情况来看，我觉得这个说法挺中肯。家庭地位和经济地位是挂钩的，随着女性逐渐经济独立，在家庭中也能撑起“半边天”，家庭地位的提升非常普遍。我在村里做过一次妇女创业项目，也挺能说明这个问题。

我向县妇联申请妇女创业资助项目，县妇联的常主席建议我考虑一下食用菌种植，说这是目前投入少、见效快、收益高的农村创业项目，很值得一试。她还推荐了横县的一个食用菌基地。

我将这个信息发布在上蒙村妇女交流群里，还专门开了个会介绍这个食用菌项目的情况，当场便有十几位年轻妇女表示她们很感兴趣，问这个项目有多少补贴。我倒为难了，因为县妇联只是收了我们的申请材料，并没有说一定要把项目给上蒙。大家一听说要自己出点钱便犹豫了，议论说还不知道是不是赚钱呢就要投入。玉姐这时站了出来，说："姐妹们，我们做什么生意都是要投本钱的呀，何况书记说以后可能还会有补助呢。"一个年轻的媳妇疑惑地说："食用菌种植可是要投入万把块的，万一不补贴呢？岂不是亏大了。"我说："应该不会亏本的，刚才我也给大家分析了，只要掌握技术，食用菌种植几乎是一本万利。"她们几个人依然摇着头，感觉不太可信。

玉姐和平姐对这个项目倒是兴趣不减，拉着我问东问西，又鼓动其他妇女一起种植。开了快一个小时的会，只有五六位妇女想入伙，但都说要回去征求一下老公的意见。我看着她俩："你俩不用征求老公意见吗?"玉姐说："我跟我老公提，他一定支持的。当时大家推我做妇女主任的时候，我自己还不太有信心，还是我老公鼓励我的。"平姐说："哎呀，这么好的事，我老公不会有意见的。"别的妇女打趣她俩："你们是在家里做领导的，不一样呀！"她俩立刻反击："说得好像你们在家说话不算数一样！"大家笑成一团。

玉姐对这个项目很上心。没过几天，她便自己租了辆车，拉着平姐和其他三位妇女去了横县的食用菌种植基地学习，连租车费和食宿费都是她自己垫的。回来后，她和平姐便决定种植猪肚菇。说干就干，她俩很快就购买了菌种，搭建了棚子，照着技术培训的流程种植了一些猪肚菇。两个人干得有声有色，只过了三个月，就把猪肚菇摆到了菜摊上。平姐告诉我，现在好几个农户都在问她们怎么买菌种，也想自己试试看。她小有得意地说："多亏我和玉姐当时起步早，现在他们都来跟我学习呢！"看着她信心满满的样子，真是有点妇女致富带头人的样子。

在玉姐、平姐的带动下，大家不断地把身边的女性朋友拉进上蒙村妇女交流群，群成员很快到了二百多人。群里也越来越热闹，每天晚上都要聊到很晚。县里有段时间力推家政培训"大篷车"项目，玉姐整天在微信群里宣传，最后全村有四十多位妇女参加了培训。她们还把自己的刺绣学习成果发在群里，说要等上蒙蔬菜基地里的鱼塘建好后，在鱼塘边上摆摊卖金鱼帽和猫头鞋。凌云的金鱼帽和猫头鞋是自治区级非物质文化遗产，这两样产品在浩坤村的游客中心经常供不应求，带动了很多农村妇女专职做刺绣，刺绣也成为凌云县妇联力推的脱贫项目。

因为对农村女性情况感兴趣，我认真研读过李银河的《后村的女人们：农村性别权力关系》这本有趣的社会学著作。按照李银河书中描写的情况，如今中国农村女性的生活状况已经比二十年前好得太多，家庭组成模式已逐渐从主干家庭向核心家庭过渡，性别平等的萌芽也在农村逐渐显现，她们的情况向前迈了一大步。上蒙村的情况也大致如此。村里20世纪70年代以前出生的女性大多在家庭里还处于比较弱势的地位，但80后和90后的女性在家庭生活中的发言权已经大大增强，尤其是在当前农村性别比例失衡、失婚男性越来越多的情况下，女性地位在客观上得到了较大提升，上蒙村的妇女们说到80后、90后的女性是否遭受家庭暴力时，大多表示“几乎没怎么听说过。现在不打，女的都要离婚走了，谁还敢打呀?”

但是从公共事务的参与度来说，女性依然是明显弱于男性，不仅是村“两委”班子中的女性人数偏少，而且全村十四个村民小组长中也无一是女性，各项公共活动中女性的参与程度也偏低。村里的男性劳动力外出从事劳动密集型的工作较多，妇女则大多负责在家照顾老人孩子，传统的“男主外、女主内”型家庭责任分工在农村依然是主流。再加上农村女性本身在心理上还没有习惯走出家庭，从事组织和管理工作，基层妇女“参政”的氛围并不浓厚。我曾经动员过好几个积极的妇女做村干和组干，都被她们婉言谢绝了，说“对当官不感兴趣，也没那个能力”。她们对于“参政”的想象，让我哭笑不得。文化和观念的变迁滞后于经济和政治的变迁，也许她们心态的“解套”还需要一个漫长的过程。

现在村一级的妇女和儿童工作都由妇女主任负责，但全村的妇女儿童人口基数很大，妇女主任一个人的精力和时间都有限，妇联系统的经费支持也不多，所以玉姐的日常工作主要以政策的上传下达为主，很难在村里组织开展一些较大规模的、富有创造性的活动。她曾在“六一”儿童节、母亲节等节日举办过一些类似包汤圆、剪纸等亲子活动，虽然得到村民们的喜欢，但受限于经费不足，活动都办得很简陋。这种情况要想得到改善，还需要政府对妇女儿童工作给予更多的关注，这也是在调研时我向百色市妇联提出的建议。

学生时期，我一直以身为女生而自豪，身边女同学的聪明、能干和上进让我也像打满了鸡血。尤其是在北大上学的时候，我简直感觉身边每一位女同学都是现代知识女性的典型代表。转眼间，我进入职场，女性在职场中的尴尬之处逐渐显露出来。且不说求职时遭遇的性别歧视，工作中的性别刻板印象也让我非常苦恼。

在我做出到基层工作的选择之后，很多人为我逐渐增大的年龄担忧，很隐晦地说："女人本来就应该回归家庭，别瞎折腾了。""你不生孩子，去什么基层。"也有很多人在听我介绍驻村工作经验时，对我到底做了什么、有什么思考和经验并不感兴趣，而是半开玩笑半认真地说："路书记，那是你长得好看，上蒙群众肯定是怜香惜玉的嘛！"也许他们是出于善意或者习惯开类似的玩笑，但这样的言语经常会让我陷入某种尴尬和无奈。

据我观察，身边的职场女性大都兢兢业业，对来之不易的工作机会十分珍惜，哪怕是妇女主任一个月只拿着这么一点工资，但玉姐依然以她的责任感支持着自己认真工作，并很快成为县里的优秀妇女主任。客观地说，我认识的大多数女干部，都比大家想象中的要优秀得多，也努力得多。

在困顿和焦虑的时候，我读了 Facebook 首席运营官谢丽尔·桑德伯格（Sheryl Sandberg）的《向前一步》，书中讲述了她作为一位职场女性面对的种种困境和应对方法。她说，既然无法改变环境，那只有改变自己，努力以一种正常、不卑不亢、不推诿、不逃避的理性态度去面对工作，不要想着“我是女性，所以我有权在工作中躲在后面”的同时，又渴望在一切事情上男女平权，人不能总是双标。她以亲身经历告诉我们：女人们除了向前一步，不断努力，保持上进、清醒和求知欲，别无选择。优秀如她都会受到来自性别的压力，更何况是平凡的我们。在那些因性别问题而意难平的时刻，我翻开她的书，慢慢地变得心平气和。

有一次聊天，上蒙村的几个熟识的妇女跟我说：“书记，你当第一书记，真给我们女人长脸。”那一刻，我既开心又激动。在村里这两年，我无数次地感觉到自己过得太累，也变得太“彪悍”了，甚至不由自主地会把自己的女性特质藏在盔甲里，用去性别化的方式处理工作。但是自从做了母亲，我似乎是在重新认识，也在重新定义自己身为女性的身份和责任。

和上蒙村的女性一样，我们都在不断地成长。

水渠风波

◎农村的林、地、水纠纷一向很难协调，利益关系错综复杂，很难处理得让各方都满意。

初冬的早上，天色阴沉，我和兰姐、东哥一起进村走访贫困户。

车刚开到村部，我就看到很多人在村委楼前聚集。一看我来了，他们立刻围过来，神色严肃地嚷嚷“书记我要跟你汇报个事”。从他们七嘴八舌的“汇报”中我才知道，中蒙三组的灌溉水渠被埋了。

水渠位于百功桥附近。百功屯的小陆在半山上新建了一个养鸡场，从山下的百功桥头往上修路时私自在灌溉水渠上盖了砖头，然后填上了土。虽然现在水还可以通，但这种偷工减料的“砖头盖板”肯定顶不住泥土漏进来，时间久了，会让水渠堵塞，到时中蒙三组的水田可就没水灌溉了。在农村，土地大过天。此事一出，中蒙三组的人都要气炸了。他们之前请村干去协调，但并没有明显效果，于是各户在这天都派出了代表准备和小陆理论一番。一见我来到村部，他们一致要求我过去帮助协调。

农村的林、地、水纠纷一向很难协调，利益关系错综复杂，很难处理得让各方都满意。如果时过境迁的话就更麻烦，要么是很难有精确的证据，全凭双方自说自话；要么一时半会儿很难厘清思路，处理得不公道反而容易引起群体性事件。农村是个熟人社会，除了看重利益之外，有时候更看重面子，如果双方之前已经结了梁子，那之后的调解就难上加难了。

我调解过一些小纠纷，也参与过征地，对这类群众工作的棘手程度深有体会。可是这次大家既然找到了我这里，我打定主意：一定要把这件事处理好。

这时，天空飘起了雨丝。我们一行人到了养鸡场，中蒙三组的人急哄哄地把被埋的那段水渠指给我看。果然，新修的道路比地平面高出两三米，把原来就只有四十厘米宽的小水渠埋得严严实实，一点影子都没了，难怪中蒙三组的人气成这样。这时，我看到一位老人家慢吞吞地走过来，竟然是百功屯的党员老陆。原来，这养鸡场是他儿子的产业。

老陆话也不多，但是特别理直气壮。他说，他之前打了两次电话给组干，请他通知组里出代表来商量，没想到组干没有通知到位，他看中蒙三组没人过来，就直接把水渠给埋了。这番话让大家炸开了锅，中蒙三组的人忍不住开始扯着嗓子叫嚷，一个小伙子跳出来吼道："照你这么说，你让组干通知哪天要去杀人，组干没通知的话，你杀了人要组干去坐牢吗？完全不讲道理！"老陆不以为然，只是一句："反正我已经想办法通知你们了，现在我也把水渠留开了，水又能通，到哪里都有理，还要我怎么样?”这明显有点强词夺理。中蒙三组更加群情激奋，声音一浪高过一浪。老陆以一敌多，竟然一点都不怯场。现场乱糟糟、闹哄哄，调解大会变成了吵架大会。大家摩拳擦掌，几乎要打起来。

兰姐和东哥劝了老陆好一会儿，但是他依然气哼哼地昂着头，根本不想再听我们劝解。中蒙三组的人暴怒了，看那架势，如果不是我们在中间拦着，他们一定会冲上去用拳头教训老陆。我看这样下去也不是个办法，挥着手大喊：“安静！安静！给我安静！听我说！”吼了好几次，他们才慢慢收敛了一下愤怒的情绪，平静了一点。

我还没来得及展示自己声情并茂的调解功力，养鸡场上就开来一辆面包车。车刚停稳，就听见一声大吼：“你们想干什么?！”一个精壮小伙子从车里探出身子，拿着一根木棍向我们跑过来。这个不速之客让现场的气氛一下子变得更紧张。他跑过来站在老陆旁边，气势汹汹地吼道:“你们有什么就冲我来，别欺负老人家!”

中蒙三组的人悄悄告诉我，他就是小陆。我问小陆：“你认识我吗?”他说：“认识啊，路书记!”我说：“那你连基本的尊重都没有吗，指着我们鼻子骂?”他急忙解释：“书记你不能光听中蒙的呀！我是冤枉的！”他个子不高，身板结实，眼里透着一股精明和不羁。面对中蒙三组的质问，他哼了一声，歪着头高声说：“你们说，水渠哪儿不能用了？砖头也盖了，水也通得过去，我破坏哪儿了？你们仗着人多想欺负人，是吧？”边说边挥舞着手里的木棍就要冲上去。双方又要打起来，我们赶紧一人拉一个。我把小陆拉到一边，劝他冷静一点。

这时距我来到水渠边已经过去了快两个小时。雨越下越大，我的衣服已经湿了，加上气温很低，很多人都到树下躲雨。我站在雨中，又冷又气，非常狼狈，可是看到中蒙三组的人有种一站到底的架势，我也打算陪着他们把这件事情处理完。本来我以为这是一个很简单的纠纷，结果过了这么久才发现小陆寸步不让，双方没有一丝缓和的迹象，我心里有点着急了。

我和小陆聊了一会儿之后明白了，小陆以为我们想对他父亲动手，便怒火攻心，把话说得满了一点。而且中蒙三组那边也毫不示弱，两方就这么杠上了。我劝了小陆很久，他后来承认，说他心里清楚自己是有点理亏，但是看到中蒙人那个气势就是不想低头。

过了好一会儿，我们再次拉开架势谈条件。小陆说："我好不容易开了条路到养殖场，材料还没拉上去呢，不可能现在就挖开吧。过完年我再处理这个事情。"中蒙三组的组长冷笑一声："你当我们是傻子吗？一过完年，我们组的青壮年都出去打工了，只有老弱病残在家，你到时候不做，他们能拿你有什么办法？要恢复现在就恢复。"小陆白了他们一眼，说："现在恢复是不可能了，我的养鸡场还没建好，你们不接受的话那就随便吧！"调解了一个上午，现在又陷入僵局。

赵支书和少杰继续劝中蒙三组，兰姐和东哥也劝小陆。后来，东哥悄悄跟我说："这个小陆说的也有道理，现在恢复水渠的话，他的材料拉不上去，损失很大，他肯定不愿意。现在是冬天，暂时不用水渠灌溉，要么咱们跟中蒙说一下，也退一步，给小陆一个月的时间，怎么样？”我点点头，便跟两边这么说了，让他们都退一步。中蒙三组的人勉强同意，但是要小陆去村部写个保证书。小陆刚开始怎么都不愿意，后来看到若是自己没个明确答复是过不了这个坎儿的，便勉为其难地答应了。

可奇怪的是，小陆让我们先回村部，自己却一个人在车里磨磨蹭蹭打电话，一点儿也没有要出发的意思。我们在桥头等了快半个小时，他还是待在车里。我心想，不行，这家伙估计是心中不爽快，想拖延时间找机会溜走。于是，我跑到他的车里，一屁股坐到副驾驶座上等他，既不说话，也不催他，就静静地坐着。他没料到我这么不按套路出牌，一时有点不知所措。五分钟过去了，十分钟过去了，他无可奈何地放下电话，叹了一口气说：“书记，我真服了你了。”便开车往村部去。

到村部之后，我自己执笔写了一份调解决议书，双方都表示认可，也在协议上签了字。到了这个时候，小陆开始有点不好意思，说当时这条路是他父亲负责做的，可能是操之过急，确实有点不太妥当。之前他有点出言不逊，希望我们别介意。

见小陆心有悔意，我赶紧给了他个台阶下，他的脸色也好看很多。中蒙三组的村民们对他的承诺还有点不太放心，小陆有点不太高兴了：“白纸黑字我都签了，你们爱信不信。”我说我帮他担保，他肯定遵守承诺。小陆看了我一眼，转身走了。中蒙三组的村民们也陆续离开了村部。

等整件事情处理完，我们都已经饥肠辘辘了。兰姐问我中午要不要回县城看孩子，我一看时间已是午后两点钟，就说不回去了。我们决定继续赶到山上的贫困户家里去。

来到村里两年了，我是第一次看到矛盾这么激烈的纠纷，虽然调解的过程挺艰难，但结果还是比较让人欣慰。兰姐和东哥都在基层多年，纠纷调解见得多了，他们说："今天的还算好啦！当场就能搞定。据说以前有的调解人还挨过打呢，被打死的都有。吵架的时候两方都在气头上，什么事做不出来？"我大吃一惊："还有这种事情？"兰姐说："我听司法所的人说的，应该是在别的县吧？农村的调解员可不好当。"

我惊得好一会儿说不出话来。来到基层之后的很多所见所闻，总是在刷新我的认知。在大都市里感觉岁月静好，殊不知基层有这么多的险滩急浪，很多看着平平常常的工作，都藏着各种各样的突发状况。我想起自己第一次来村里开会的时候，老支书他们为一棵树吵来吵去，自己只能怯生生地站在后头；两年后的今天，我能够在一触即发的两拨村民中间当起调解员，觉得挺有成就感的。

上蒙村仿佛是我心里的一盆绿萝，从一片不起眼的小叶子，渐渐地长出了自己新的根茎，新的叶片，整个花盆都变得郁郁葱葱起来。也许在外人看来，它再怎样也不过是一盆普通的绿萝，但是，正是我在它身上花的时间，才使它无比珍贵，成为那个独一无二的个体。

我的车里还放着贫困户送的一袋芋头，"不拿群众一针一线"的原则，有时候我很难做得到，他们那种虔诚的、热切的脸庞，让我无法拒绝那一点朴实的心意，只好以后再找机会回送他们点什么。两年了，我作为上蒙村的“大 boss”，和村民们并肩工作、生活、战斗，觉得自己也逐渐成为他们中的一员，连肤色和体型都在不断向他们靠拢。

人生中有这么一段无比真实和纯粹的时光，我真的是太开心了。

集体林地事件始末

◎ 天气也像很多事情一样，能猜得到开头，却没法猜得到结尾。不深入基层，很难想象案情如此简单清晰的纠纷，会进展得如此复杂。

集体林地这件事情，说来话长。

很多年前，上蒙村集体分到了两百多亩位置上好的油茶林，但基本一直处于无人管理的状态。2009年的一天，隔壁村的海某听说上蒙的集体林地还在闲置，精明的他立刻自告奋勇要求承包下来。村干们当时也在发愁怎么管理这片集体林地，既然有人愿意长期承包，他们自然非常乐意，赶紧着手和他签订合同。一切看起来皆大欢喜。

不知当时经历了怎样的谈判，还没等村干们和他完全谈妥，就出现了一份已经签署的合同。这个合同的签名处只有村支书王某一人，盖的却是上蒙村委会的章。而且，油茶林每年的租金仅有一千元，租期却长达三十五年。当王某怀揣着租金，自认为做了一件顺水推舟的大好事时，上蒙村民却已经炸开了锅。

大家不满租金过低是一方面，更愤怒的是王某竟然偷偷跟海某签订协议，还让海某把三万五千元钱汇入王某自己的个人账户。哪怕他当时是为了工作方便，但是这种私下操作的事情确实上不了台面。更何况，合同上没有其他村干、组干的签字，这本身就不合规矩。是可忍，孰不可忍。上蒙人感觉自己的尊严被践踏了。当时，心存侥幸的海某已经快马加鞭地修了一段路，雄心勃勃地准备对林地进行全面管护，但一波又一波的上蒙村民已经到镇里和县里告状去了。在一次又一次被约谈后，灰头土脸的海某这才发现，自己欢天喜地抢到手的，竟然是一块烫手的山芋。

在之后的几年里，村支书王某因此事受到了党内处分，承租的海某则配合进行了一次又一次调解和约谈，不胜其烦。谈是谈得多了，县里、镇里都专门调解过，却没什么实质性进展。海某的心态也逐渐发生了变化，他变得软硬不吃，无所畏惧，“你强自你强，我自心飞扬”，他甚至擅自把其中一部分林地租给了亲戚。这个亲戚砍掉了三四十亩油茶林，新种了杉木，其余部分任其荒芜。就这样拖着，一眨眼竟然过了六七年。

我来到上蒙不久，就听说了这个纠纷，开始主动约谈海某。此人说话和颜悦色，神态举止可怜巴巴，不由让人想起了福尔摩斯探案集里的歪唇男人，难免让初次和他打交道的人心生怜悯。谈判时，每次他都给我们一点希望，但过后又若无其事，是个软硬不吃的“铜豌豆”。

2017年4月，我们会同镇里和后援单位县林业局的人一起调解，开诚布公地告诉海某可以给他一万多元的项目作为他修路的补偿，并且返还他的租金款。我们做出这么大的让步，好说歹说，他终于松口了，同意尽快签署调解协议。但过了两天，他再次出尔反尔，声称要用自己四十亩偏远的油茶林同上蒙的优质油茶林置换才同意签合同。我们真是被气死了，感觉一次次的委曲求全、忍辱负重并没有换来想要的结果。

这件事算是彻底谈崩了，我决定走法律程序。几个村干踌躇了好久，仍不想撕破脸，我说不这样根本没法进行下去。他们思索良久才同意我的建议，但说明自己和海某都是老熟人，不愿意和他直接沟通。于是，我们委托广西某律师事务所定点帮扶上蒙村的两位律师写了起诉状，起诉到县法院。

带着这满腔的感慨和疑惑，我终于等到了案子开庭的时候。我认为，这么明显的案情，我们上蒙村一定旗开得胜！

我叮嘱来旁听的村民“要穿得体面点，上法庭别趿拉着拖鞋就来了，精神风貌要好”。我自己也专门找出了以前的红裙子，努力地把胖了一圈的自己塞进去，看上去喜气洋洋，想为这天的胜诉讨个吉利。

我都已经幻想好了《集体林地事件始末》的开头：二十年后的一天，路艳同志路过法院大楼时，准会想起当年因为集体林地纠纷对簿公堂的这个上午。当时，她只有三十出头，正是容易义愤填膺拍案而起的时候。人生这罐巧克力，那时她也只是打开了一个小口，也不知道下一块是什么滋味……

然而一开庭，我没料到竟然是那种滋味——

海某在本地请了一个很有经验的律师。法庭上，律师振振有词：“2009年的时候，茶油一斤才几块钱，县城的地皮一平方米也才一千出头，一千块的购买力和现在不是一个概念。再加上当时山上没有几棵油茶苗，大家也都是懂的，所以海某长租三十五年，租金比当时市场价的短租稍微低一点点，上蒙村民也是心知肚明，这是市场价，并不存在什么内部交易。”然后，他又用各种证据证明了海某拿到山林地之后并没有获得任何收益，反而倒贴了两三万元钱进行了道路维修、树木整理等，所以不但不能赔偿我们的损失，反而要我们赔偿他的损失！

这个律师很熟悉当年的情况，能说会道，气场强大。海某也是个脑瓜聪明的人，他保存了这件事从头到尾所有对他有利的文字材料。对比之下，我们的起诉材料准备得不是很充分，再加上两位律师都是外地人，对当时的情况了解得没那么透彻，有时候难免口拙。这么一对比，高下立现。我们全部人眼睁睁地看着这个案件一步步走向无法挽回的失败。

庭审结束，对方觉得胜券在握，笑容满面地出去了。我们则有些黯然神伤。两位律师最后才走，可能他们觉得这次没发挥好，庭审情况也不如预期，所以非常不好意思。我心里就如同打翻了五味瓶，但是也不知道说些什么。大家都为这件事情付出了很多，尤其是两位律师，他们每个月跑一趟上蒙来为村民做法律咨询，还免费帮村里打官司，够辛苦的了，我也很能理解。唯一遗憾的是，这时距离我离开上蒙已时日无多，我不知自己能否把这件事情圆满处理好。

我们走进法庭的时候还晴空万里，出来时天色居然阴沉下来，还滴滴答答下起了雨，让人措手不及。天气也像很多事情一样，能猜得到开头，却没法猜得到结尾。不深入基层，很难想象案情如此简单清晰的纠纷，会进展得如此复杂。

农村社会遇到司法案件时，经常习惯寻找人情和法律之间的平衡点。苏力教授在他的《送法下乡》中有个观点，在基层社会里，国家的权力经常被地方的权威和传统的习惯所影响，乡规民约在现实中甚至比法律管用得多。中国特色的“调解”实际上也是用乡规民约、个人威望来化解纠纷，尽量避免对簿公堂。这样的话就不难理解，村民们为什么不在一开始发现合同有问题时就起诉。因为村民间“抬头不见低头见”，对簿公堂永远是农村解决纠纷的最后选择。村支书王某是村里的人，承租人海某虽然是邻村村民，但大家七拐八拐都沾亲带故，谁愿意当这个恶人呢？中国人讲究“人情留一线，日后好相见”，村民们很少会因为公家的事情得罪私人的亲戚朋友。

在村里两年多，我调解过不少纠纷，这是唯一的集体资产纠纷，也是遗留时间最长、涉及范围最广的一个。这件事情在一定程度上暴露出集体经济管理中的怪象：村集体经济有了收益归全村所有人，出现问题却很难追责。这是影响村集体经济发展的一个大问题，如何用制度去规范集体经济的处置方式也亟待研究。

同时也看得出，一些村民的规矩意识和法律观念还是比较淡薄。如果王某在合同签订前就知道这个行为触犯了法律，他会不会因心存敬畏而不敢签字？如果村干们知道此类案件的诉讼时效是两年，他们会不会在纠纷发生之后就尽快对簿公堂？在这次案件中，多次调解已显乏力，只能诉诸法律。我相信如果没有外力的介入，村干们可能会选择继续打“拖”字牌。这样一个案情简单的集体经济案件，一拖数年，当事人的违法成本如此低廉，让上蒙村民们情何以堪？

我和一些第一书记聊起这件事，出乎意料的是，他们的村子也存在这种旷日持久的集体经济纠纷，且都因为证据不足而迟迟无法解决。既然这不是个别现象，那就更加期盼组织上要进行摸底排查，在法律允许的范围内对这种不规范的集体经济合同进行统一整顿，避免集体财产的流失。

好事多磨的蔬菜基地

◎ 仿佛集体经济在『忽如一夜春风来』之后，便可以『千树万树梨花开』了，但现实中的我们却是举步维艰。

早在2016年秋天，县财政局就召集县里的第一书记开会，说全县要选十个村集体经济扶贫项目，让我们自行提交申请。如果有幸入选，广西财政厅会给每个项目拨付两百万元左右的启动资金。

我立即召集村干、组干和村民代表开会，商量要申请什么项目。时任村支书的韦支书坚持要申请蔬菜种植项目，养猪大户天恩则推荐养殖，几个山上的汉族组干说茶油也可以考虑，毕竟是村里的特色产业。

几番争执不下，韦支书很自信地说："这个项目最多也就给两百万，如果做茶油，投入成本大，成品又出得慢，做养殖的话风险太大，我建议就做大棚蔬菜。我自己种菜这么多年，我很清楚，大棚蔬菜只要种得出来，绝对不会亏本。"我问："为什么说大棚蔬菜一定不会亏呢？"他说："大棚蔬菜可以比本地菜提前上市，菜价都是翻了好几倍的，怎么会亏呢？我们村就是因为没有大棚，蔬菜上市的时候价格都掉下来了，所以赚不了多少钱。等到蔬菜大棚建好了，我敢保证，好多农贸市场的老板都愿意来我们这里拿菜，又便宜又新鲜，绝对不愁卖。”在座的很多人都是菜农，一听就知道他说在了点子上，大家很快就统一了意见，就申请大棚蔬菜项目。

那大棚建在什么地方呢？时任村委会主任的赵主任提议：“我们村委楼前面那一片地就可以啊，地又平风景又好，领导来看也方便。”这一片大都是中蒙屯和定角屯的地，我问韦支书：“你们这两个屯的地，有信心租得下来吗？”他笑着说：“这个没什么的，跟大家说一下，都会支持的。”在场的两个屯的组干也都说会做好工作，让项目落地。看到他们这么有信心，我便回去精心准备申请材料，对这个项目寄予了厚望。

幸运的是，没过多久县财政局就通过了我们的项目初审，还推荐一个公司帮忙做基础材料报给广西财政厅。我带着他们到村里一遍又一遍地看这块未来的蔬菜基地，思路也越来越清晰，如果有近两百万元的资金投入集体经济项目里，确实可以大干一场。这是我来到村里后第一个自己拍板要做的大型项目，心里有点惶恐。虽然还不知道是否会中标，但是在凌云县来说，上蒙村的蔬菜项目还是挺有竞争力的。

又过了一段时间，荣书记带着我去百色参加区财政厅组织的集体经济项目答辩会。答辩很快就出了结果，凌云县成为全区的试点县之一，共有十个村顺利获得集体经济扶持资金，上蒙村果然名列其中。

按照县财政局的建议，我找了一个县里的设计公司给蔬菜基地做运营设计。按照以前的想法，蔬菜基地要租一块完整的地块建大棚，同时再加一点农家乐和鱼塘。设计公司现场测量了中蒙和定角地块的形状，和村干组干一起开会讨论了大致的建设方向。过了几天，他们给了我一份十分复杂而专业的设计图纸。

蔬菜基地初步设计为一百亩，位置就在两山之间的狭长地带，那些密密麻麻的标识和数据我看得不是很懂，便请县财政局的朋友帮看看。她见多识广，扫了一眼便说："这些你不用太在意，都是最初步的设计，现在最主要是先租好地，然后根据地形情况做修改，再把设计方案慢慢落地。"相比之前空着脑袋去做设计，看到图纸的我感觉对这件事情稍微有了点印象。于是自己参照网上的模板做了一个租地协议，让村干们提意见。

村干们看了看，首先就对租金有意见了。我原本想的是每亩地每年八百元，他们一致认为这个价格租不到地。"隔壁后龙村搞产业，租山地一亩才三四百，我们的租金多一倍还不行吗？"我有点纳闷。韦支书悠悠地说："他们那是山地，我们的都是最好的水田，一亩地一千块都不一定租得到。"我问他有什么建议，他说这件事情本来就很难做，不知道推动得了多少。我测算了一下一百亩地的投入产出，一千元最高了，再高的话村集体就没什么收益了。韦支书摇摇头："这个价格很难租到地的。"他的泼冷水，让我又忍不住生气了，当初说自己屯里租地没问题的是你，现在八字还没一撇呢，打退堂鼓的还是你。我决定先跟屯里的人开个动员会，摸摸底。

第二天晚上，我召集中蒙屯和定角屯的人开了个租地动员会，照例都是老人和妇女参会，只来了二三十人。我跟他们讲村里蔬菜基地的规划，说我们要努力做全县最好的蔬菜大棚，以后还会引进农家乐、鱼塘、休闲农业等产业，现在需要大家的支持。

我讲完后，村民们基本没什么反应，我以为他们不怎么听得懂普通话，便让韦支书又用壮话说了一遍。村民们还是没有太大反应，只有几个人拿着我发的协议看了看，然后又开始三三两两地聊天。我感觉形势不妙。旁边一个妇女羞涩地向我挥挥手："哎，书记!"我连忙侧身到她跟前，以为她有什么租地的问题想问我。但她悄悄地说："书记，我看你肚子也蛮大了，什么时候生啊?"这时我才发现，原来她也是个孕妇。

人很快走得稀稀拉拉，动员会就在这种有气无力的状态中结束了。这时，少杰悄悄地问我："书记，我看中蒙、定角征地的希望不大，大家好像不太认可，这么征下去可能项目难落地哦。要不要考虑那景那边？那景和山上几个汉族屯的地也很好，我和赵主任做一下群众工作应该没问题。"我迟疑了一下，说："再等等看吧。毕竟中蒙和定角屯的位置是最好的，如果能推得动，还是想选这里。"他有点失望地走了。

我寄希望于韦支书、玉姐等几个本屯的人到农户家里继续做做工作。我跟着他们走了几家，发现效果依然不甚理想，大家都对这个项目是否能成功心存疑虑。有一个村民直接说："你们的项目不知道能搞几年，万一不搞了，我的地也荒废了。现在自己种虽然不得什么钱，但不管怎么说，每年还能种点菜够全家吃。”我们苦口婆心地劝说了半天，他最后含混地说：“那这样吧，书记，我先不签，等到大家都签的话我一定签，好吧？”这已经是一天里最配合的答案了。

我们跑了几天，只有三四户耳根子软的农户禁不住软磨硬泡先签了，剩下的就很难说得动。这两个屯是大屯，加起来一共七十多户，蔬菜基地的征地涉及绝大部分农户。照这个进度，蔬菜基地猴年马月才能建成？我当时已经快要休产假了，真是急得头上长角了。

中蒙和定角的征地进度依然跟蜗牛一样慢。玉姐倒是挺认真，但是也只是多签了三四户。她很抱歉地对我说，大家都不太愿意签，觉得这个事情不太靠谱。我每次给韦支书打电话问蔬菜基地进展，他的回答都一样：“书记，没人签啊，我也没有办法。”十几天过去了，我在跑医院待产的间隙中一直和他商量蔬菜基地的事情，他永远回答说：“真的没办法啊，书记！”

这期间，扶贫专干少杰每天都给我打电话，他似乎比我还着急：“书记，你一定要赶快做决定！时间不等人，如果现在不租那景那块地的话，农户们就要自己下苗种菜了，不能再拖了！”他苦苦地劝我，让我把蔬菜基地放在他们那里，说他和赵主任已经提前摸过底，大部分群众都是愿意出租的，租起地来要比现在容易多了。赵主任也跟我提了好几次他和少杰的努力。一边是冰山一样推也推不动的中蒙和定角，一边是热情似火的那景和汉族屯，经过一次次的接触之后，我内心的天平早已慢慢偏向了后者。

可是，这么大的事情，我心里还是不太有底，于是打电话向易书记汇报。没想到他非常爽快地告诉我："没关系的，那就选那景。哪里有地就选哪里，哪里群众基础好就选哪里，村里的集体经济项目，群众支持最重要。"我这才吃了定心丸，打电话给赵主任，确定把蔬菜基地放在那景屯，他说："太好了，我和少杰商量过好多次了，我们山上农户的地我来做工作，没什么问题。"听到他说得如此自信，我这才放下心来。于是，折腾了两个月的蔬菜基地征地项目，就这样顺势改了地方。

果然，方向比努力更重要，这一次的征地效率是惊人的。少杰每天都会给我带来一些振奋人心的好消息。仅仅过了两周时间，他就给我打电话，说："书记，我们租了五十四亩地了，六十三户的地，你看这些够不够？"我惊讶极了，这听起来简直太不可思议了，之前我们在中蒙折腾了一个多月，才征了不到二十亩。树挪死，人挪活，思路一变天地宽啊！如果没有赵主任和少杰的力推，这个项目估计还要在中蒙耗下去。也是这时候，我再次感受到了人才在农村工作中有多重要。

确定了土地之后，赵主任带着大家专门跑到百色市郊的一个大棚蔬菜基地去考察，回来后赞不绝口。可是设计公司的人告诉我，如果按照那个标准建设现代化蔬菜大棚的话，两百万元最多能建三四十亩，而且不能把这些钱全部投到大棚上，其他的水电路等基础设施、种苗投入、人员工资、日常管理等都不是个小数目，总不能到时候建了大棚就坐吃山空吧？

设计公司重新做了一个狭长的蔬菜基地规划图，保守地做了一个五十四亩地的方案。按新的规划，蔬菜基地沿河而建，大块的平地上只建十九亩的大棚，大棚里面配套最新的喷灌设备，其他土地就作为露天菜地使用。基地的中心位置还规划了一个面积约两亩的鱼塘，鱼塘旁边准备盖三间房做休闲室。这个方案看起来很像那么回事，村干和组干们都比较满意，很快便让施工队入驻平整土地了。

几个月下来，土地已全部平整好，大棚的框架也慢慢显现出来。少杰一门心思扑在蔬菜基地上，他跟我解释说："蔬菜大棚是参考当前最新的样式做的，钢筋和棚膜都很好，我们先少而精地做一个试点看看。"他对这个工作抓得很紧。

等到2017年10月我产假结束复工时，蔬菜基地建设已经到了尾声。放眼望去，一个个白色的塑料大棚整齐地排列在土地上，在阳光的照耀下泛着柔和清新的光。鱼塘和休闲区还没有开始建设，做工程的老板说全部完工的话得2018年春节后了。可是万物有其时，产业发展不等人。这时候村里的换届已经完成，赵主任做了支书，少杰当了村主任。他们两个人开始催我，说咱们得加紧制订管理方案，过年前后一定要把第一季菜种下去。

蔬菜基地的管理方案不确定，我这心里也七上八下的。在一次村民代表大会上，我提出村民入股分红的想法，让代表们回去宣传。可是一个月过去了，并没有几个感兴趣的村民。我还专门在公众号上发表了一篇文章，为上蒙村的蔬菜基地寻找投资，但是文章也没有激起半点水花。赵支书一语道破天机："现在蔬菜基地还在起步期，怎么管怎么卖都还没定，谁敢把钱投进来？"

我从网上找来一些资料，研究了一下集体经济管理模式，可是大都说得非常简单，仿佛集体经济在“忽如一夜春风来”之后，便可以“千树万树梨花开”了，但现实中的我们却是举步维艰。大家提出先申请一点村集体经济资金买种子、肥料和地膜，把菜先种下去，至于以后怎么管理可以边做边看。既然等待入股无望，我便向县财政局申请了二十万元预留资金先把菜种下去。

根据最终的设计方案，鱼塘和休闲区正式完工还遥遥无期，2018年能产出效益的部分主要还是菜地。我们测算了一下，蔬菜基地如果管理得好的话，每年利润达到十万元以上应该不成问题。可是，菜地只有这么点儿，去掉地租、种植成本、人员工资和其他损耗，一年到手能有多少也挺难讲，毕竟是“摸着石头过河”，结果未知。可即使现状如此，分红方案还是要做，让大家在开工之前心里有底。

我绞尽脑汁想了个初步的分红方案，拿到村里和大家一起讨论。在这个分红方案里，蔬菜基地平时主要由村支书和主任负责管理，再招聘一位技术顾问和六名长期工人，人手不够的话再招聘临时工。年终的利润，分给村集体60%，租地农民分红2%，全村村民分红8%，赵支书和陆主任作为管理层拿10%，其余的20%左右则分给村干、组干、技术工人等。蔬菜不设专门的销售人员，到时候促成订单的中间人可以获得蔬菜成交总价的5%。

村干和组干没一个人吱声。难道是这个方案太复杂了，大家理解不了吗？一个组干大胆地说：“书记，看倒是看得懂，我就觉得吧，蔬菜基地一棵苗都没有栽下去，现在说什么分红都是空的。不如按照书记你的思路先好好做，年底确实有利润的时候再开会讨论分红方案。万一今年没成功，没挣钱，甚至亏钱了，那咱们这个分红方案不就是个笑话吗?”他的话一下子提醒了参会的人，他们纷纷表示自己也是这个意思，现在讨论不就是空对空嘛。

这个结果倒让我始料未及，农民的想法和我们在商界的一些常识不太一样，他们不喜欢空话、大话，“鸟在天上飞，就说怎么吃”在他们这里行不通的。其实也说不上哪个更有效，只要村民们认可就行。我想起之前很多第一书记说到年终的时候才开会讨论分红的事，果然存在的就是合理的。最后，虽说大家对分红方案抱有异议，但还是在我提出的分红方案上签字按手印了。他们说:“签就签了，到时候再具体看嘛。”

事情一定下来，少杰立即在全村招聘了六个长期工来种菜，每人每月两千五百元钱。我们商量来商量去，决定聘请中蒙屯的文大哥做蔬菜基地的技术顾问，每个月给他四千元。文大哥是贫困户，也是村里的种菜达人，他之前就承包了十来亩地种菜，很有经验。自从知道村里想让他做技术顾问后，他愁眉苦脸地说:“书记，投入这么多钱的蔬菜基地让我设计，我怕干不好啊!”我说:“你都干不好，上蒙村还有谁能干得好呢?现在你是在帮助村里，我们一起努力。”他下定决心后，便把自家承包的菜地全部退掉，一门心思搞村里的蔬菜基地。

随着蔬菜基地的经济往来越来越多，大家觉得还是要再招聘一个专职财务人员。我们很快在村里村外发布了招聘信息。有人推荐了一个在家待业的大专生，我们跟她联系了一下，并开出了两千五到三千元一个月的工资，允许她在家办公。但她一口回绝，说更愿意到县城工作，不想待在村里。哪怕我们降格以求，找个中职毕业的，也没有人来应聘。我们傻了眼，这时更体会到了农村招揽人才的不易，找不到合适的人才原来不仅仅是钱的问题。既然如此，大家商量了一下，让玉姐再负责一段时间，等蔬菜基地发展好一点之后再请懂行的人来做兼职。

在各方人员的通力合作下，很快，蔬菜基地便发展得欣欣向荣。大棚里的丝瓜、黄瓜和豆角的苗都已长到半人多高，工人给它们插了竹竿，竹竿上的绳子直接绑到大棚顶部的铁架上。一眼望去，密密麻麻的竹竿和细绳让大棚里有一种整齐划一的气势。少杰还在每个大棚的入口处挂上一个A4纸大小的牌子，上面写着四季豆、本地黄瓜等蔬菜名。

蔬菜上市后，一天可以出产上千斤。我问少杰销路愁不愁。他兴奋地说:“销路完全不用担心，好几个搞蔬菜批发的老板都找到我了，只要我们有货，有多少要多少。”我心里乐开了花，虽然不能亲自卖出第一棵菜，但听到前景可期，我也可以安心了。

村干们为了这个蔬菜基地努力了一年多，它现在终于要步入正轨了。少杰颇带遗憾地对我说:“书记，最近大棚里的菜长得好，最多一两个月怎么着也能摘了，可惜书记快要走了。”我笑了笑，说世上的事情哪有完美啊。

自从来到上蒙之后，我就开始蹦跶着发展产业，支持村民喂猪、养鸭，种过红心蜜柚、食用菌，卖过山茶油，直到最后选择大棚蔬菜作为村集体经济。我们第一书记在聊天时也曾感慨，自己刚开始搞产业总喜欢创造出一个新兴产业来，听着有噱头也新鲜，似乎有更大的利益增长点。可两年过去了，我们回头看看，其实两年的时间要白手起家发展一个产业真的很不容易，发展较好的产业大多还是要依托当地资源禀赋、有较大规模和基础的产业才行。

很多道理都得在实践中做过尝试才明白，“纸上得来终觉浅，绝知此事要躬行”是千真万确啊。

工人在大棚里劳作

我快离开上蒙村的时候，蔬菜基地已经发展得欣欣向荣了。(本处图片均为米儒聪拍摄

金玉满堂豆角

可爱的大学生

◎对那些人生观和价值观正在定型的大学生而言，帮扶不能仅仅停留在经济层面，还得教他们做人处事的道理，要『授之以渔』。

我和上蒙村大学生们的缘分由来已久。

2015年，我曾趁着精准识别的东风，把全村的大学生情况梳理了一遍，发现上蒙的文化底蕴其实还不错：全村共有四十五名在读的大专和本科生，其中贫困户的孩子有二十六个。有两名学生在“211”大学就读。就一个村子的大学生数量来说，很可观了。

于是，我建立了上蒙村大学生交流微信群，对照手机号把十几个大学生加了进来，再让他们邀请自己认识的同村大学生进群，慢慢地，几乎全村的大学生都入了群。一开始，大家都不太放得开，群里还是比较沉默，互动也少。为活跃气氛，我每天晚上都在群里主动发起话题，也经常发发红包调动大家的积极性。“尬聊”了一段时间之后，大家终于熟络了起来，每天都在群里叽叽喳喳地聊天，氛围好了很多。

2016年初我们到广西民大培训之后，民大的秦老师联系我，说可以提供几个勤工俭学的岗位给上蒙籍的大学生兼职。我兴冲冲地梳理了一下，发现小吴和小于都在该校就读，巧的是两人家里都是贫困户。我随即打电话给他俩，自报家门后，便详细地介绍了这个兼职机会，强烈推荐他们去实践锻炼。但出人意料的是，两人的态度竟出奇地冷淡，都说自己不感兴趣，语气中似乎对我自说自话的这场闹剧多有嫌弃。

我明明记得这两户人家经济并不宽裕，而且年初填表时也都希望申请助学金。现在工作机会来了，他们反倒一口回绝。之前，我让大学生填写家庭基本情况时，每个学生都写自己家里很困难，但一旦真的有机会靠自己的劳动赚取学费时，他们就有点“叶公好龙”了。这是怎样的一种心态呢？有时候，我在想，是不是我们政府的奉献精神过了头，就容易让被帮扶者产生“一切都是天经地义”的依赖心理，觉得拿政府的钱理所当然，但是如果要靠自己的劳动去换取，就有点不太乐意了呢？最主要的是，他们拒绝时的生硬态度让我有一种“热脸贴冷屁股”的感觉，仿佛我打的是骚扰电话。

这件事情让我突然意识到，对那些人生观和价值观正在定型的大学生而言，帮扶不能仅仅停留在经济层面，还得教他们做人处事的道理，要“授之以渔”。我曾在村里和他们中的一些人打过照面，很多人碰到我和村干时头一低就走过去了，权当没看见。我问村干：“他们是不是不认识你？”村干酸溜溜地说：“怎么会不认识？现在人家成了大学生，看不上我们这些老农民了，见面从来不打招呼的。”这也让我有点担心，这些农村的孩子究竟会成长为什么样的人呢？他们通过“鲤鱼跳龙门”的方式离开农村，在城市求学三四年后，是否会在提升个人视野和品位的同时，逐渐丧失原本朴实、真诚和感恩的品质呢？我想，等暑假他们回来的时候我要组织一次座谈会，跟他们好好聊聊。

这时候，我感觉自己有了一种“老母亲心态”，既为这些孩子们的表现忧心忡忡，有点“恨铁不成钢”的焦虑在里面，又怕自己管得太宽，让他们有逆反心理。村干们斩钉截铁地说：“书记，你该说还是要说。也许他们现在还不懂事，不喜欢听，但以后进了社会就明白你是为了他们好。咱们农村的大学生就是没人指导他们，为人处世吃了不少亏。”他们辛酸地说：“如果当年有人鼓励我好好读书的话，我可能也不会一辈子在农村了。”听他们这么说，我更坚定了交流座谈的想法，还给村里的大学生们写了一封信。

致 青 春

——给上蒙村大学生的一封信

各位同学：

你们好！

一写下“青春”二字，我的脑海里就满是你们年轻稚嫩的脸庞，朝气蓬勃，让人羡慕。你们都是90后，是从上蒙走出去的天之骄子，背负着全家甚至全村的希望。你们有着最活跃的创造力和最与时俱进的思想，正走向一条改变命运的探索之路，你们的青春将拥有无限可能。祝贺你们！

从农村到城市，你们依靠自己的努力完成了“鲤鱼跳龙门”的第一步。以前网上有一篇著名的帖子《十八年，我才能坐下来和你一起喝咖啡》，道尽了一个草根出身的大学生在城市奋斗的辛酸。现在看来，行文略有夸张但却不失真切。人的出身无法改变，农村的孩子注定要付出更多的努力才能在城市里立足，你们一定要清醒地认识到自己将会面对怎样的人生。

大学是难得的试错期。你们现在还可以规划和修正人生轨迹，并获得尽可能高的回报率。希望你们能继续保持这些年来的学习劲头，勤奋认真，学得多技傍身，以后才能在社会大潮中游刃有余。希望你们热爱阅读、勤于思考，让知识与智慧交融，力求“腹有诗书气自华”。学业之余，你们可以多参加一些团体活动，磨炼自己的组织协调能力，从微不足道的小事做起，做一个靠谱的、值得信赖的人。

《论语》云：“士不可以不弘毅，任重而道远。”讲的是一个人的格局。只有心中充满责任感和使命感，人才会走得更稳，走得更远。希望你们保留正直、谦逊、感恩的品质，在奋力前进的时候依然有心去关注身边的弱势群体，时刻不忘曾经养育过你们的小山村，为家乡做力所能及的贡献。

年轻的时光是美好的，也是短暂的。大学给了你们尽情挥洒青春的舞台，山水云雾，明月大江，都是看不厌的风景，希望你们且行且珍惜。当你们回首往事的时候，会发现今天流下的汗水和泪水，都是为美好的明天写下的精彩注脚。上蒙村的奇山秀水、茂林修竹，亲人的关爱，乡亲的笑脸，这些在你们眼里再平常不过的情景，将会是你们多年后最魂牵梦萦的画面。你们的羽翼正在逐渐丰满，上蒙村也许会成为你们旅程中渐行渐远的背景。我只希望，希望你们远航时还能记得曾经的诺言。

乡关何处，只在心中。不断奋斗，不忘责任。这就是我对你们的青春最好的祝愿。

上蒙村第一书记　路艳

2016年8月23日

写完之后，我打印了几十份，郑重地签上名。

座谈会开始了，陆陆续续有二十多个大学生走了进来，迟到的并不少。好几个女孩在座谈会开始的时候还戴着耳机，或是叽叽喳喳地聊天。直到几个村干看不下去，悄悄地提醒她们要安静。

大家先是做了自我介绍，彼此熟悉一下。不时有人小声地惊呼："哦，是你呀！"想必是他们在微信群里相识已久，却是第一次见面。我们给新考上大学的十位学生各发了五百元"上蒙励志奖学金"，又给每位学生都送了一本文学名著，鼓励他们多看书。参加座谈会的女孩子们大多落落大方，反而是男孩子们比较拘谨，话不太多。

大家熟悉后，座谈会的气氛越来越热烈，大家更加随性地聊起来。低年级的学生讲述了进入大学后的迷茫和无助，还请教了很多问题。高年级的学生则向低年级的"传经送宝"，俨然成了一个个踏实靠谱且语重心长的学长学姐。原计划两个小时的座谈会，大家聊了三个小时还意犹未尽，都在感慨互相能够认识真是太好了。也是在这次座谈会上，我郑重提醒他们要讲礼貌、有修养，这不仅是个人习惯，更是社交必备的素质，进入社会以后甚至会对个人产生更大的影响力。他们都说以后一定会注意。

座谈会之后，"上蒙励志奖学金"变成了一个空壳子，一分钱都没有剩下。虽然"囊中羞涩"，但我依然自信满满。因为我逐渐发现，在基层干事创业的过程中，不仅"失败是成功之母"，在某种意义上说，"成功更是成功之母"。"上蒙励志奖学金"已经有了一个良好的开端，以后一定会有办法继往开来。

据我所知，这应该是凌云县第一个由第一书记设立的村级奖学金。每次碰到领导调研，我都会向他们介绍我的励志奖学金，渴望能吸引更多的关注和捐赠。我还陆续跟一些朋友和校友们"化缘"，希望他们能够帮助提供一点资助，好扩大奖学金的资金池。

说来奇怪，我本来脸皮很薄，平日里都不好意思求人帮忙，刚到村里时也不怎么愿意在朋友圈发自己的工作照。但是一年多过去了，我变成了一个脸皮很厚的人，只要是给村里要项目或者给村民要扶持，我都非常豁得出去，并且声称“跟谁都敢要项目，反正不是为我自己跑官要官”。“胆大、心细、脸皮厚”是不是成功者的特点我不敢说，但如果要做一个敬业的第一书记，我觉得这几点是必备素质。

所谓“念念不忘，必有回响”，我的四处求援终于感动了一些有心人。我最没想到的是易书记，他跟我说有个朋友做慈善多年，可以捐款六万元给“上蒙励志奖学金”。我大喜过望——六万元？这可真是一大笔钱。我执意要当面感谢这位捐赠人，他摇摇头，说：“不用了，他也不图这个，能帮助到学生就行了。”我和村干们拿着“天上掉下来”的六万元，喜不自胜，这笔钱足够支撑奖学金持续好几年了。这是我们在政府项目之外获得的最大额捐款，激动得难以言喻。

“上蒙励志奖学金”的金额有限，我们研究了很久，决定只专注于大学生的奖励，而且主要奖励优秀学生而非贫困学生。这种基本的导向很重要，我更想让获奖的孩子们有荣誉感，能够激励他们做更好的自己。

2017年的春节晚会上，村“两委”给七位大学生发放了“上蒙励志奖学金”，奖金最高的有三千五百元。这不但出乎获奖者的意料，更让其他学生大吃一惊。

2017年暑假，村里举办了第二次大学生座谈会。经过一年多的交往，大家彼此熟悉了很多，全程都热情高涨，争先恐后抢着发言，整个会场笑声不断。这让我想起第一次和他们座谈时稍显冷清的情景。在共同经历了一些事情后，他们成长了，也更加团结了。

我一直推崇通过做事发现人才、历练人才，“疾风知劲草，板荡识诚臣”嘛。大学生从来都不应该是温室里的花朵，而是风雨中的树苗。和他们交往得有方法、有步骤才能增加互信，更得有一种“辅导员”式的良好心态，用平等的姿态去引导他们、带动他们，关心他们的学习和生活，真心和这群大孩子们做朋友，套路是一时的，真心才是王道。

大学生正处在性格定型期和能力提升期，这时候的他们有积极进取、青春动人的一面，也有青涩、自我和不成熟的一面，把他们作为一个团队来管理时，这种特征表现得尤为明显。这时候，我耐心地告诉他们“做什么，怎么做，达到什么效果，注意什么问题”，甚至手把手地带着他们一起做，时时注意引导和鼓励他们。他们也会在这个过程中体会到成长和收获吧。

原计划两个小时的座谈会，大家聊了三个小时还意犹未尽。会上，我们给新考上大学的十位学生各发了五百元“上蒙励志奖学金”，又给每位学生都送了一本文学名著。

县委书记的初心

◎中国素有『郡县治则天下安』的说法，可见县域在整个政治体制内的重要地位。

县委书记作为县里的“一方诸侯”，一向是个神秘的群体。民间有句俗语：“天上玉皇大帝，地上县委书记。”这时候对方再意味深长地朝你挤个眼，意思你也懂的。近些年很多官场小说流行一时，把县委书记们写得要么有如神助，要么不可描述，但其中臆想揣测的成分多，中肯真实的记载少。那么，他们到底是怎么样的一个群体呢？

一度大火的畅销书《县委书记们的主政谋略》作者李克军的一篇文章中，我看到过一段对县域社会的描述：“目前，我国县域人口大约10亿，占全国人口总数的77%左右，县域GDP占全国经济总量的60%，县域国土面积占全国陆地总面积的92%。”虽然这篇文章发表于2015年，数据存在一定滞后性，但短短几年时间，这种情况并不会有颠覆性变化，所以也算是有可参考之处。县域是中国政治构成的一个个“原子”，也可以说是一个比较完整的“微观国家”。中国素有“郡县治则天下安”的说法，可见县域在整个政治体制内的重要地位。

县委书记作为一县主官，是几十万甚至上百万基层群众的“父母官”，他们处理着最棘手的涉及稳定与发展的各种问题，在当前脱贫攻坚的大背景下，其治理之难、责任之重可见一斑，没有相当的能力和担当，还真坐不好这个位子。在这个特别的岗位上，女性很少。广西一百一十一个县（市、区）的一百一十一位县（市、区）委书记中，只有十位是女书记，凌云的荣书记就是其中之一。

荣书记是从基层成长起来的领导，对农村很熟悉，所以在村里走访时胸有成竹。她没什么架子，也不太注重迎来送往的接待细节，但是特别关注我们在村里工作是否用心。我很喜欢小动物，陪她走访农户时也喜欢逗一下猫猫狗狗，她看到后笑起来：“第一书记啊，看来你在村里能做到‘人叫狗不叫’，不错!”我都有点不好意思。荣书记经常说：“我很喜欢到村里走走，和群众在一起的时候心里特别踏实，很多工作思路就出来了。”也正是在我陪着她在村里走来走去的过程中，慢慢地，她不再是遥不可及的县委书记，而是一个亲切务实的大姐，对农村有着深厚的感情，从泥土中汲取力量和灵感。

我们经常会聊工作。她耐心地跟我讲要怎么和群众打成一片，指导我怎么带班子、怎么抓建设、怎么拓展自己的工作思路，让上蒙村的发展更上一层楼。有一次，我抱怨说某个村干最近干活不太给力，态度不积极，荣书记笑着说：“你要拉他一把，别让他掉队了。”我感慨村干们收入太低，调动他们的积极性比较难，她也深有同感，说薪酬体系应该向基层倾斜，让留在基层工作的干部比在区、市两级同级别的干部工资高，只有这样，优秀的干部才更愿意留在基层。我们经常说，感情留人、事业留人，其实很大程度上也得待遇留人。优秀人才带给一个地方的改变是十分巨大的，给予符合其实际贡献的薪酬是对知识和人才的一种尊重，而且其投入产出比也是非常高的。凌云已经在制定相应措施来吸引人才、留住人才，在经济待遇和政治待遇上给予他们更多优待，让凌云县成为人才的“蓄水池”。

我刚做第一书记的时候，经常为村里纷繁复杂的工作头痛不已，有种“老虎吃天，无从下口”的迷茫。直到某次开会，听到荣书记提到领导者应该做好四项工作：带班子、建机制、出思路、干实事。听到这十二个字时，就如醍醐灌顶，我的工作思路立刻清晰起来。这“十二字箴言”也许是各级管理工作的核心要义，不论是村里的第一书记，抑或是乡镇书记、县委书记，其工作职责大都围绕这几个方面展开。越往高层，宏观指导和团队建设发挥的作用也就越重要，我们经常说“火车跑得快，全靠车头带”，确实有深刻的现实意义。荣书记很关注团队建设，她经常组织凌云县四家班子和县乡的干部一起打球，每周看一次爱国电影，既锻炼了身体又加深了交流，所以班子成员的凝聚力一直不错。县里还有一句流传甚广的名言：“请人吃饭，不如请人出汗；告别酒桌牌桌，走向书桌。”这些点子和办法我也复制到了村级干部队伍建设之中，效果立竿见影。

凌云是国定贫困县，扶贫是当前凌云县难度最大，也是最重要的中心工作。刚到凌云时，我曾去过以贫困发生率而闻名的泗城镇后龙村，村里有的农户家没有通路，只能爬着过去。窥一斑而知全豹，凌云全县的脱贫压力可想而知。但就是在这种情况下，凌云连续两年的扶贫绩效考评都获得全广西一等奖，抓党建促脱贫的典型做法还上过《焦点访谈》。这几年，凌云围绕农业“三张叶子”、工业“三篇文章”、旅游“三张名片”的发展思路不断努力，将小县城的各种资源努力推介出去，取得了不错的效果。以前，我身边的朋友听说我去凌云，都说那里的茶叶出名。这几年，大家会说“凌云的浩坤湖好美”，“你们的庆丰收活动真有意思”，凌云的城市名片已经慢慢地树立起来了。

除了硬件设施上的改进外，凌云也一直在力推精神文明建设，发扬传统文化，重塑乡村文明，把整个村子的“精气神”提起来，我认为这也是非常具有前瞻性的一个举措。很多村级的公共服务中心在节庆时期热闹非凡，村民们通过一次次的文艺晚会、游园会等集体活动感受到了村子的凝聚力，小山村也因为这些精神文明建设而变得更有生机和活力。

很多人看多了官场小说和影视剧，以为县委书记大都非常强势，“说一不二”，杀伐决断，有着很强的控制欲，或者说有着十分“官派”的个人作风。其实，这是很多人对县委书记的极大误解，“面具化”地以偏概全是不够理性的。我之前见过许多县委书记，他们的性格脾气相差很大，工作思路和习惯也因人而异，绝不是千人一面的刻板印象。

荣书记的日常是怎样的呢？不管是在县里的各种会议和接待中，还是在生活里，她永远衣着整洁，待人接物十分得体，我从来没见她有过哪怕一次失态。除了必要的公务接待之外，她很少参加其他应酬，平时喜欢穿着运动服在院子里散步或打球，或者就在屋子里看书。她的爱好让我感觉很真实，也十分符合女性领导群体的特征。她们一般对自我修养要求较高，心思比较细腻，注重仪表和锻炼，业余生活比较简单。县委书记的责任很重，压力很大，诱惑也很多，这个时候，县委书记唯有培养健康的生活情趣，严格自律，才能做好这个全县发展的“火车头”。

在凌云县委宣传部的微信公众号“壮志凌云”里，我几乎每天都能看到荣书记走村入户的身影。她经常穿一身朴实的运动装在村里调研，有时也会在县里主持会议，看起来精神抖擞。县里的各项工作任务都很重，再加上这几年扶贫、环保、维稳、安全生产等动辄就被一票否决的“红线”，县委书记身上的担子之重非常人可以想象，没有一个好身体和勇于担当的精神，真的很难坚持。县委书记日复一日“五加二、白加黑”地连轴转，下村、迎检、督查、开会、接待，分身乏术的他们一直在像陀螺一样工作，精神高度紧张，基本没有什么私人空间，这才是他们最真实的日常。

有一次，县四家班子成员搞团队建设活动，在原始森林徒步二十多公里，荣书记一直走在队伍的前面，带着她的团队整整走了一天。我听说这件事之后大为惊讶，这可是对体力的极大考验。她对我说：“我是县委书记，我得撑下去，你懂吧？”所以，在很多重要的扶贫检查的时候，只要有她坐镇指挥，条分缕析地分配任务，我们便觉得像吃了一颗定心丸。我深深感到，作为“一把手”真的有很多时候得“打碎牙齿和血吞”，工作不是没有压力，不是不辛苦，而是想想自己肩上的担子，看看大家期待的眼神，总是想做到最好，不辜负大家的信任。作为一名女性，兼顾工作和家庭是一个普遍问题，但是身为县委书记，她要一直把困难深藏心里，而展现出个人强大的定力和领袖气质。这不仅仅是个人素质，更是工作需要，是作为县委书记“霸气”的一面。

有一次我问她：“书记，我当村里的第一书记有时会感觉工作很难做，想打退堂鼓。您当县里的书记，是怎么坚持下来的呢？”荣书记笑了，说了一段让我十分难忘的话：“每天早上起来，我都问自己三个问题：我是谁？我在做什么？我要往哪儿去？我是一个县委书记，我在为人民谋福利，我想通过我的努力让凌云变得更好，这就是这三个问题的答案。每当这时候，我知道自己正在做有意义的事情，无论有多少困难，我都会坚持下去。”她还说：“凌云赶上了脱贫攻坚的好时候，很多老百姓几百年来梦寐以求的愿望在这几年都实现了。我们作为地方领导，要全力以赴地做好这些工作。回首望去，我们没有辜负组织的信任，没有辜负这个时代给我们的际遇，此生无憾。”

她的这种责任感和使命感深深地打动了我。珍惜机会，勇于担当，也许这就是这位女县委书记念念不忘的初心吧。

乡镇党委书记的故事

◎基层的情况千差万别，事务纷繁复杂，乡镇干部平时需要面对诸多突发事件，在当前精准扶贫的大环境下更添一份压力。

平时的工作中，我和镇里的易书记接触比较多。我们认识很久以后，他才跟我说："你刚来的时候对基层不太了解，很完美主义，我当时还挺发愁。"我笑了起来，问："那后来呢？"他说："后来发现你变化很大，就不担心了！"我们都大笑起来。

易书记三十三岁就当选泗城镇镇长，之后担任镇党委书记。这在县里已是非常难得，这么多年过去了，他依然坚守在镇里担任党委书记。我们在一起共事两年多，经常讨论一些基层管理的问题，他总能立足于实际给我很多启发。有一次，他和我聊起了他作为一个普通基层干部的故事。

我出身农民家庭，有一个弟弟一个妹妹。父亲是小学老师，但因为孩子比较多，家里经济压力还是很大。我中学时候成绩不错，为了早点出来工作、减轻家庭负担，就报考了中专学校。当时中专很吃香，上了学就分粮票，毕业以后还包分配，对农村孩子特别有吸引力，得挤破头皮才能考进去，所以我就读了中专。但是没过几年，中专的红利就消失了，也不再包分配，我后悔也来不及了。小我几岁的妹妹赶紧读了高中，后来考取了医科大学。有时候我会想，以自己当年的学习成绩和劲头，如果读高中的话应该也会考一所不错的大学吧！但是人生没有如果，在当时特定的时代背景和家庭环境下，谁都无法预测以后的变化。虽然现在想来依然觉得有些遗憾，但这也许就是命运的安排。工作这些年，我自考了广西大学的大专、广西师范大学的本科、广西民族大学的研究生，虽然都是在职教育，但也通过高质量的自学学到很多东西。尤其广西民族大学的研究生班“宽进严出”，全班四十多个人只有六个人拿了毕业证，我就是其中之一，心里还是挺自豪的。

1999年从中专毕业以后，为了谋一份工作，我考上了凌云县逻楼镇的村干助理，类似于现在的大学生村官，转了一圈又回到农村。之后就是漫长的乡镇工作时光，到今年已经第十八个年头，回想起来连我自己都惊讶。我先后在三个乡镇待过，担任过办公室秘书、组织委员、副镇长，2010年当选逻楼镇镇长，2011年当选泗城镇镇长，2014年任书记至今。十八年来，我和爱人异地八年，女儿六岁时我才调回来和家人团聚。以前交通不便，回一趟县城不容易，通常是两周才回来一次。在女儿六岁之前，我陪伴她的时间少得可怜。不过，那时候我的同事们大都是两地分居，大家也都习以为常。乡镇工作任务繁重，工作和生活条件都很艰苦，很多时候只能靠“为人民服务”的信念和这是一份稳定的工作而撑下去。

很多人不太理解，乡镇工作既然这么苦，乡镇干部的成就感在哪里？其实，在我看来，通过踏踏实实工作得到老百姓认可，他们记住你、感谢你，同事钦佩你，这就很有成就感。基层干部时时刻刻都是和老百姓打交道，一些我们认为的小事，在他们眼里就是天大的事。帮他们办好了，他们会很质朴地感谢你，也许是一声亲切的问候，也许是一个紧紧的握手，也许是一杯自酿的米酒，也许是一个灿烂的笑容，你会觉得特别真实，特别温暖。那一刻的自豪感和成就感真是难以言说。尤其是镇里各项工作都完成得比较好，走在全县的前列时，我更加觉得自豪。当然，如果领导再认可的话就更好了。（笑）

大家都知道基层工作辛苦，但是真正让人心累的并不是这些外在的辛苦，而是执行政策时的“心有余而力不足”。有时候，“一刀切”的政策执行标准和老百姓的认知能力之间有差距，很多好的政策在基层宣传和普及需要时间，老百姓的理解和接受也需要时间，但上级单位往往不会留这个时间余地，都是强调要当年完成、当年见效，绝不能打折扣。这个出发点是好的，但是实际执行中就比较困难。

还有一些政策变化和调整较频繁，执行起来难度较大。有时政策调整之后，不再受益的群众会质问我们："你们政府说话还算不算数?"干部们无言以对。还有一些工作任务，各级政府习惯层层加码，最后到了乡镇，经常是早上收通知、下午交数据，根本就没有时间去核实和分析数据的真实性，也没有时间进行比对和思考，这其实不利于工作的推进。

如果让我说最头痛的事是什么，那肯定是舆情。这几年新媒体特别火，基层的老百姓都会用微信了。一些别有用心的人就喜欢掐头去尾、断章取义，煽动社会负面情绪，引起公众对政府的不满。这样的负面舆情在微信上传播得特别快，影响也很恶劣，后续还原事件真相的成本极大。处理舆情的事情很多时候就落在乡镇头上了，这需要占用我们大量的时间和资源。

有时候，基层干部已竭尽全力，还是未达到上级预期。我觉得这不单是工作态度或能力问题，很大程度上也是流程设计的原因，所以基层工作者希望能够得到上级政府的理解支持。乡镇的财权事权不匹配，责任大、权力小，权责倒置，很多工作的开展都困难重重。比如，"清洁乡村"工作中，一些城市建筑垃圾违规倾倒，我们中午请人清扫，他们晚上偷偷倒，乡镇又无法对他们进行处罚，导致工作一直重复，效果不明显。

还有一些政策配套不完善，与实际不符，效果也不尽如人意。比如，村级“五保楼”的建设，村里要建设“五保楼”供五保户居住，但在实践中，大部分“五保楼”因没有服务人员，生活设施不完善，且老人远离亲友较为孤单，所以都是空置状态。如果把这些资金集中投入建设集镇敬老院，提高集镇敬老院服务水平，效果会好很多。

大家都知道，乡镇干部的学历层次普遍偏低，就拿泗城镇的八十名正式员工来说，全日制学历为中专及以下的四十人，高中七人，大专八人，大学及以上二十五人，大学及以上的大多数是这几年新入职的大学生和选调生。但这在全县八个乡镇中已经是最好的配置了。乡镇干部事务性工作占用较多时间，能落实领导工作思路的一半就不错了，很多工作需要通过不断的培训、提醒、监督才能完成。此外，学习培训机会少，大多数培训容易流于形式，针对性有效性都很有限。再加上这几年干部流动性差，换岗调动的机会少，干部很容易有职业懈怠感。客观地讲，现在基层干部待遇偏低，调动工作积极性的手段又十分有限，尤其是正向激励的手段少，所以在乡镇做领导，很多时候需要靠兄弟感情来维持一个团队的正常运转，挺不容易的。大家都知道干事创业需要人才，在基层一线工作更需要能干的人才，但是我们面对人才流失却没有什么好的办法。

这几年精准扶贫是中心任务，也取得了非常瞩目的成效。党的十九大又提出了乡村振兴战略，新时期的乡村建设将是一个很宏大的课题。我认为，我们政府部门得“软硬兼施”，从两方面提升乡村的综合实力。从硬实力来看，要给群众提供日益完善的生产生活条件，比如基础设施、办公地点、公共活动场所等，让老百姓幼有所育、学有所教、病有所医、老有所养、住有所居。从软实力而言，政府一是要抓教育，包括全日制教育和成年人的素质提升教育。有时候我们工作时的心态会忍不住急一些，但如果人的素质提升不上来，很多政策就没法落地生根。人的能力素质永远是最重要的生产力。二是抓文化。现在农村还有一些不良习惯，这就是农民文化素质不高的体现。政府可以通过文化建设把老百姓组织起来，要教育大家“从自己做起、从身边做起、从小事做起”，提高群众自治能力，加大道德引导和普法教育，全面提升自治、法治、德治水平，建成社会主义新农村，达到产业兴旺、生态宜居、乡风文明、治理有效、生活富裕的目标。

和他聊天后，我感受到他作为一个乡镇党委书记的理想、激情和无奈。基层的情况千差万别，事务纷繁复杂，乡镇干部平时需要面对诸多突发事件，在当前精准扶贫的大环境下更添一份压力。和镇里的同志共事两年多，我们一起下乡、熬夜、做材料，他们的“万金油”属性实为工作性质所造就。乡镇处在整个行政系统的末梢，乡镇干部的定位主要是执行者而非决策者，他们的意见建议和真实想法很难有向上反映的渠道，这就更让他们多了一丝苦恼。

我经常在想，如果换作是我在乡镇工作，我会有他们这种稳定的情绪和超强的执行力吗？会有他们救火队员般的心理素质吗？会有他们从会场布置、材料撰写，到买菜做饭、租房买床的本事吗？面对“上面千条线，下面一根针”的现状，我能做到事事不掉链子吗？这两年的经历促使我不断反思，我们在和基层干部打交道的时候，是不是要更多地换位思考，要把对方作为有血有肉、时间精力都有限的普通人来对待，而不是一味追求完美和精益求精。对这个群体的关注关怀，也应该成为我们夯实政权基础、提升基层治理效能的一个重要着力点。

上蒙终于脱贫了

◎我的心里十分紧张，但更多的是自信和期待，相信自己在村里所做的一切，期待这让人心跳的核验一切顺利。两年的工作成果，也该展示一下了！

从2017年下半年开始，县里就已经在紧锣密鼓地布置脱贫核验的事情，年底要脱贫的几个村更是重中之重。

两年多来，上蒙村得到了广西区党委组织部和县里的大力扶持，各项基础设施水平都提升很大：硬化了八个屯的十四公里进屯道路，解决了上蒙人多年来最头痛的问题。安装了六十五盏太阳能路灯，新修了三公里灌溉水渠和两个饮水池。如果再加上村公共服务中心、中蒙屯的风貌改造等项目，上蒙村的外表看起来真的是“旧貌换新颜”了。十七户申请了危房改造，十一户申请了易地搬迁，七十户申请了产业奖补和劳务奖补，六十七户申请了金融小额信贷，符合条件的贫困户都享受了“雨露计划”等政策，这些实实在在的帮扶措施让上蒙人的满意度达到了有史以来的巅峰状态。这次脱贫核验就是要把这两年来的成果展示出来。

10月以来，县领导和县扶贫办的同志带着人到预脱贫村里走访了好几回，荣书记也专门来过上蒙几次，她一直温柔地提醒我："上蒙的核验可得顺利哦！"我紧张得心跳都加速了。县扶贫办在开大会小会时都在强调："第一书记们要好好把全村和贫困户的情况再摸个底，做到心中有数。我们做了那么多好事实事，也趁此机会整理一下嘛。"有时候是县扶贫办主任亲自在台上振臂疾呼。听说他在2016年迎检前夕因为体力不支进了医院，休息了几天又挣扎着出来。每次我坐在台下看着他神情凝重地向我们训话时，心中总是会升起对基层干部的敬佩之情。

广西公布了2017年"十一有一低于"和"八有一超"的详细核验标准。年初的时候我们就已经被告知2017年的标准会提高不少，现在看来果然如此。比如，上一年要求95%以上农户有稳固住房、95%以上农户有电视看，这一年都提高到了98%以上。上一年要求集体经济收入有5000元即可，但这一年的标准提高到了2万元。这对上蒙村来说并不难实现，因为闲置的村小学租给了高速公路指挥部，每年可以收到2万元租金，还有县财政为每个村配置的村集体经济发展资金都在县投资公司入了股，2017年可以获得1.1万元的分红。这样一来，集体经济收入加起来已经3.1万元了，顺利达到了脱贫摘帽的标准。

新标准也变得更加详细，诸如村级产业规模、屯级路的宽度和厚度、缴纳医保的比例等。县扶贫办逐条拆分了脱贫标准，列出了长长的档案目录让我们准备台账。这个目录和上一年是"同样的配方，同样的味道"，只不过佐证材料更多了，要求也更细了。看来，我上一年的那些迎检材料都白做了。

贫困村脱贫摘帽“十一有一低于”的有关档案都整整齐齐地码在村部二楼的“扶贫作战室”里，放了整整一个大柜子，包括全村住户和贫困户花名册、“十一有一低于”材料目录和村级“党建十盒”等，还按照自治区的要求把文件归类为精准识别、精准施策、扶贫成效、综合管理四大类，每一类都有一两个盒子。此外，我还准备了第一书记的档案材料，包括我的任命书、工作年度考核表、工作总结、驻村日记等。每个盒子里都有相关的图片、表格、文字材料等，一眼望去，美轮美奂。为了让档案盒更漂亮，我让文印店设计了一个橘色的精准扶贫标志，贴在档案盒侧面，几十个档案盒放在一起，视觉效果非常惊艳，一看就十分“走心”。这个小创意还被好几个村学习了，我为此小小得意了一会儿。不由想起佛陀故事里，悬崖边的一棵树上吊着的那个人，因为时不时舔着树上掉下来的一滴蜜，便忘记了自己水深火热的处境。

这一年的材料和上一年相比更多一些，光是一项“有特色产业”，我们就把全村农户拥有杉木、油茶、蔬菜等特色产业的数据全部填了一遍，还放了很多张图片佐证。这些数据都是我们叫来村干、组干和群众代表一户户问来的，经得起考验。前段时间光是整理村级档案，就已经让驻村工作队和村干们人仰马翻了。至于七十八户贫困户的材料，只能让县林业局的帮扶干部自己操心了，我们核对一遍都不容易。

我复工以来，宝宝的好日子也到头了。我一般早上吃完早饭就去村里入户、开会、走访贫困户，中午回来急匆匆给她喂奶，下午又进村迎检或者去镇里做材料。市、县两级为了保证自治区的脱贫核验万无一失，纷纷组织了专业的小组进行情况摸底。我们一边准备迎接区检的材料，一边迎接各级督查，忙得快飞起来了。镇政府这段时间一直灯火通明，我和兰姐、东哥以及小陈姑娘每天扎在办公室里准备那些浩如烟海的材料，其他什么都顾不上，每天拖着疲惫的身子回到家都已是深夜。他们体贴我，常会对我说："书记，你先回去吧，我们再继续整理。"

每天等我回到家，孩子已经哭累得睡过去了。我因为不能按时喂奶经常造成乳腺堵塞，疼得眼泪都掉了下来。这么折腾让我更加疲惫不堪。帮忙照顾孩子的小姨嗔怪地说："艳，不是我说你，你是妈妈呀，你稍微花点心思管管孩子啊！她好可怜的。"我又疼又累，看着近期越来越瘦的宝宝，想着那些尚未完成的工作，忍不住哭了起来，吓得小姨连忙安慰我，说她的话太重了。

她的话如最后一根稻草，压垮了我这个外强中干的胖骆驼。我觉得自己真是太难了，苍天啊，我要怎么样才能做一个好母亲啊，我要怎样平衡我的事业和家庭！我的孩子才几个月，我和王懿都没空管她，我还要继续带领村民做事，继续写公众号的文章，继续把村里的工作做到无可指摘，顺利通过扶贫核验……纠结和愧疚的泪水止不住地流下来，纷乱如麻的思绪几乎将我吞没。

深夜，孩子终于沉沉睡去，我的情绪也渐渐平复。作为一个成年人，我要对自己的选择负责。做第一书记是我的选择，生孩子也是我的选择，事已至此，不管是出于责任还是出于惯性，我都得把这段时间熬过去。而且，我为什么要充满愧疚感呢？我已经尽力了，“女本不易，为母则刚”这种话，我再也不要听了。我是一个精力有限、能力也有限的普通人，就让我抱着这种“挑水的时候就挑水，砍柴的时候就砍柴”的洒脱劲去爱她吧。当工作需要我时立刻走马上阵，当工作结束后就全身心陪伴她，就这样不后悔、不愧疚地活着，摆脱这种育儿焦虑，不也很好吗？想通了这一点，我仿佛挣脱出了这种削足适履的“模范母亲”牢笼，内心轻松多了。

煎熬的日子总是显得尤为漫长。市级核验开始了，离县城比较近又是预脱贫村的上蒙被抽中核验。

市级核验组由百色市扶贫办的同志带队，还有各县扶贫办主任助阵，阵势庞大且专业。市核验组查得很仔细，带队的扶贫办同志也非常严格，说：“如果我们现在随便糊弄一下，区检和国检就麻烦了。”国检就是国务院扶贫办组织的第三方核验。理是这么个理，但一天走访下来，我们驻村工作队还是有些灰心丧气。本以为已经准备得妥妥帖帖，谁知道一下被查出诸多问题。核验组去贫困户家里看帮扶手册时，发现有一些贫困户的基本信息没有更新，数据后面也没有签名。核验组离开后，我气得向东哥发了一通火，说：“都到了核验的时候了，帮扶干部的工作怎么还有这么多纰漏？”他火急火燎地联系局里的帮扶干部到贫困户家里再次核对材料。我头昏脑涨，已经被这些事情搞成了一个一触即发的火药桶。

接下来的几天，我们手忙脚乱地查漏补缺。只有干过扶贫的人才知道，为了准备迎检的这些材料，我们花了多少心思。我们每天都在做核验材料，分工明确，内勤和外勤相结合：我和小陈主要在电脑前做数据；兰姐和东哥则到村里拍照、收集材料，整理村部“扶贫作战室”里面的档案。所有人都高强度地连续奋战，和扶贫相关的干部都没有休过周末。虽然荣书记的管理已经很人性化，没有像有的县那样直接发文取消周末，但是我们驻村工作队全部严阵以待，丝毫不敢放松，自己的任务没完成，谁都没有休息的心情。镇里的同志除了完善自己负责联系的五户贫困户资料之外，还要把各村的养老保险、医保、低保等基础性数据统计出来提供给第一书记们，为此他们整整通宵了好多天。村扶贫专干小妮刚生了个儿子，手头的工作也早已全部移交给其他村干。村里的人手更少了，村干们累得快要撑不住了。

2017年12月15日，自治区脱贫核验组终于来到了凌云。二十多人的核验组由广西农业厅的一位副厅长带队，第二天一大早便开始核验。

我们的神经紧绷到了极点，镇里所有干部都在原地待命。15日晚上十点多的时候传来消息：明天抽检上蒙村。虽然上蒙村一直被抽检，但是听到区检也要来上蒙，我还是忍不住哭笑不得。一得到消息，易书记立刻召集镇里的领导班子成员和上蒙驻村工作队员开会，布置第二天的上蒙迎检计划，落实了哪些人带路、哪些人在村部陪同、帮扶干部要注意什么、中餐在哪里吃、准备什么菜等等所有细节，很轻车熟路。“准备了整整两年，就为了这次核验啊！”我的心里十分紧张，但更多的是自信和期待，相信自己在村里所做的一切，期待这让人心跳的核验一切顺利。两年的工作成果，也该展示一下了！

第二天早上六点多，我早早起了床，开车接了几位驻村工作队员一起去村里。到村部时，所有村干都在等着了，易书记和县林业局的蒙局长也早早到了。我们又检查了一遍村里的档案，把村里的基本情况再跟村干们培训了一遍，以防核验组会问到他们。所有的帮扶干部都在村民家里候着。看似已经万无一失。我们紧张地搓着手，静候核验组的到来。

八点多的时候，核验组一行八人由县委办黄主任陪同来到了村里。一位中直单位的女处长做组长，其他人大都是年轻的科级干部，他们在南宁经过三天的专门培训之后来到了此次核验之旅的第一站——上蒙村。到了村部，他们要求先看村级脱贫摘帽的材料，只允许我和村支书、村委会主任陪同，其他人在外面等候。我一打开档案柜，他们就被惊到了，感叹道："这么多？！"我点点头，说："三十五盒贫困村档案，七十八盒贫困户档案。"等大家把"十一有一低于"的材料一项项看完后，一个多小时已经过去了。门外的人等得有点着急，想推门进来看看情况。

因为是第一站，核验组成员之间也在不断磨合，慢慢熟悉材料，不时问一问村里的情况。我对那些数据已经烂熟于心，并不惊慌。当他们看到"有村级公共服务"的档案盒时，其中一人问道："你们的篮球场和球台在哪里？"我一扬手，指着他身后的窗户："喏，在你后面呢。"他有点奇怪地问："既然都能看得见，为什么材料里还要附上照片和说明呢？"我眨了一下眼睛，说："宁可错附一千，不能漏放一个嘛。"他们都笑了起来。

村部的材料刚刚看完，核验组就接到了在县城驻扎的同事发来的核验名单，总共要走访十户贫困户和非贫困户。我听到之后，飞快地告诉了在外等候的人，让他们提前通知这些农户在家等待。核验组自己关起门来开了个小会，接着就要到这十户农民家里去了。我在心中默念了一声“苍天保佑”，希望抽到的这些贫困户能配合一些。核验组拿着一张很详细的验收表，表上不但有关于贫困户“八有一超”的内容，还有很多类似精准识别时的问题，以及对第一书记、对整个村扶贫成果的评价等。

核验组分成两队入户，我跟着组长这队到了中蒙一个六十多岁的单身汉家里。组长只让我一人进去，其他人都在外面等候。这个贫困户是壮族，普通话说得磕磕巴巴，但态度不错，对政府帮扶总体比较满意。看到他这么配合，我暗暗松了一口气。这时，组长随口问道：“我看资料上说你们村油茶树很多，这两年种植户的收入也一直在增加，你家种了油茶树吗？”他说：“没有啊。”组长一下子警觉起来：“我看表格上写你家种了好几亩，怎么说没种呢？”他在那里结结巴巴说不清楚，我也急了，心想：这个家伙，你家明明有好几亩油茶，怎么说没有呢？我刚解释了一句，组长就严肃地看了我一眼，请我回避一下，又把帮扶干部叫了进去。我只好怏怏地走出来。屋外等待的村干听完我的描述后也是目瞪口呆，想不通这个贫困户为什么要说谎。大家紧张万分。

过了一会儿，帮扶联系人出来了，一脸轻松地说：“搞清楚啦，他说他家确实有五六亩油茶树，那是多年前种的，近几年确实没种过啊！”我们这才如释重负。当地很多年纪大的壮族老人说普通话不太流利，沟通的时候很容易产生歧义。蒙局长担忧地说：“我们做的工作心里是有数的，倒不怕他们认真查，就怕问话时没人在身边，沟通起来有障碍，给我们减分。”

核验组到每一户都会问农户认不认识第一书记和帮扶联系人，这是评分的一个重要方面。有趣的是，其中一户是易书记的联系户，组长笑眯眯地问户主：“你认识易书记吗？他是你们泗城镇最大的官哦。”贫困户听了，皱皱眉：“易书记？我不认识。镇里最大的官不是镇长吗？”此言一出，站在门外的易书记惊出一身冷汗，赶紧跑到门口看看状况。组长指指易书记：“就是他呀！”贫困户一看，说：“小易呀？他经常来！我还以为是谁呢！”我们一听，都哈哈大笑起来。我说：“小易书记，你的冤屈洗清了！”他哭笑不得：“我就说嘛，我经常过来，怎么会不认识我呢？”

核验组倒也真发现了一些问题。上蒙屯的一个贫困户申请了小额信贷，都过了大半年了还没有放款。我们赶紧打电话问，相关人员说是因为这家的申请提交得比较晚，且只有母子二人，信用评级没那么高，所以放款要晚一点。组长叮嘱组员要把这个问题记下来，以后再观察。每次遇到这种小问题，我们的心都吊到了嗓子眼儿，生怕有什么大问题被“拔出萝卜带出泥”来。核验组成员虽然是临时抽调过来参与脱贫核验的，但都非常认真。虽然他们以前对扶贫工作接触不多，但是就这次核验来看，他们确实是扎扎实实做了不少功课，很多问题都问得很专业，让我们不禁冷汗涔涔。

整整一天，我的心情都在核验组的提问中跌宕起伏。

核验组一直到下午两点多才吃午饭，半个小时内吃完后就继续走访。走访完十户农户时已经是下午六点多了。他们态度平和，可以说是比较满意地离开了上蒙村。我们随行的一群人这才卸下了心里的大石头，身心轻松起来。

在回去的路上，有人提议，区检应该是顺利通过了，我们应该吃夜宵庆祝一下。我苦笑着说："今天实在是吃不动了，等国检结束后咱们再好好庆祝吧，革命尚未成功啊。"多日来绷紧的弦忽然放松，我的大脑似乎还有点不太适应。这种放松让我感觉不太真实，更何况还有国检在后面"虎视眈眈"。

后来的几天里，我按照核验组的要求补充一些佐证材料。半夜十二点多送材料到县扶贫指挥中心时，我发现整栋大楼竟然灯火通明，县长也在那里坐镇。他一言不发地坐在凳子上看材料，黑眼圈都要吞没眼睛了。大楼里人来人往，都是熟悉的面孔，互相看到都会心一笑：来补交材料的呀。这段时间，县里的同志已经紧张到疯魔。

我们每天都听到核验组去某某村的消息，有的村很羡慕上蒙村能够早一点迎检。无论如何，这种检查确实让人如临大敌，谁都不敢有任何差池。如果一个贫困户的核验出现问题，整个村的脱贫摘帽都会受影响，进而影响到整个县的脱贫比例，这个连环效应让每个第一书记都心惊胆战。契诃夫的名篇《小公务员之死》中，上司的一个无心之举让小公务员心力交瘁。我以前一直以为这是大作家的杜撰，经过这次的核验，我相信这种严峻的形势真的会让人崩溃。以前在机关时，我们很少迎接督查和检查，犯了错最多被领导批评一下，没想到督查和检查在基层是常态，稍有不慎，全盘皆输。基层干部经常会有如履薄冰的恐惧感。

终于，自治区核验组离开了凌云，对凌云的抽检基本满意，我们全都松了一口气。而国检的名单要到元旦后才能确定，凌云的“危机”依然没有解除。虽然县里没有明确通知元旦不放假，但是大家的心都还悬在嗓子眼儿，没有一点儿过节的心思。这几年辞旧迎新之际我都如此焦头烂额，不由得“独怆然而涕下”。

元旦刚过，我和兰姐、东哥就再次去了趟村里，准备到几个偏远的村屯看看贫困户，再次“抱抱佛脚”。走了几户之后，我发现扶贫手册上还是有一些明显的问题，立马气炸了：“之前帮扶联系人不是说检查了好几遍吗？怎么还有这样的低级错误？”东哥讪讪地打电话给帮扶联系人一一反馈。我闷着头再没吭声。他们看我这样子，也没人敢说话。这时，我忽然发觉最近自己的脾气越来越大，个人修养也越来越差，成了一个经常咆哮的“母老虎”，哪里还有一点温文尔雅的影子？看来时势不但造英雄，也能造暴君啊。

不到贫困户家去还好，这一去，我的心情更加沉重了。如果国检很关注扶贫手册内容的话，我们恐怕要死翘翘了。我们在村里转了一天，一直到晚上六点钟。我一想到这一天下来发现的那些问题，实在轻松不起来。兰姐和东哥不知道该怎么安慰看起来失魂落魄的我。最后，兰姐小心翼翼地说：“路书记，上蒙真的做得很不错的，你别太担心，我想国检他们走访群众时也会感觉得到的。”我点点头，不再说话。

回程路上，他俩忽然看到微信群里的消息，说是国检没有抽中凌云！这是从广西扶贫办传来的消息，确凿无疑。顿时，我们在车里高兴得大呼小叫，之前的阴霾和郁闷一扫而光，心情大好。人生就是这么跌宕起伏、难以捉摸啊！前一分钟我们还在为国检愁眉不展，现在却已经乐开了花。他们笑着说：“上蒙过了区检，可就算脱贫摘帽了！恭喜书记！”

我满面春风地开着车，惬意极了。春有百花秋有月，夏有凉风冬有雪，转瞬之间，所有一切都是刚刚好。我们乐呵呵地往县城赶，一路上说说笑笑，车里弥漫着欢乐的气氛。我太久太久没有这么放松过了。

第二天，我去理发店剪了头发，稍微打扮了一下才去镇里，然后惊讶地发现有三位镇领导都理了头发、换了新衣服。见此情景，我们彼此会心一笑。这个重大考验，可算是顺利过去了。

全民上阵忙『春晚』

◎上蒙村从一开始的死气沉沉到现在的百花齐放，主要是因为很多有才干的人冒了出来，他们以点带面地点燃了村民的激情。

脱贫核验结束后，很快就到2018年的春节了。

村里开会时，村干问我还要不要做春节晚会。我计划着带孩子回趟老家，不在这边过年了，便说："你们要是想办，那我就组织，但我自己就没法参加了。去年的晚会很折腾大家，今年你们看情况。"

会后，我接到老承的电话："书记，听他们说你不参加晚会了，是吗？"我说是的，他的声音高了一个八度："书记，你不在，我们自己办晚会有什么意思吗？要办，肯定要在你在凌云的时候办。你是怕来不及组织吗？不用担心，我们百功、那桑屯出节目，我来组织都没问题！你在村里辛苦了两年多，这次不是你给我们办晚会，这是我们上蒙村民给你的一台晚会，你一定要参加，没有什么可犹豫的。"他连珠炮似的一番话让我很感动，一时不知道怎么回答。我说跟村干再商量下，毕竟工作量挺大的，又得辛苦大家，他有点恼火：“必须要办啊！这事儿还用想？！我跟他们说。”

不知是老承的话起了作用，还是村干组干商量过了，第二天一大早，赵支书给我打电话，说大家觉得还是要办一台晚会，就放在我回家前一天的晚上。看他说得诚恳，我想想村子已经脱贫，暂时没有特别紧急的任务，也下了决心办。

我仔细分析了这一年的形势。2017年上蒙春节活动“一战成名”，荣书记和镇里都十分满意，精神文明建设几乎成了村里的亮点。现在我们钱有了，队伍也有了，更有了宝贵的经验，我觉得一切会更加顺利。这真是验证了“越努力，越幸运”的真理。

过了一段时间，节目陆陆续续报上来了，总共有十八个，光是百功和那桑屯就报了十一个节目，撑起了晚会的大半江山。上蒙村真是今非昔比，这一年的节目已经多到需要筛选了，马太效应日益凸显。村干们信心大增，说有了这么多节目，心里就有数了。

还不到腊月二十，春节气氛就已经很浓了。大学生在操场一角排练节目，小伙子在投篮，老人则坐在小板凳上有一搭没一搭地聊着天。几十个小朋友在球场上玩，还有的坐在小桌旁边专心写字画画，有的在玩橡皮泥，有的在玩老鹰抓小鸡。这竟然都是几个大学生自发组织的活动，让我很惊叹。眼前的场景其乐融融，这不就是我们想要的和谐社会吗？

小海气喘吁吁地跑过来告诉我：“书记，我们准备把那些绘本发给小朋友，你来和我们一起拍照留念吧！”我的一个朋友送了四五箱绘本给村里，刚好趁着过年的时候发出去。几个大学生站在舞台上指挥孩子们站队形，最小的孩子才两三岁，吸溜着鼻涕，大的也不过七八岁。小海喊："孩子们，刚才给你们发的书，喜不喜欢?"大家齐声喊："喜欢!"她又大声问道："那我们要感谢谁呢?"孩子们用稚嫩的童声拖着长长的尾音喊："感——谢——书——记——"说得整整齐齐。我和村民在台下都被逗笑了，我说："你们看来是排练过了。"他们坚决否认。

拍完照，一个四五岁的小姑娘走到我跟前，轻轻地喊了声："书记。"我一看她脸上泪痕还未干，便蹲下来问她怎么了。她边抽泣边指着旁边的一个小男孩，奶声奶气地向我告状："书记，你看，为什么他有三本书，我只有两本？"我一看，果然如此。我故作神秘地告诉她："你看哦，虽然你只有两本，但你这本书很厚，比他的三本加在一起还要厚，所以你的书比他的好啊！你不要羡慕他了，万一让他看到你的书这么好，他还要抢你的呢。"她露出了恍然大悟的表情，很快破涕为笑，抱着书三蹦两跳地跑了。这个小插曲让我一整天心里都是甜甜的。

在筹备晚会的时候，我在大学生微信群里专门发帖招募晚会主持人和志愿者。一眨眼工夫，三十多个大学生在群里接龙表示愿意参加。但奇怪的是，主持人则迟迟没有人报名。我在群里动员了半天，大家都推说自己普通话不标准，难登大雅之堂。于是，我直接指定了四个大学生做主持人。他们推辞了半天不愿意，我说："这是征求意见吗？这是命令。"他们这才害羞地接受了。那段时间，我每天都在微信群里跟他们讨论春节晚会的事情，还分配了具体可操作的任务让他们认领。逐渐地，他们做事越来越成熟，自编、自导、自演，并承担了晚会的绝大多数会务工作。

一切都在有条不紊地进行着。晚会的总导演是老承，节目统筹由四个大学生主持人负责，服装、道具、化妆、奖品等事项也由大学生去做。我们从凌云职校借来的音响和灯光设备，是几个大学生志愿者从县城拉回村里的，还有很多鸡零狗碎的杂务，只要我在微信群里喊一嗓子，很多志愿者便飞快地响应了。大学生的基本素质摆在那里，以他们的能力干这些小事实在是小菜一碟，而我则可以抽出身来抓任务分工和流程管理。在这样繁忙的日子里，我甚至偶尔还可以带孩子出去散散步，真是今非昔比啊。

这一年晚会筹备进展得如此顺利，当然在于广大群众的支持，但其核心在于人才，在于村里有文艺骨干和积极的大学生们。两年多的第一书记干下来，我再次感觉人才是一切事业的基础，调动人的积极性，发挥人的主观能动性，任何一潭死水都会焕发出新的生机。人什么都能做，但人有个特点，他有情绪，有思想，他能“士为知己者死”，也能撂挑子不干。这时候就很考验管理者的综合素质了。每当这种时候，当年龙院长的两个字便给了我很大的鼓舞：尊重。上蒙村从一开始的死气沉沉到现在的百花齐放，主要是因为很多有才干的人冒了出来，他们以点带面地点燃了村民的激情。而这时候，第一书记就可以像网上的蜘蛛一样，在之前布好的局上不断收获成果。

时间过得飞快，很快到了节目预选的时候，我们花了一个下午看节目演出。百功和那桑屯的节目质量都很高，连服装道具都准备好了，实实在在用了心。在村干们的据理力争下，我同意保留所有节目，春节晚会就是为了让村民们自娱自乐，大家觉得好就行了。我和老承不断跟演员沟通如何改进的时候，我逐渐有了点导演的感觉。老承还推荐了自己屯里的两个孩子当主持人，一个六岁一个七岁。我原本是有点放心不下，但是他跟我打包票说绝对没问题。我们第一次见到两个小主持人时，他们真的非常优秀。几个大学生笑道："为什么我感觉他俩的台风比我还好？"

预选结束后的第三天，赵支书小心翼翼地对我说："书记，我们山上汉族屯的妇女想报个节目，不知道还来得及吗？"说着把我拉到戏台前。只见几个穿着白衣黑裤的中年妇女局促地站在戏台上，眼巴巴地望着我。我有点犯难了，毕竟只剩两天就要演出了，我们连节目排序都定了。他连忙解释："前几天，她们不好意思上台，我怎么动员都没人报。结果一看彩排，几个人感兴趣了，连夜集合起来找了个曲子练。昨天还到县城买了服装，说一定要上台。书记你看看，给不给上？"难怪她们穿成这样，原来"早有预谋"！赵支书边看我的眼色边说："我也跟她们说了来不及，可她们还是要排。要不，让她们跳一遍给书记看看？"

这是一个舒缓简单的广场舞。她们的舞蹈动作很不熟练，观赏性也一般，和其他节目差距挺大。我和赵支书面面相觑。赵支书为难地说："这个，她们跳得实在还不太熟，书记你看怎么办？"我也难以决断。台上几个大姐都忐忑不安地看着我，就像等待公布分数的小学生一样紧张。这是汉族屯第一次如此积极地报集体节目，不能挫伤了他们的积极性。想到这，我说："算了，你们好好练，到时候上台吧！"她们立刻鼓掌欢呼起来。领头的胖大姐得意地对同伴说："你们看，我说了大家好好准备的话，书记会让我们上台的，没错吧！"赵支书打趣道："嘿，可别高兴得太早。你们这两天啥事也别干，好好练，不然这样子上去可要丢人呢。"她们立刻嚷嚷："肯定好好练！谢谢书记，谢谢支书！"上一年我们求爷爷告奶奶才愿意表演节目的村民们，今年竟然想方设法申请参加，有意思。

晚会前一天，我和村干们又一项项检查了晚会的各种筹备事项，包括租来的几百个塑料板凳，照明灯和音响设备，喷绘的舞台背景，获奖证书和各种奖品，确定各个环节的引导人员，给小孩子和演员买的食品，还有演员们的服装、道具、化妆等。赵支书带着村干们忙前忙后，把能想到的后勤工作都安排得妥妥帖帖，我几乎没怎么操心。村干们买的对联、灯笼、门神都在村委楼安排上了，二楼和三楼的外栏杆上最显眼的位置挂着两条横幅，一条是"要做'最爱国、最守法、最勤劳、最诚信、最友善'的新型农民！"这是荣书记一直在强调的"五最"农民；还有一条，是"发扬'积极、务实'的'上蒙精神'！"

"上蒙精神"是我最近迸发出来的灵感。之前在看管理学书籍《基业长青》的时候，其中一个观点击中了我：一个优秀的企业想基业长青，必须要有其"精神内核"，让员工有心灵上的认同感和归属感。我思考了很久，上蒙村脱贫致富的精神内核到底是什么？在基础设施逐渐改善，甚至领先于其他贫困村的时候，上蒙人也许更需要精神上的脱贫摘帽和敢为人先。我想了很多措辞优美、含义丰富的句子，但都觉得太复杂，最后灵光一闪：它应该是简洁而有力的，这样才能让人印象深刻。对，唯有“积极、务实”四个字而已！我一直以来寻觅的“上蒙精神”，是我的座右铭，更是我和上蒙村民对生产实践经验的生动总结。

我到村部上卫生间时，刚关上门，就听到有人过来。似乎是一个小孩不肯洗手，奶奶吓唬他说：“快洗！你这个狗爪子脏成这样，书记见了可是要骂人的!”我待在一门之隔的卫生间里，又惊又叹，自己竟成了一个让村民敬畏有加的“大魔王”啊。

天色渐晚，温度也越来越低了，仍然有很多人在村委楼附近忙碌。一阵冷风吹来，我忽然感觉到一阵阵幸福感袭来。这是多么真实可触的生活，被信任着，感动着，紧张着，但依然在匍匐前进着，一个接一个酸甜苦辣的瞬间就是生活的本质。

甜蜜的一天

◎上蒙村的孩子们啊，哪里是你们感谢我，应该是我感谢你们！感谢你们让我重新相信了善意的力量，重新找到了尘封已久的爱和初心。

2018年上蒙村春节晚会当天，村干们一大早就到了村部，驻村工作队的同志们也都早早下来帮忙。大家开始打扫卫生、摆放桌椅、拉电线、布置舞台，忙得不亦乐乎。上午十点多的时候，六个主持人来了，我和他们开始核对主持词。

这时，和中蒙三组有过水渠纠纷的小陆也过来了，满脸堆笑地站在旁边。我问他怎么这么早来捧场，他指了指主持晚会的小男孩：“这是我小孩呀。”我笑了起来，说：“果然虎父无犬子，我就说这小家伙怎么口才这么好，原来有你这么厉害的老爸呀。”他不好意思了，说：“书记啊，还提那件事，我惭愧死了！”我赶紧摆摆手：“没有没有，这句真是夸你俩的！”他又大笑了起来，一脸宠溺地摸了摸孩子的头。

下午的时候，我发现球场边上竟然有小贩在摆烧烤摊，他已经开始麻利地烤肉了，旁边果真有几个年轻人买了肉串在啃。

见我过去，他们热情地邀请我也来几串。摊主自称是隔壁村的，说："听说上蒙的晚会很热闹，今天我来凑热闹挣点小钱。"烤肉摊旁边还有卖玩具、气球、荧光棒和棉花糖的摊点，这里已经俨然成了一个小型庙会。演员们在村委楼里化妆和换衣服，也有一些演员在舞台上趁机再排练一次。村委楼的"儿童之家"里挤满了人，除了一些小孩子在泡沫地垫上玩，还有几位老太太也来凑热闹，搬了凳子坐在门口。

晚饭后，王懿和景局长一起到村里来了。之前我邀请了荣书记，但她刚好出差，就让王懿代表她来上蒙看看。王懿这次来是亦公亦私，看了一圈，大大称赞了我们的组织能力，他还谦虚地问："有什么我可以帮忙的吗？"我说："您老人家能准时来就不错了。"

之前我为了办晚会的事情向景局长请教了很多次，连音响都是找他帮我借的。我说："景局，您来检查我们村精神文明建设的情况，我们紧张得很呢。"他连连摆手："没有没有，我来学习观摩，你们做到这个程度，真厉害！"我笑了起来："你们的《懒汉脱贫记》才是真的厉害，广西铜鼓奖啊！"说到这个，他高兴得眉飞色舞："谢谢书记！《懒汉脱贫记》第一次表演就是在上蒙，沾了上蒙的福气！"

2017年底，县文体局组织了一次"送文化下乡活动"，有一场表演是在上蒙。在这台晚会上，县文体局的老韦自编自导自演的方言小品《懒汉脱贫记》，获得了现场观众的高度认可，老百姓们从头笑到尾，十几分钟里掌声不断。这个小品的视频被放在县委宣传部“壮志凌云”公众号以后，阅读量在两天时间里就飞快地达到了公众号建立以来第一个10万+。后来，《懒汉脱贫记》被选送到市里，又被市里选送到自治区，前些天披荆斩棘获得了广西铜鼓奖！这让王懿和景局长大受鼓舞，准备趁热打铁创作“懒汉脱贫”系列小品。

晚上七点钟，晚会正式开始。今年的开场做了一点改良，参照央视春晚的做法，开场舞之后再由主持人登台报幕。第一个开场舞是百功屯和那桑屯出演的《欢乐中国年》。舞蹈结束时，六个主持人登场了。他们穿着专门租借的礼服，看起来光彩照人。在说完串词的那一瞬间，一排烟花在舞台背景墙头炸裂开来，将整个舞台映成白昼一般，现场的观众们一下子欢呼起来。

这些烟花的创意是村里的年轻人自己想出来的，也是他们在舞台后面一一点燃的，舞台效果出人意料的好。从今年的情况来看，他们确实十分靠谱，自发地想了好些办法。比如，在舞台两边放了两簇漂亮的氢气球，村民拿的荧光棒、口哨、拍手器、头饰、荧光手环等也都是他们在网上买的。当他们开足马力的时候，这些细节想得比我还要完美。这让我想起管理学大师彼得·德鲁克的一个经典观点：管理的本质，就是最大限度地激发每一个人的善意。我想起当初刚来村里时的焦头烂额，对比现在上蒙村的百花齐放、人才辈出，我感觉得到自己在管理理念上的进步和提升。要想改变别人，先要改变自己，看来确实如此。

大学生自己创作的方言三句半《说上蒙》非常有趣，全是俚语俗语，又十分押韵，它当仁不让地成了当晚最别致的节目。

说　上　蒙

喜气洋洋新年到，欢聚一堂尽欢笑，
先给乡亲们拜个年，新年好！
高高兴兴台上站，心中激动难开口，
要问我们表演啥，三句半！
今天讲个三句半，讲得不好多包涵，
不管讲得好不好，不要跑！
我们几个话挺多，听得大家哈哈笑，
希望能够捧捧场，先鼓掌！
没得掌声我不讲，你们要再不鼓掌，
管帮你们鼓鼓掌，开讲！
就讲我们上蒙村，欢欢乐乐过新春，
未来预示怎么样，一定棒！
上蒙变化特别大，个个出门开四轮，
家家户户有钱拿，讲得好！
中央领导决策好，第一书记来指导，
脱贫建设新农村，好政策，好领导！
蔬菜基地农村建，高速公路初上线，
晚上出门路灯亮，真方便！
种养建设好规划，上蒙山水美如画，
父老乡亲个个夸，顶呱呱！
篮球比赛真精彩，没得哪个队失败，
百家宴，做好菜，一起来！

小康社会要实现，精准扶贫是关键，
参加文艺演出队，好风貌！
感谢书记感谢党，处处都为我们想，
福利待遇有保障，好榜样！
上蒙春晚真热闹，今年节目真不少，
小品演得真不错，好好笑！
还有节目在排队，得给他们点机会，
时间宝贵莫浪费，撤退！

那桑屯的阿宝自弹自唱了一首《凌云》，改编自郑首火透半边天的民谣《成都》。我纳闷了：村里还有这么优秀的歌手？一问之下才知道，原来他还拿过“上蒙村十佳歌手”的第一名。在我休产假期间，百功和那桑屯在屯里的戏台上组织了一次“上蒙村十佳歌手大奖赛”，吸引了二三十人报名。结果阿宝以压倒性的优势一举夺魁。

老承编排的节目也让我们开了眼界。演唱《十送红军》的大学生们都穿着绿军装站在合唱架上，虽然大家的唱功有限，高音的地方都不怎么唱得上去，但是他们那种青春勃发的气势让人印象深刻。歌伴舞《国家》则几乎动用了屯里四五十个大人小孩，声势浩大。当“有国才有家”的旋律响起的时候，演员们手持着大段红绸从观众席中间穿过，将整个操场装扮成了汹涌的红色海洋。观众们沸腾了，现场的鼓掌声、尖叫声和口哨声掀起了晚会的一个小高潮。

各种颁奖环节在节目中间穿插，王懿和景局长都上台讲了话。到了“上蒙励志奖学金”时，我特地邀请易书记为获奖的大学生颁奖，让他们记住这位心系上蒙的领导。轮到我讲话时，我站在舞台上看到台下黑压压的村民，想到这是我在上蒙的最后一个春节，既激动又感伤。我告诉大家，希望他们永远传承“积极、务实”的“上蒙精神”，让村子越来越好。他们对我的简短发言报以经久不息的掌声，还有人在台下喊着“路书记，我爱你！”引起了一阵哄笑。

晚会的节目质量比上一年提升了很多，全程都很顺利。晚上九点左右全部结束时，我全程紧绷着的心弦也终于放松下来。大学生们和演员们拍完照后，开始收拾场地。赵支书兴冲冲地说：“书记，你记得吧？我们去年收拾场地到半夜才回家呢，今年有大学生参与，这些都不用操心了。”不到半个小时，桌椅板凳都收得干干净净，地上的垃圾也全部被清理了，偌大的场地就像什么都没有发生过一样。

我陪王懿、景局长和易书记到上蒙村部看了看。这时，一个小姑娘在门边探头探脑，还穿着刚才唱歌的红军服装。我瞥见她是村里的大学生小黄，便喊她进来。她小跑进来，喊了一声“书记”，欲言又止。

我示意她有话就说。她迟疑了一下，拿出一封信羞答答地递给我说：“书记，我给你写了一封信。”我很疑惑：“信？”她低着头说：“书记，你真的对我太好了，我也不知道该怎么感谢你，就写了一封信。我的能力有限，水平也很差，可能达不到书记你的期望，可是我一定会记得你的教诲，我一定会努力的！你这两年为我们上蒙村付出太多了，书记辛苦了！”她有点语无伦次，越说越激动，说着说着自己先哭了起来。

她这突如其来的“告白”，让在场的其他几个人都有点迷惑不解。但我心里清楚她在说什么。

之前开大学生座谈会时，她自嘲自己虽然学的是师范专业，但普通话太差劲，想考普通话等级考试，又觉得三百元钱报名费太贵了，爸妈挣钱不容易，既然考不过就不要浪费钱了。我看着她的样子，想起了当年囊中羞涩而不敢尝试的自己，当晚便用微信给她转了三百元钱，鼓励她报名试一试。她推辞了好久，最后在我的坚持下收下了。我很快就忘了这件事，也没问过她考试的情况。没想到，就是这么一件在我看来小得不能再小的事，竟让她铭记至今。

她一边哭一边说：“书记，我能力太差了，我怕对不起你的期望。”看着她这么真诚和朴实，我手里攥着信，眼泪也掉了下来。上蒙村的孩子们啊，哪里是你们感谢我，应该是我感谢你们！感谢你们让我重新相信了善意的力量，重新找到了尘封已久的爱和初心。我拍着她的肩膀安慰她，说努力了就行，别太在意结果。过了好久，她停止了抽泣，然后略带尴尬地说：“书记，不好意思，我没控制好情绪，好丢脸哦。”然后飞快地跑开了。我又激动，又难过，脸上的泪水久久不能拭去。

这时，人群都已散去，村干也回家了，村部完全安静下来。我坐在返程的车里，五味杂陈。近段时间以来连续透支的身体，高度紧张的精神，都让我喘不过气来。晚会的成功举办让我舒了一口气，但这一标志性的事件似乎也成了一个节点，标志着我在上蒙的时日无多。一想起这个，我又不由得感伤起来。

我攥着小黄的那封信，想着两年多以来的种种辛酸和甜蜜，恍如隔世又近在咫尺。我是个容易动感情的人，尤其是最近，不知道为什么，内心中总是充盈着一种惬意和感动，幸福和满足。两年多的上蒙之旅为我的生命增添了许多色彩，并以前所未有的方式塑造了我一部分崭新的灵魂。

华章终归要结束，帷幕到底会落下来，而最不舍这一切的，竟然是当初觉得苦不堪言的自己。

感谢信

尊敬的书记：

您好！

我是[illegible]学生黄[illegible]。首先！我要道一声谢谢，谢谢书记对我的支持和关爱。感谢书记在生活上对我的帮助，在学习上给予我的关心。衷心感谢您，我会记住书记在我困难时给予我的有力帮助，在以后的生活中，无论有再大的艰难险阻，只要想起有书记在背后支持我，我都会勇敢向前。在我心里，您像妈妈温暖，在孩子困难时，鼓励孩子勇敢向前；在我心里，您像老师尽职尽责，关心着每一个学生，每一个小孩，每一个老人；在我心里，您又像爸爸严格，让我们变得越来越好。我觉得我很幸运，在座谈位上我们像朋友平平弟弟的聊天，我自己无心的一句话书记却放在心里，给予我帮助，鼓励我学好普通话。书记给予我不仅是物质上的帮助，更是精神上的鼓励。我知道练习普通话是乏味的，但我现在也依旧在坚持练习，进步很小，见自己有一点点小进步还是很开心。觉得自己一天没白过，很充实。我会像备考教师资格证笔试那时所有毅力来学好普通话，掌握更好的语音面貌。掌握充足的知识来提升自己的能力，有能力了才能像书记一样把爱传递。还记得书记刚来那时我高中才毕业，您准备任职结束我大二，在这期间，你无数次帮助过我，感谢的话说了好多次却没有当面对您说过一次。是我做

第　页

得不对，您任职时间就要结束了。我真的舍不得您，因为我不知道您以后还会不会经常来看看我们，在以后的日子里，希望您可以经常回来。我相信上蒙村会越来越好。书记自从来我们上蒙村，村里交通更便利了，村民的收入也更多了，老人小孩村里的人爱笑了。印象中，每逢过年村里是比较冷清的，您来了有节目村里热闹起来，每次回到家爸爸妈妈都会问节目什么时候演出啊！我就很开心，书记谢谢您，让我们村变化这么大，您您辛苦了！

在以后的生活中，我会虚心求学，不断上进，热爱生活，取他人之长，补己之短，才能学有所成。学习普通话是个持续的过程，不可中断。所以我不会“两天打鱼，三天晒网”。因为我热爱教师这个职业，喜欢孩子纯真的笑脸，有时候他们调皮任性。成为更好的自己他们也是我的动力。我会继续努力，争取早日拿到到普通话证和教师资格证。争取做一个新时期合格的幼儿教师。来回报书记的爱，虽然现在没有能力报答书记对我的帮助。但我会以此激励自己，好好学习，好好做人，好好感恩！

最后，祝书记新年快快乐！

在新的一年里，工作顺利！合家欢乐！一帆风顺！

此致

敬礼！

黄[illegible]

2018年2月8日 第 页

和黄文秀二三事

◎ 她中等身材，长得白白净净，穿着淑女风的蓝色连衣裙和白色开衫，看起来非常优雅。

我生完孩子回到凌云后不久，有好几个外地的好朋友到凌云来看我。但其中有一个人能专程过来，我还是很没想到。

她叫黄文秀，是北京师范大学的定向选调生，在百色市委宣传部工作。因为王懿是县里的宣传部部长，所以在工作上没少麻烦她。王懿在我跟前曾多次提到这个热情开朗的师妹，夸奖她能力素质非常出色，帮了他不少忙。听他说的次数多了，我也很好奇，到底是怎么样的一个女孩子能得到王懿这么高的评价呢？当王懿说黄文秀要专程来凌云看望我和宝宝时，我还是很吃惊。毕竟，凌云比较偏僻，路也不太好走，能来的都是非常铁的好朋友，她从百色开车过来一趟真是不太容易。

等她到我家的时候，我才第一次见到这位“如雷贯耳”的黄文秀。她中等身材，长得白白净净，穿着淑女风的蓝色连衣裙和白色开衫，看起来非常优雅。她看到王舒然，“哇”了一声：“好可爱啊！我可喜欢小孩子了，快给我抱抱这个小可爱！”说完把孩子抱过去轻轻晃起来。她看起来很淑女，没想到性格这么爽朗，这让我一下子觉得很亲切。她逗孩子很有一套，王舒然在她怀里咯咯地笑个不停。她不但给了孩子一个红包，还买了一堆婴儿的衣服、围兜、浴巾、安抚奶嘴等东西，我感动极了，心想，这个师妹也太细心周到了，难怪王懿一直夸她不错。尤其是她眼神中透出的那种真诚，让我非常喜欢。

她当时是和一个男性朋友一起过来的，我私下问：“你男朋友?”她赶紧反驳：“不是的，是我老同学。我怕一个人开车往返不太安全，所以请他帮我开车。我还没男朋友呢，师姐你帮我介绍介绍呗？”听她这么说，我脑子里飞快地把百色的熟人过滤了一遍。

她这么仗义，我自然也要尽地主之谊。厨艺不精的我自告奋勇地要给他们做饭吃。整个下午，我绞尽脑汁摸索出几样不太上得了台面的菜品，唯二的肉菜就是几乎看不出来有土豆的土豆排骨和炒成了焦黑色的肉末茄子。我讪讪地说：“我实在不太会做饭，还请见谅啊!”黄文秀笑起来，说：“师姐，好吃就行！估计你亲自下厨的机会也不多吧，我们太荣幸了。”听到这话，我都不好意思了。她衣着体面，出手大方，还开着车过来。我心想，她应该是来自家境殷实的城市家庭。这次，她专程开了两个小时的山路来看我，就凭这份豪爽，这份仗义，这个朋友我交定了。

半天下来，我对她印象好极了，简直可以说是三观相投、一见如故。她回去后没几天，就寄了四箱芒果到凌云。我嫌她寄得太多了，她说："不多啊，师姐，两箱'桂七'，两箱'台农'，各有各的好吃。"

可是到那时为止，我和王懿都还没有帮过她什么，她却真心实意地为我们做了这么多事情，我俩都感到有点不好意思。她说："我就觉得和师兄师姐很投缘，我也愿意交你们这样的朋友，来日方长，师姐不要在乎这一点小事。"确实如王懿所说，她很有侠义之风。

后来，我回南宁的时候途经百色，曾叫她一起出来吃过几次饭。从那以后很长一段时间，我俩都没再见过面，只是在微信上聊聊天。但是，我们彼此信任和认可，也经常会分享工作中的感悟和生活里的烦恼。我要给她介绍在南宁工作的男生，她犯难说去不了南宁，还是以后再说吧。我开玩笑说："恨不能飞快地介绍个合适的男朋友给你，看着你家庭幸福事业有成。"她却笑起来，说："这个随缘吧，现在还是以工作为重。"

2017年底的时候，她忽然向我咨询挂任第一书记的事情。那时，广西区党委组织部已经开始在全区范围内部署下一任第一书记的选派工作。她说，自己回广西好久了，没有基层工作经验，也没有男朋友，现在这个节骨眼上，不知道是否要申请做第一书记。

我很愿意和身边的女性朋友分享我的职业感想，于是和她通了近一个小时的电话，详细讲了我驻村两年多的经历，鼓励她不要被这些外在的因素所牵绊，要跟随自己的内心做选择。她越听越心动，最后问了一个无数人问过我的问题："师姐，你觉得作为女同志，做第一书记有困难吗？”我笑起来：“我觉得吧，工作就是工作，努力去解决问题、完成任务。只要你自己不把性别问题当回事，那它就影响不了你太多。如果你想做事情，就单纯考虑这个选择对自己的成长和职业发展到底有多少影响，而不是考虑自己是男是女。如果你报名的话，我全力支持你！”我的话极大地鼓励了犹豫不决的她。没过多久，她兴奋地告诉我，自己如愿以偿，要去乐业县百坭村做第一书记了。

乐业是百色最偏远的县份之一，距离百色市中心要三个多小时车程，比凌云还偏远，条件非常艰苦。我一听，怎么都高兴不起来，说：“你们部里的联系点那么偏啊？这个村也够远的。”她笑起来：“师姐，你当初不也申请到凌云吗？离南宁那么远。越是偏远，农民越需要帮助啊！这是我好好锻炼的机会。师姐你别担心，这些客观的困难都可以克服。我要向你学习，给村里人做出一点事情来。”这曾经是我理直气壮地安慰别人的说辞，现在从她口中听到，竟然觉得有一点无奈和心疼。我自己可以承受这些，但是想到她一个未婚小姑娘去那么偏远的小山村里做第一书记，我心里百感交集，真的希望她能在条件稍好一点的村里待着。

2018年3月，她如愿去了百坭村，这时正赶上我快要离开上蒙村，进行各种工作交接和迎来送往，还要抽空写工作总结，忙得一塌糊涂。本来应该去她的村里看望她的，但是我竟然没有抽出时间来。3月，我生日当天刚好坐动车到百色，便问她是否在百色，如果时间合适的话可以出来一起和我过个生日。她十分遗憾地说，因为周末有迎检任务，自己还在村子里忙活。我快下车的时候突然接到一个快递的电话，说有人送蛋糕给我。出站后，果然收到了一个非常精致的双层蛋糕。我这才恍然大悟，原来是文秀送我的生日礼物啊！她在电话里笑着说："师姐，不能陪你过生日，就送一个小蛋糕表达我的祝福吧！"我捧着那个蛋糕，内心的感动无法言喻。

这么好的姑娘啊，我真的希望她永远幸福。

再见，上蒙——最后的告别

◎时间竟然过得这么快，我在上蒙村的事业还没有结束，上蒙人民给予我的信任，我还没有完全报答，竟然就要离开了。

2018年3月，广西扶贫办正式印发了全区2017年脱贫摘帽贫困村的名单，上蒙村的贫困村“帽子”彻底成为历史。我两年多的扶贫工作，终于画上了一个完美的句号。

这时，部里来接班的第一书记也到位了。上蒙村的新书记姓郑，也是位聪明能干的女同志，还是清华大学的定向选调生。郑书记来到村里以后，我带她到村里各屯走了一圈，也在开会时带着她和村干组干们熟悉一下。一个月的时间里，我把村里的日常工作逐渐交付于她，下村的次数渐渐地少了，自己也终于有点时间整理回南宁的行李。我的物品非常简单，最难办的是那些书。我和王懿从南宁拿了几箱喜欢的书到凌云来，这两年又买了不少，现在找了十多个纸箱子才勉强把这些书全部装进去。真应了那句老话：秀才搬家，全是书。

本来，我想着趁这段时间把两年多时间里写的文章整理一下，但是几乎没什么大块的时间来做这些事情，每天都有各种送别宴的邀请，来自第一书记的、当地朋友的、县里的、镇里的、村里的，让我应接不暇。这些天竟然成了我春节之后最忙碌的一段时间。年后开始，我们第一书记们已经聚了好多次，毕竟大家的感情还是不一样，正应了汪洋副总理那句“让扶过贫的人像战争年代打过仗的人那样自豪”，事实也的确如此。我们像是同事，更像是战友，大家互相鼓励扶持陪伴着度过了最峥嵘的岁月。我们吃了一次又一次“散伙饭”，约定回到南宁后再相聚。渐渐地，曾经并肩战斗过的第一书记们都告别了凌云，只剩下拖家带口的我留在最后。

村里好多人听说我要走了，经常问我：“书记，你什么时候得空？到我家吃餐饭吧！”邀请的村民多了，我的时间实在排不过来。最后，村干们跟我说，他们想在我离开前一两天在村里搞个集体送别仪式，我答应了。

那天下午，我特意穿上了好久好久没穿过的裙子。这两年多来，我大多时间都是运动装配运动鞋，方便随时随地下村。曾经比较白皙的皮肤在经历两年半的乡村生活后，完全变成了朴实的古铜色。自己生完孩子之后胖了太多，形象全无，索性也放飞自我，几乎再没怎么穿太女性化的衣服。可是这一天不一样，在这个特殊的时刻，我还是要“重启”一下我的性别。

我知道，这可能是我离开前最后一次到村里，不由得有些伤感。忽然，微信上赵支书发给我一张图片，仔细一看，竟然是一块金光闪闪的牌匾。我立刻明白过来，他们是想下午当面送给我，谁知竟然被赵支书拍了照片提前发过来了。我笑得都喘不过气来。这件事非常像赵支书的风格，两年来，他总是这样“轴”得可爱，做出这种让人哭笑不得的事情。我转发给郑书记看，她都要晕了：“这是我们准备在吃饭时给你的惊喜，他怎么提前拍给你了？”隔着屏幕，我都能想象得到她的表情。

到了村部，我看到球场上摆了四五张大圆桌，旁边则支起了硕大的灶台做临时厨房。这时已经有一二十个人在忙活了。郑书记穿着围裙正在切菜，见我过去，热情地说，她要炒一份番茄炒蛋送给我。村干和组干们都来了，带着他们的老婆孩子一起帮忙。好久不见的平姐也过来了，她半埋怨半娇嗔地说：“书记啊，叫你上我家去，我杀只鸭子给你吃，你一直不来。我只好今天过来再见见你了。”我拍拍她，笑了笑。最后，易书记带着镇里的几个班子成员来了，县林业局的蒙局长和前任何局长也来了。

用餐开始之前，我和在场的村民们拍了很多照片，他们称赞今天的我看起来很“女人”，和以前不大一样。我想了下，可能不仅仅是因为我穿了裙子和高跟鞋，更因为我即将告别上蒙村，不再以第一书记的身份来张罗这样的活动，肩上的担子不一样，神情自然也能轻松一点。这是我第一次在村里搞活动时“坐享其成”，甚至还有点不太适应。看着郑书记在热情洋溢地带着村民们做准备工作，仿佛看到了曾经的自己，也忽然明白，她的时代已经到来。

入座没一会儿，赵支书忽然走到了众人前面，郑重其事地拿着话筒说：“我们有个东西要送给路艳书记，感谢她两年多来对村里的付出。”说完，他从旁边人手里拿过那块金色的牌匾递给我。我刚接过来，少杰又打开一面锦旗，上写“为党旗添彩，为村民造福”几个大字。这让我十分意外，原来他们竟然准备了不止一件礼物。虽然已经有了心理准备，但是手里拿到实物，大家都在欢呼和鼓掌的时候，我还是幸福得要飘了起来。

这时，阿同走上前来，说：“我们百功、那桑屯群众也有一个东西要送给路书记，感谢她对我们屯里的帮助！路书记，你辛苦了！”说着，他和赵支书一人一边，手忙脚乱地打开了一条长长的横幅，拉在我面前。我一看，横幅上写的是“增：路艳第一书记——倾情共建新农村，一心为民办实事”，落款是上蒙村那功屯（他们对那桑屯和百功屯的简称）村民，条幅的空白处是村民密密麻麻的签名。有人在下面起哄：“那个‘增’字写错了！”阿同大喊道：“说明是我们自己搞的，不是书记安排的！”在场的人都哈哈大笑。这个礼物让我再次热泪盈眶，他们太有心了。这一个个人名，就是一份份沉甸甸的心，我用我的一份真心，换来了他们这么多的真心。现场又响起了热烈的掌声。我只能一直说“谢谢，谢谢你们”，一直向他们鞠躬。

我已经很长时间没有喝酒，这天破例喝了一些啤酒。从下午四五点钟一直到华灯初上，我在每一桌都和他们聊了好久，也干了很多次杯。不胜酒力的我早已天旋地转了。在勉力支撑的几个小时里，他们很多人向我敬酒，觥筹交错，笑泪齐飞。到最后，我趴在桌子上睡了一会儿，朦胧中又想起了刚来村里时青涩和惶恐的样子。两年半以来的筚路蓝缕和柳暗花明，像幻灯片一样在我脑海中放映了一遍。我不禁感叹，时间竟然过得这么快，我在上蒙村的事业还没有结束，上蒙人民给予我的信任，我还没有完全报答，竟然就要离开了。

直到那晚迷迷糊糊回到家，我的眼泪都还没有干。

那天的记忆因为太过惊喜，太过深刻，也太过痛苦，所以我每次回忆起来的时候，都忍不住细细地咀嚼着所有的细节，但是又不知道如何用笔墨把它写出来，才能准确地描述那半天里同时弥漫着的喜悦与悲伤。那仿佛是我一段新历程的开启，又仿佛是我对上蒙人民的背叛。

2018年4月14日，我正式离开凌云。

因为担心家里东西太多，我专门喊了两个搬家工人早上八点钟过来帮忙。谁知刚过七点，赵支书就给我打电话说他们到楼下了，要上来帮我搬家。我惊呆了，难怪前一天他问我什么时候走，我说我走得很早，你们不用过来送。可他们还是早早就来了。十几个村民上到七楼帮我搬家。他们进来也不多话，和我打了个招呼就往下搬东西。他们搬着那么重的箱子和袋子，像小蚂蚁一样，上来一个又一个，下去一回又一回，很快就把屋子里的行李都搬了个八九不离十。八点的时候，搬家工人到了，易书记带着镇里几个干部来了，宣传部的干部来了，郑书记也来送我最后一程。这时候，屋子里已经没剩什么东西了。

我抱着孩子走下楼的时候，他们都在等我。十几个村民站在远处看着我，保持着他们一贯的谦卑，不敢上前说话。我主动走过去和他们一一握了手，心情复杂地合了影。我的心里总有那么一根线提着，哭不出来，也笑不出来。等我快上车的时候，赵支书拉住我，悄悄地说："书记，大家还带了一些土特产给你，车停在大门外面，我现在拿过来。"我笑了起来，连连说不用了。

我看到有的村民在抹眼泪，我的眼眶也不由得湿润了。他们朴实热切的神情，让我已不忍细看。啊，不能再停留了，不能了，我几乎要哭出来了。司机在那边等着我，我忍住眼泪，很快上车和所有人挥手告别。

车子启动了，他们挥手的身影逐渐模糊，直至逐渐消失。我抱着孩子，心里空虚起来，鼻子也酸了起来。就这样走了，就这样离开了我生活了两年多的凌云，离开了和我血脉相连的上蒙村。那一张张熟悉的面孔，他们高高低低的身型，都在我的脑海里翻腾起来。记得刚到村里时，我一直盼望着早日脱离这片举步维艰的"苦海"，轻轻松松回到机关。但是两年多了，我竟然在离开时变得这么痛苦，为什么？我只是一名干部，因缘际会地来到一个地方，完成了在这里的阶段性使命之后，便要转战自己的下一个目标。万物皆有其时，顺其自然就好。可是，为什么我的心里还是这么难过呢？

我的眼泪哗哗地往下掉。

回首望去，正是我在上蒙村付出的一切，使它成为新的上蒙，更使我成为新的我。以后，当我看到金黄的谷穗随风泛起一阵阵波浪时，我是不是也会想起和我朝夕相伴两年多的"小王子"的头发颜色？全中国每个村子都是一样的，一样的行政编制，一样的男女老少，一样的挣扎和奋进，一样的摸索和成功。

这里的上蒙村，和费孝通笔下的开弦弓村、阎树军笔下的崖边村、梁鸿笔下的梁庄都是一样的，甚至和我遥远又陌生的北方家乡也是一样的，都是不同时期的，一样的中国农村。

可是，又完全不一样。他们有他们的村子，我有我的。

我没有骑着摩托车在他们村的小路上淋过雨，摔过跤。我的脚没有沾过他们的泥土，更没有赤脚蹚过他们村里清澈的小河。我没有揪下一朵朵路边的野花，用细嗅蔷薇的温柔去感受它若隐若无的芬芳，忘却了心中的猛虎。我没有拿起笤帚在村部扫地和倒垃圾，也没有给那两只在村部附近晃荡的小狗取名吉祥和如意。我没有在第一次开群众会的时候紧张得语无伦次，没有在村民面前遭受过白眼和谩骂，后来又收获他们感动和不舍的泪水。我没有收到过村民匆忙从地里摘下的，连着枝叶和泥土的毛豆玉米，更没有发现他们偷偷塞到我车上的、沾着土的腊肉和刚宰杀的鸡鸭。

所以，我不会在大会上暴跳如雷，也不会为了村民的利益和别人怄气。我不会去看望他们刚生完孩子的妇女，不会给村里的孩子买衣服和玩具。我不是他们用来吓唬小孩的“大魔王”，也不是每年年底被邀请到处吃年猪饭的路书记。我不会因为害怕而崩溃地大哭，也不会被他们朴实的感谢信打动，流下滚烫的热泪。我一定可以做到不焦虑，不愤怒，不急躁，不会恨铁不成钢。在他们的村子里，我可以永远做一个笑眯眯的、不卑不亢的第一书记。

所以，没有上蒙村的时候，我只是一个普通的机关干部，和其他的机关干部没有任何区别。可是正因为上蒙村，我成了一个不一样的机关干部，成了一个不一样的第一书记，是它驯服了我。村民们朴实的笑脸，他们的嬉笑怒骂，他们的粗犷不羁，他们的真诚善良，他们的坚韧勤奋，都是如此的鲜活和珍贵。每个第一书记都有自己千金不换的村子，千金不换的村民，和千金不换的回忆。

还有更多基层的干部们，为了上蒙村这样贫困的地方而奔波着。贫困仍然没有根除，精准扶贫还在继续。有无数个上蒙村，有无数个凌云县，有无数和凌云县干部一样平凡的人们，在与贫困搏斗的这场旷日持久的没有硝烟的战争中，默默地成为一个个平凡的英雄，也像一颗颗平凡的小水滴，汇入精准扶贫这场历史洪流中，奔腾不息。

我这颗来自未名湖的小水滴已经流走，但我的心留在了这里。

我会永远想念你，上蒙。

送别时，村民们赠送给我锦旗和条幅，条幅的空白处是村民密密麻麻的签名。这一个个人名就是一份份沉甸甸的心，我用我的一份真心，换来了他们这么多的真心。

后　记

在写作后记时，我忽然发现，距离2015年10月9日赴上蒙村挂任第一书记，已经整整过了五年。五年的回忆涌上心头，竟然有些热泪盈眶。

驻村之初，我便抱着“我手写我心”的想法，决心把我在上蒙村的经历记录下来，以自己的方式为精准扶贫这个跨时代的重大历史事件留一点印记、做一点注脚。在上蒙村的两年半里，刻骨铭心、感人至深的事情不胜枚举，但因平时工作任务极为繁重，个人时间和精力有限，只能以“求其上者得其中，求其中者得其下”自我安慰，勉强以涩滞的笔端，在夜深人静时记录那些转瞬即逝的故事。2018年4月挂职结束后，我写了两万余字的工作总结，一些驻村日记和随笔竟然也能集腋成裘，汇编成一本近十万字的小书。许久之后的一次机缘巧合，广西师范大学出版社副总编辑黄毓先生见到那本简陋的小书大为惊喜，鼓励我修改之后正式出版。很快，出版社选派了经验丰富的编辑团队与我沟通修改书稿，不厌其烦地调整布局、完善词句，终于云开月明，让《未名之水》能够顺利付梓。这实在是一个非常美好又艰辛的过程。

作为曾经的第一书记，我一直关注着脱贫攻坚工作。几年来，看着身边的第一书记、驻村工作队员和基层干部在扶贫路上艰苦奋斗，甚至献出了自己的生命，我更有感同身受之痛、劫后余生之惊。尤其是我的朋友黄文秀于2019年意外离世之后，我一度处于精神恍惚的状态。“死者长已矣，生者且偷生”，我曾无数次回忆起当初我极力鼓励她报名第一书记时的“豪言壮语”，回忆她到任后的激情满满、意气风发，回忆我们在电话中交流驻村工作的酣畅淋漓。而如今，我们却天人两隔，再无相见！“余述至此，肝肠寸断矣”。

在完善书稿的两年时间里，工作和家庭的压力，个人健康的问题，都让我的状态在峰顶和谷底徘徊。旷日持久的改稿如西西弗斯的酷刑永无休止，我因“桂驴技穷”的窘迫、书到用时方恨少的羞愧数次想要放弃，并不断质疑自己在才疏学浅、笔力不逮的情况下勉力写作的意义，但文秀那句“师姐，我以你为榜样啊！”在我的耳边久久回荡，一次次督促我擦干眼泪，继续写下去。诗人聂鲁达说：当华美的叶片落尽，生命的脉络才历历可见。她的突然离开，让我在痛苦、内疚和思念之余，也忽然明白了我这本小书存在的一点价值。2012年以来，广西壮族自治区各级政府在扶贫工作中投入了大量的人力、物力、财力，共选派驻村干部十二万余人，其中贫困村党组织第一书记一万六千余人。这是一个在最艰苦地区默默坚守、付出了巨大努力和牺牲的群体，他们的成绩有目共睹，他们也应该有自己的故事。也许这本书是一扇小小的窗口，让做过或没做过第一书记的人，熟悉或不熟悉基层的人，理解或不理解女性的人，都能在不经意间看到农村工作的不易，看到基层干部群众的泪与笑，看到女性的挣扎与成长，看到精准扶贫的重大意义，在字里行间见自己、见天地、见众生。尤其是对于像文秀一样牺牲在脱贫攻坚战场的勇士们来说，被人忘记才是真正的死去。作为一个曾经的扶贫“战友”，我期盼自己能够以这本拙作，向他们献上一个无声的告慰。

这本书于我而言，同样有着里程碑式的意义。它不但是我人生中第一部正式出版的作品，更是我第一书记阶段的“回忆录”，记录了我的人生观价值观被加强和重塑的过程。两年半的精准扶贫之后，我的理想主义没有因历尽艰难而湮灭，而一向奉为圭臬的实干精神则经过了上蒙村的实践洗礼，更成为长期的行为准则，让我深刻理解了“保持政治定力，坚持实干兴邦”的重大意义。我只希望通过我在村里的精准扶贫实践，用“事非经过不知难”的种种坎坷和挫折，抛砖引玉，去启发更多人思考如何深刻理解马克思主义群众观，做一名心系基层的领导干部，如何以更客观公正的立场看待女性群体，如何以更实事求是的态度做好我们的行政管理工作，如何以一种更合乎时代潮流、顺应人民意愿、勇于担当的创业精神，携手基层干部群众打破思想桎梏、促进经济社会发展，如何以更坚定的信心、更实干的精神来推动乡村振兴战略的顺利实施，如何以更开放、包容、自信的视野来看待中国的崛起和中华民族的伟大复兴。“一千个人心中有一千个哈姆雷特”，个人的体验是真切的，更是珍贵的、无可替代的，但愿你们能在这本尚不完美的书中找到自己心中的“哈姆雷特”。

本书的文章大多是原来的作品，思虑再三，我只在原稿的基础上做了简单调整和技术处理（为了避免给当事人造成不必要的麻烦，书中涉及的所有人物均采用化名，一些事件的细节也做了适当的艺术化加工），尽可能地保留了原文的简陋、生动和质朴。这其实是一个关于“本真”和“完美”的取舍。如果以现在的求全之心去修正曾经那个“不成熟、原生态”的自己，那不仅是对我个人成长经历的粉饰，对普通读者来说，恐怕面对这样一个成熟、完美的第一书记，也会更多一点高山仰止，而少一点内心共鸣吧。我希望各位读者在看完本书之后，能够理解并认同“路书记”这样的年轻党员、组工干部和第一书记，能够喜欢充满勃勃生机的基层干部群众，能够记住这座美丽隽永的桂西北小城——凌云。

我的先生一直是我写作本书最有力的支持者、最忠实的读者和最早的“书评人”，这本书也浸透着他作为丈夫、朋友和同志的爱和心血。他一直帮助我克服现实生活的重重困难，努力完成这本在他看来意义非凡的作品，因为这也是他“当年驻村工作时未完成的梦想，是给我们的孩子最好的礼物”。

我的原单位广西区党委组织部一直以强烈的责任感和使命感，不遗余力地帮助上蒙村脱贫摘帽。她是我毕业后的第一个工作单位，从零开始培养了我的工作能力和事业观，是我永远爱戴和感谢的精神家园。她对我这个女干部的认可、照顾和支持，充满了善意的人文关怀。

我的现单位广西区政府办公厅秉持“雷厉风行、担当奉献”

的工作理念，一直以积极的态度鼓励年轻干部担当作为，对我的工作给予了极大支持。

我有幸与百色市、凌云县、泗城镇的领导干部，尤其是与同届的第一书记和驻村工作队员们风雨同舟，结下了惺惺相惜的战友情谊。时至今日，凌云县和上蒙村的发展日新月异，越来越有我曾经梦想过的样子。上蒙村的可爱村民用他们的朴实和真诚，让我在基层的摸爬滚打之后“历圆滑而弥天真”，并再次相信了不忘初心、方得始终。

很多不能一一具名的领导和师长，我的亲人兼好友路薇、李鼎、孙建萍、杨民魂、杜宇、高诗源、邓倩等一直密切关注着我的写作，并为本书提出了许多宝贵的、有建设性的意见建议。

我尤其要感谢为本书付出大量心血的广西师范大学出版社的编辑们，正是他们的专业精神与耐心坚守，才让这本《未名之水》能够脱胎换骨、顺利问世。

何其有幸，与你们相知。

路　艳

2020年10月8日于南宁